新潮文庫

朱印

古着屋総兵衛影始末 第六巻

佐伯泰英著

新潮社版

9162

目次

朱印

古着屋総兵衛影始末　第六巻

序章

大川の水面《みなも》を師走《しわす》の寒風が吹き荒れていた。

闇夜《やみよ》を一艘《そう》の屋根船が両国橋を潜《くぐ》ってさらに上流に漕《こ》ぎあがっていった。

船の舳《へ》先《さき》と艫《とも》には船頭の他に赤具足に鉢金《はちがね》の古武士が控えているのが、吊《つ》り下げられた提灯《ちょうちん》の明かりに見えた。

船は大川の左岸へとゆっくりと漕ぎ寄せられた。すると丹後宮津藩下屋敷が川端《かわばた》に見えた。

屋根船は御厩《おうまや》河岸《し》ノ渡しを過ぎて、竹町ノ渡しに接近した。

「宰相、そろそろ見えて参ります」

舳先の侍が障子を閉《た》て巡らした船の中に声をかけた。

障子がうすく開けられた。

「あれか」

「さようにございます」

船の中に控えた供の者が答えた。

「大きいのう」

宰相と呼ばれた人物が感嘆して見たのは巨船であった。

造船場にある船は和船とは明らかに形状を異にしていた。

「大黒屋《だいこくや》は南蛮船を造っておるのか」

「それが南蛮船とも唐船《からふね》とも和船ともつかぬもののようにございます。それぞれのよきところを取りいれた斬新《ざんしん》なる船と申せましょうな」

供の者はさらに説明した。

「ご覧の通りに艫が丸く高く膨らみ水密性と堅牢性《けんろうせい》に優れております。舵《かじ》は和船のように外艫に吊るされてはおりません。また、下船梁《したふなばり》が船首から船尾に貫いて、これまた堅牢性が高くなります。船倉が細かく区分されて、一つの船倉に水が入ってもすべての荷に損害が及ばぬように工夫されているそうにございます。さらに和船と異なるところは、甲板と称する水防の板張を備えていることとにございます」

「よいことばかりではないか」

宰相の声が不機嫌になった。

「はっ」

「続けよ」

「南蛮の船は真っ正面からの風を受けても二檣《しょう》の帆をうまく使って斜めに〝まぎり〟できるそうでございますが、この船もまたそのような仕組みにございます」

「大黒屋総兵衛《そうべえ》め、この船を使ってなにをする気か」

主《あるじ》の独白に供の答えはなかった。

「幕府が大船建造を禁じた触れは捜しえたか」

「それが……」

「ないと申すか」

「殿、寛永十五年（一六三八）五月二日に、荷船以外の大船建造禁止令が布告されて造船の制限を行っております。が、これは明らかに各藩に大型軍船を禁じたものにございます。また幕府撰《せん》の禁令集を精査しましたが、帆柱を一本に制限した布告もございません」

「ならば和船が一本の帆柱というのはいかなる理由か」

「おそらく二本柱にすれば鎖国の布告に触れると自ら制限したもののようにございます。となれば、大黒屋の新造荷船を取り締まる条例はございませぬ」

「ある、きっとある。見つけよ」

「はっ」

「あやつの鼻を明かさねば、お歌《うた》の霊に申し開きも立たぬわ」

「建造を差し止める手立てを諸々と考えてみまする。暫時《ざんじ》、お待ちくだされ」

「綱吉様も近ごろめっきりと弱られた。綱吉様がご健在のうちに鳶沢《とびさわ》一族を滅亡させねば、われら柳沢《やなぎさわ》の生きる途《みち》はないと心得よ」

「はっ」

障子が閉められ、屋根船が下流へと回頭して闇に溶けこんでいった。

第一章 苦 肉

一

宝永二年(一七〇五)の大晦日《おおみそか》の朝、駿州鳶沢村《すんしゅうとびさわ》の長老鳶沢次郎兵衛《じろべえ》が嫡男《ちゃくなん》の忠太郎《ちゅうたろう》を呼んで、駕籠《かご》を命じた。

最初に徳川家康の亡骸《なきがら》を埋葬した久能山《くのうざん》の神廟《しんびょう》を護衛する鳶沢一族は、家康自身から隠れ旗本の命《めい》を受けて、九十年にわたり、鳶沢村の拝領地に暮らしてきた。

農を装《よそお》いつつも武に生きる鳶沢一族の長老は、未《いま》だに里歩き山歩きが道楽で茸《きのこ》採りの時節など朝から夕暮れまで山に入って疲れを知らなかった。

その次郎兵衛が、一族が大事な節目節目に集《つど》う道場で乗り物を命じたのだ。

「府中にお出かけですか」

駿府城下は鳶沢村からおよそ二里（約八キロ）余りあった。

「いや、月窓院《げっそういん》の澄水尼《ちょうすいに》を訪ねる」

と答えた次郎兵衛は、いったん立ちかけた腰を下ろした。

「深沢《ふかざわ》美雪《みゆき》様を村に迎える」

「美雪様を」

忠太郎は得心すると同時に危惧《きぐ》を感じた。

「いかぬか」

次郎兵衛が後継者に問うた。

忠太郎はしばし考えに落ちた。

鳶沢一族は駿府鳶沢村を〝国許《こきょう》〟とし、江戸日本橋近くの富沢町《とみざわちょう》に〝拝領屋敷〟を構えていた。

富沢町の〝拝領屋敷〟では家康から許された古着問屋大黒屋《だいこくや》として商いに従事しつつ、古着についてまわる情報を広く収集していた。そして、徳川家と幕府が危難に見舞われたとき、密《ひそ》かに動いてその芽を潰《つぶ》してきた。

商と農を装いつつ、武に生きてきた集団が鳶沢一族だ。

この一族の頭領は、六代目大黒屋主人の総兵衛《そうべえ》であり、分家の長老が次郎兵衛であった。

この隠された旗本集団を知る者はただ一人、徳川家康が〝影〟と認知したものだけだ。

偽装された組織ゆえ、代々一族の者たちだけで固めてきた。

新たな奉公人が募られるとき、一通りの文武を仕込まれた一族の師弟が鳶沢村から江戸富沢町に上がっていった。

また一族の頭領たる大黒屋総兵衛こと鳶沢総兵衛の嫁は、一族の女から選ばれる仕来たりであった。

すべては秘密を守るためだ。

忠太郎は父に訊《き》いた。

「美雪様は村に住むことになりますな」

「いかぬか」

次郎兵衛は同じ問いを発した。

「女どもが不満を述べ立てましょうな」

「覚悟の上だ」

次郎兵衛はよそ者の美雪を村に迎えて、総兵衛の嫁として教育しようとしていた。それは一族にとって初めてのこと、どんな反応があるか空恐ろしいことであった。

「美雪様はなかなか聡明《そうめい》な方にございます」

鳶沢一族はこれまで五代将軍綱吉の信頼厚い側近柳沢吉保《よしやす》と敵対してきた。その一派の刺客として深沢美雪は、鳶沢一族の前に現われた。

女剣客にして小太刀の名手であった。

だが、美雪は二度にわたる鳶沢一族の頭領との尋常の勝負に敗れ、鳶沢村近くの尼寺月窓院で暮らすように総兵衛から命じられた女でもあった。

この春先から起こった伊勢神宮の大量群参《ぬけまいり》にからんで鳶沢一族が危難に落ちた。

そのとき、美雪は総兵衛ら一族の側に立って敢然と戦った。

命を張った行為は明らかに総兵衛への思慕であった。

総兵衛が月窓院に美雪を預けたこともまた格別の感情を意味していた。だが、一族の長として自ら仕来たりを破って、美雪を嫁にするとは言いだせなかった。それを察した次郎兵衛が美雪を村に入れて、一族の女として教育しなおそうとしていた。

「父上、私もお供いたします」

「行ってくれるか」

忠太郎は父の決断に従おうとした。それが一族の者たちから出るであろう不平不満を幾分でも和らげると悟ったからだ。

「ただ今、駕籠《かご》を用意いたします」

それから四半刻《しはんとき》(三十分)後、羽織袴《はかま》に威儀を正した鳶沢次郎兵衛と忠太郎の父子が空の乗り物に従って村を出るのを一族の者たちが首を傾《かし》げて見送った。

同じ刻限、江戸は富沢町の大黒屋では大晦日を数刻後に控えて、番頭や手代たちが掛け取りに走りまわっていた。

奥向きの女中おきぬが店先に茶と黄粉《きなこ》餅《もち》を盆に載せて運んできた。

主《あるじ》の総兵衛が先祖の墓参りに手代を連れて出かけたあと、店先に大番頭の笠《かさ》蔵《ぞう》と一番番頭の信之助《しんのすけ》しか残っていないことを知っていたからだ。

「こりゃうまそうな」

笠蔵の顔が好々爺《こうこうや》のそれに綻《ほころ》んだ。

富沢町の〝拝領屋敷〟の広さは、二十五間（約四五メートル）四方六百二十五坪あり、ロの字に二階造りの店と蔵が囲んで、中庭の中央に主の総兵衛の居宅があった。

隠れ旗本の鳶沢一族の江戸屋敷には、百年の時と莫大《ばくだい》な資金が投入され、数々の秘密が隠されていた。

漆喰《しっくい》二階造りの店と蔵に囲まれた主の居宅の〝本丸〟を中心に庭石や泉水や樹木が巧妙に配置されて外敵から防衛されていた。

店の前を流れる入堀に架かる栄橋下には、〝本丸〟地下の船着場に通じる隠し水路が掘り抜かれ、船の出入りが自由にできるようになっていた。

この地下城こそ江戸の鳶沢一族の結束の証《あか》しであると同時に、道場を兼ねた大広間、武器庫など防衛の拠点であった。

また店からの出入りを知られたくないときや水路を断たれたとき、富沢町の周辺の古着屋へ通じる地下通路があって、密かに外へ出ることもできた。

だが、富沢町の古着屋を代々束ねてきた元惣代《そうだい》、大黒屋の店構えは古着問屋そのものである。

「今年もなんとか年が越せましたな」

笠蔵が黄粉餅を頬張《ほおば》りながら、二人の者に言った。

信之助は鳶沢村の長老次郎兵衛の次男であり、忠太郎の弟だ。

おきぬもまた鳶沢村の一族の娘、三人ともが総兵衛の片腕であった。

信之助が頷《うなず》き、

「ただ商いが、ちと滞っております」

と言いだした。

諸物価がじりじりと高騰《こうとう》して、庶民の暮らしを圧迫していた。

そのため、大黒屋でも品物の流通はあったが、関八州一円から東北にかけて卸した古着の代金がなかなか回収されないでいた。

今も江戸市中に番頭や手代たちが走りまわっているのは売掛金の督促のためだった。

「こんな世の中ですからな、年を越すのもだいぶ出ましょう」

笠蔵も信之助もそのことを考えて、資金繰りを考えてきた。

「竹町ノ渡しの棟梁《とうりょう》から悪戯《いたずら》がひどくなったと知らせが入っております」

信之助が幹部三人だけが顔を合わせた機会にと話題を変えた。

大黒屋では古着などの仕入れのために新造船を船大工統五郎《とうごろう》に依頼していた。

それは二千石を超える大きさで琉球《りゅうきゅう》や海外までも走破できようという、船長八十三尺（約二五メートル）、船幅三十三尺（約一〇メートル）、南蛮帆船のような下船梁（竜骨）が通り、二本帆柱に三角の補助帆を持つ巨大な船であった。

ちなみに船の全長は百三十七余尺（約四二メートル）もある。

だが、一度下船梁や横梁の骨組みまで出来上がったところで鳶沢一族と敵対する者たちの仕業《しわざ》により火を付けられ、無残にも炎上させられていた。

大黒屋と統五郎は気を取り直して再度の新船造りに挑んでいた。

夜回りの隙《すき》をついて造船場にしばしば悪戯がされるようになっていた。

「先日などは何匹もの犬の死骸《しがい》が船端に吊《つ》るされていたそうにございます」

五代将軍綱吉の時世である。

悪法〝生類憐《しょうるいあわ》れみの令〟がまかり通る時代だ。犬の死骸が店の前に放置されていただけできついお咎《とが》めを受けた。

統五郎たちも神経を尖《とが》らせて警戒に当たっていたが、悪戯は繰り返されるという。

「信之助、もはや手をこまねいているわけにはいきませんな。棟梁の下にうちの者を何人か入れましょうか」

「早速手配します」

一番番頭が請け合った。

「総兵衛様は、竹町ノ渡しから深川仙台堀の浄心寺に回られましょうな」

おきぬがふと言った。

総兵衛は鳶沢家の寺に詣《もう》でたあと、統五郎の造船場を訪ねて工事の進行を確かめることになっていた。そのあとの行動をおきぬが気にした。

浄心寺に思案橋の船宿幾《いく》とせの一人娘であった千鶴《ちづる》が眠る墓があった。

総兵衛と千鶴は幼馴染《おさななじ》み、富沢町界隈《かいわい》の者たちはいずれ千鶴が大黒屋の嫁に入ると信じていた。だが、千鶴は一族の者ではなかった。総兵衛は隠居して、鳶沢一族の頭領と大黒屋主人の座を信之助に譲り、千鶴と所帯を持とうと考えていた。

そんな折り、鳶沢一族に敵対する者の手によって、千鶴は無残にも惨殺《ざんさつ》された。その腹には総兵衛の子を身籠《みごも》っていたのだ。

「今ごろは千鶴様の墓前であろう」

と言った笠蔵が、

「信之助、おきぬ、新造船も商いもなんとでもなります。ですが、大きな問題が今年も残りました」

二人が頷いた。

「総兵衛様の嫁とりにございますな」

「その他になにがある」

そう言った笠蔵の五体から薬草の匂《にお》いが漂った。

大番頭の道楽は中庭の片隅に自ら鍬《くわ》で耕して育てた薬草の世話と、それを乾燥したり煮出したりして漢方薬を作ることだ。そのせいで匂いが体に染みついていた。

「どうしたもので」

「どうしたものかな」

総兵衛が嫁をとらぬために鳶沢一族の後継者が未《いま》だいないのだ。

二人の番頭の歯切れは悪かった。

それはおきぬが総兵衛を慕っていることを承知していたからだ。

「難しいことではありませんよ」

おきぬが言いだした。

「難しくはないか」

「鳶沢村外れには深沢美雪様が滞在なされておられます」

「一族の者ではないぞ」

「大番頭さん、私どもは一度千鶴様を総兵衛様の嫁にしようと動きましたな」

「動くのが遅かった」

「そのせいであたら千鶴様と鳶沢一族の後継者を殺してしまいました。大番頭さん、信之助さん、千鶴様も一族の血を引いてはおられなかった」

「おきぬがそう言ってくれると事が運ぶ」

「私のことなど案じなさるな」

おきぬが盆に空の茶碗《ちゃわん》を載せて店先から去っていった。

「今度は私どもが決断する番にございますな」

「そういうことだ、信之助」

久能山の西麓《せいろく》にある尼寺月窓院の宿坊で庵主《あんじゅ》の澄水尼と次郎兵衛、忠太郎の親子が向き合っていた。

「年の瀬にどうなされましたな」

「庵主様、美雪様を村にお連れしようかと考えましてな」

澄水尼は久能山を護持する鳶沢村の人々が近隣の村とは違っていることを承知していた。

「それはすべて美雪様次第にございますよ」

と答えた澄水尼は、

「次郎兵衛様、私から申しあげることがあるとすれば、美雪様はどこにいかれても立派な女性《にょしょう》、どんなお役も務められましょう」

と言い切った。

「それを聞いて安心いたしました」

美雪が部屋に入ってきた。

女剣客の男装を勝手に思い描いていた二人ははっとした。

柴垣《しばがき》に雪を盛った白梅紅梅模様の小袖《こそで》がなんとも清楚《せいそ》で美しかった。それにいつもは茶筅《ちゃせん》にひっ詰めた髪が勝山髷《かつやままげ》に初々《ういうい》しく結われ、頰にも薄く紅が掃かれていた。

「次郎兵衛様、忠太郎様、お久し振りにございます」

「お元気そうでなによりです」

次郎兵衛が答え、忠太郎は会釈《えしゃく》した。

「美雪様、今日は次郎兵衛の無理を聞きとどけていただこうと、かように倅《せがれ》と二人参上しましたのじゃ」

「また改まって何でございますか」

美雪の顔が引き締まった。

「長いこと美雪様を月窓院様にお預かりしていただきましたがな、鳶沢村にお移りいただきたくとな、お迎えに参りましたのじゃ」

美雪の顔に困惑とも喜びともつかぬ感情が走った。が、すぐに気配は消えた。そして、穏やかな視線が澄水尼に向けられた。

「美雪様、お心のままに決めなされ」

「澄水尼様」

「そなたは何度も尼になることを考えられた。その度に私がお止めし、そなたも踏ん切りをつけきれなかった。仏門に生きるも市井《しせい》に住むも仏の御心《みこころ》次第、なんの変わりもございません。そなたが心にかかっていることのために生き抜くのも仏の慈悲にございます」

美雪は迷ったように瞑目《めいもく》した。

「月窓院も鳶沢村も一時の仮の宿、美雪様にはさらなる変化が待ち受けているように思います。心を平らに受け止めなされ」

「庵主様、それでよろしいのでございますか」

「その途《みち》は決して平坦《へいたん》ではありませんぞ、今よりも苦しいかも知れぬ。だが、そなたにはそれを乗り越える力が備わっております」

閉じられた瞼《まぶた》に涙が浮かんだ。

美雪はそれを見られないように静かに平伏して、

「次郎兵衛様、忠太郎様、お願いいたします」

と運命に殉ずることを口にした。

「よう言うてくれました。鳶沢次郎兵衛、これでお役が果たせた」

とほっと安堵《あんど》の気持ちを述べた。

深川仙台堀の浄心寺の墓石をせっせと清める大男がいた。

大黒屋の主、総兵衛だ。

「総兵衛様、水を汲《く》んで参りました」

手代の駒吉《こまきち》が桶《おけ》に新しい水を運んできた。

「お手伝いしてようございますか」

お気に入りの手代が雑巾《ぞうきん》を手にした。

「駒吉、これは私の務めでな」
総兵衛は手代が手を出すことを許さなかった。
「庫裏《くり》で待っていなさい」
そう命じられた駒吉はがっかりした様子で千鶴の墓の前を去っていった。
総兵衛はひたすら墓石を清めることに専念した。
四半刻《しはんとき》後、白梅が飾られた墓前に香華《こうげ》を手向《たむ》けた総兵衛が膝《ひざ》を屈して合掌した。
(千鶴……)
(お久しゅうございましたな、総兵衛様)
総兵衛の脳裏に千鶴の姿が浮かんだ。
(今年もどうやら暮れていく)
(相も変わらず総兵衛様の身辺は忙しいことでございますな)
(徳川家と鳶沢一族がずしりと両の肩に乗っておるわ)
千鶴が笑った。
(一人だけでは支えきれませぬな)

(そなたを失うて、おれ一人で頑張っておる。ちと疲れた)

千鶴の前の総兵衛はあくまで正直だった。

(総兵衛様、無理は禁物)

(というてもな)

(総兵衛様、お心のままに生きてください)

(………………)

(それが千鶴の願いにございます)

(……願いか)

(もはや総兵衛様と千鶴は住む世界が違います。彼岸《ひがん》と此岸《しがん》では現身《うつしみ》の往来は適《かな》いませぬ、新たな途《みち》を選びなされ。それが鳶沢一族の頭領たる者の務め、ようございますな)

千鶴が消えた。

総兵衛は虚脱したように合掌していたが、

(千鶴、さらばじゃ)

と言い残して、墓前に別れを告げた。

猪牙舟《ちょきぶね》が竿《さお》から櫓《ろ》に変わったとき、櫓を握る駒吉に総兵衛が言った。

「駒吉、富岡八幡宮《とみおかはちまんぐう》の船着場に舳先《へさき》を向けておくれ」

「今度は神様にお参りで」

「手代どのがむくれてござる。除夜の鐘にはちと早いが名物の魚料理で一杯やろうという算段だ」

「総兵衛様、そうこなくっちゃ」

猪牙舟がぐらりと揺れて、速さを増した。

仙台堀から富岡八幡宮はすぐそこだ。

寛永年間（一六二四～四四）に創建された当時、総兵衛と駒吉主従がいく一帯は、浅い海の中洲《なかす》であったそうな。それが江戸の発展とともに埋め立てられ、町家《まちや》が形成されていく。

だから富岡八幡宮は水運の便のよい神社として年寄りまでもが舟でお参りにいった。

船着場が見えてきた。

石積みの広々とした船着場で師走《しわす》のお参りにきた人の舟が何隻《せき》も止まっていた。

駒吉は屋根船の間に猪牙舟を滑りこませて舫《もや》った。

二

船着場の石段を上がると、広小路を囲むように新年の支度を終えた水茶屋や妓楼《ぎろう》が軒を連ねていた。

表門の前で拝礼を済ませた主従は、

「旦那《だんな》さん、手代さん、寄ってらっしゃいましな」

という女に誘われて、堀に面した一軒の料理茶屋川甚《かわじん》に上がった。

総兵衛は初めて上がる料理茶屋だった。

座敷には掘炬燵《ほりごたつ》が切られ、雪見障子からはきらきらと光る堀の水面《みなも》が覗《のぞ》けた。

「お客さん、年の瀬にお参りでございますか」

上客と見たか、女将《おかみ》が注文を訊《き》きにきた。

「なんぞ名物を出してくだされ」

「蛤鍋《はまぐりなべ》はいかがにございますか」

「よいよい、適当に見繕って料理と酒をな」

「ありがとうございます」

と女将が下がって駒吉は障子を開けた。

風もなく、穏やかな師走だった。

酒がまず運ばれてきて、駒吉は総兵衛の杯を満たし、自分のにも注いだ。

「頂きます」

主従は静かに酒を口に含んだ。

「昼酒はよいものでございますな」

駒吉がにこやかな表情でいう。

「店に戻って喋《しゃべ》るでないぞ。また、大番頭さんに駒吉に甘いと叱《しか》られるわ」

「はっ、はい」

気の合う二人は笠蔵の顔を思い浮かべて笑い合った。

二人が杯を重ねる座敷から猪牙舟を止めた船着場が見えた。

今しも一隻の屋根船が着いて、ぞろぞろと男衆《おとこし》や若い娘たちが上がってきた。

富岡八幡の参詣《さんけい》にしては身形《みなり》が貧しかったし、顔つきも暗かった。

「武家屋敷に奉公するために連れてこられた百姓衆ですね」

出迎えたのはやくざふうの男たちだ。中の一人は派手な縞《しま》模様の羽織をぞろりと着て、これも共切れの巾着《きんちゃく》を下げていた。

江戸では人手不足が続いていた。とくに給金の安い武家屋敷に勤める奉公人が不足して、御家人《ごけにん》や旗本でも体面が保てなくなっていた。そこで密《ひそ》かに知行地から百姓を連れてきて奉公人として使うことなどが行われていた。

「ありゃ、口入れ屋の口先につられて、在所を離れた連中ですね」

「よい奉公場所が見つかるとよいがな」

小ぶりの七輪と土鍋が運ばれてきた。

蛤と葱《ねぎ》をあっさりとした醬油《たまり》仕立てで鍋にした料理だった。

「これはうまそうな」

他にも鯛《たい》と冬瓜《とうがん》と豆腐の煮物、烏賊《いか》と葱《ねぎ》の和《あ》えものなどが出た。

総兵衛は師走の昼下がり、二人で三合ばかりの酒を飲んで陶然とした。

「駒吉、私は少しここで昼寝をする」

大晦日《おおみそか》の、この刻限だ。客で店が込み合っているわけではない。炬燵でぽかぽかと暖かかった。

「枕《まくら》を借りてきましょう」

総兵衛は手枕でごろりと横になった。しばらくして女が枕と綿入れを運んできて、総兵衛の頭のそばにおいていったようだ。

一刻（二時間）ほど眠りこんだ総兵衛が起きると、駒吉がちょうど外から戻ってきたところだった。

「待たせたな」

「よい機会と富岡八幡宮にお参りしてきました。境内はなかなか広いものですね。それにあちこちに水路や池があって、夏はなんともようございましょうな」

若い手代が風流な感想を述べると、

「お茶を持って運ばせます」

と廊下から引き返していった。

障子の向こうには師走の夕暮れが訪れていた。

総兵衛が自慢の銀煙管《ぎんぎせる》で一服点《つ》けていると女将が駒吉と戻ってきた。

「長居をして邪魔ではありませんでしたかな」

「気持ちよくお休みでしたよ」

「そうでしたか」

「大勢の奉公人をお使いの大黒屋様の大旦那なれば、一年の気疲れがどっと出たのでございましょう」

川甚の女将が如才なく笑みを浮かべた顔で言った。

総兵衛の身分を駒吉が話したと見える。

「これを機会にぜひご贔屓《ひいき》に」

「蛤も和えものも美味《おい》しかった。春になったら寄せてもらいましょう」

総兵衛は料理代と過分な心付けを払いながら、

「先ほど男衆や娘たちが口入れ屋に迎えられたようだが、ここいらで奉公するのですかな」

と訊いてみた。

「ご覧になりましたか。いえね、出迎えたのは口入れ屋ではありません。永代寺の門前町に一家を構えなさる唐犬《とうけん》の段五郎《だんごろう》親分でしてね。様子のいい娘は深川の岡場所に、不器量な娘は料理屋に売り飛ばすんですよ」

「女衒《ぜげん》ですか」

「平たくいえば」

近所のこと、女将は口を濁した。

「いや、すっかりお世話になりました。命の洗濯ができきました」

総兵衛と駒吉は女将や番頭たちに見送られて、川甚を出た。

船着場の舟は総兵衛らの猪牙を含めて三、四隻があちこちに舫われて残っているばかりだ。もはや昼間の賑《にぎ》わいはない。

駒吉が用意の提灯《ちょうちん》に明かりを入れて、舳先《へさき》の竿に吊《つ》るした。

「さて大番頭さんらが心配しておろうな」

猪牙を竿で突いて船着場から離そうとしたとき、

「待て、待ちねえ！」

と声がかかり、どどっ、と長脇差《ながどす》を手にしたやくざ者たちが殺気立って石段に立った。

「なにか御用で」

手代の駒吉が平然として応じた。

「乗っているのは一人だけか」

「見ての通り、旦那様だけです」

駒吉が答え、提灯の明かりが猪牙を照らしつけ、

「行け！」

と横柄《おうへい》にも命じた。

「なんぞありましたかな」

総兵衛が訊いた。

「おめえらの知ったこっちゃねえや、さっさと行かねえか」

「はいはい」

駒吉が竿を改めて突いた。

船着場を出た舟はすぐに右に曲がって永代寺と海辺新田の間の堀を大川へと

向かう。

最初に潜《くぐ》る橋が蓬萊橋《ほうらい》だ。

猪牙が橋下を抜けようとしたとき、

「駒吉」

と総兵衛が名を呼んで、石垣を差した。

橋下の暗がりに娘が一人蹲《うずくま》っていた。

「着けよ」

駒吉が心得て猪牙舟を橋下の石垣に寄せた。

「娘さん、通りがかりの舟だ、怪しいもんじゃありませんよ。お乗りなさい」

と駒吉が囁《ささや》きかけた。

そのとき、橋上を大勢の人間が走りまわる音がして、明かりが水面を照らしつけた。

娘は怯《おび》えたように身を縮めた。

総兵衛が猪牙から石垣の下に飛んだ。

明かりがふいに橋下を照らしつけた。

「いたぞ、いやがったぞ！」

橋の西側は船の荷上げ場になっていて、幅二間（約三・六メートル）余り長さ十間ほど板が敷き詰めてあった。

娘はその船着場から橋下に逃れてきて行き場を失ったようだ。

「おめえらか」

さっき出会った声がした。

「娘をこっちに寄越しねえ」

「断ると申したらどうなさるな」

「なにをっ！　てめえは唐犬の段五郎親分にたて突こうというのか」

「女衆《おんなし》を泣かす女衒だそうですな」

「ふざけたことを、叩《たた》っ斬《き》るぞ！」

総兵衛は橋下から船着場に飛んだ。
六、七人のやくざ者が長脇差を手に総兵衛を囲んだ。
「なにもさもさしてやがる！　吉三《きちぞう》」

橋上から声が飛んだ。

昼間見た派手な羽織の男だ。

「こんどは殺すんじゃねえぞ。娘を二人も叩き斬りやがって、儲《もう》けがふいだ！」

「へえ、親分。勢いで仕方がなかったんで」

吉三が言い訳した。

「おまえさんが唐犬の段五郎親分で」

「てめえはいってえ何者だ」

「通りがかりの者にございますよ」

「ならば娘を渡してさっさと行け」

「窮鳥懐《ふところ》に入らば、猟師これを撃たずと申しますからな」

「野郎ども、構うことねえ、そいつを堀に叩きこめ！」

橋上から段五郎の命が飛んだ。

長脇差、匕首《あいくち》を抜いた三下奴《やっこ》二人が総兵衛に突進してきた。

総兵衛の手にしていた銀煙管が左右に閃《ひらめ》き、匕首の男の眉間《みけん》と長脇差のやくざの手首を打った。

眉間を打たれた子分は膝《ひざ》をがくりと折って船着場に倒れた。

手首を叩かれた男は長脇差をその場に落として、手首を抱えた。

唐犬の子分たちが商人と見た男は、鳶沢一族伝来の祖伝夢想流の会得者《えとくしゃ》であり、落花流水剣という名の秘剣の極意を隠し持っていたのだ。

総兵衛が転がった長脇差を拾うと峰に返した。

「やりやがったな、押し包んで殺せ!」

総兵衛は駒吉が娘を猪牙《ちょき》に乗せたのをちらりと確かめた。

残った子分たちが長脇差を無闇《むやみ》やたらに振りまわしながら突っこんできた。

総兵衛はその場を動こうともせず、考えもなく突進してきた子分どもの肩口や脇腹《わきばら》を次々に叩いて転がした。

「旦那様、猪牙へ!」

駒吉の声が水面からして、総兵衛は長脇差を持ったまま猪牙舟に飛んだ。

「糞《くそ》っ、逃がすんじゃねえ、舟で追え!」

段五郎の叫びを尻目《しりめ》に駒吉の櫓《ろ》は巧みに堀を進んだ。

娘は駒吉の足元に蹲っていた。

総兵衛は手にしていた長脇差を水に放りこんだ。するとそこに唐犬の子分たちに斬られた娘の死体が俯《うつぶ》せで浮かんでいた。

「はなちゃん!」

娘の口から悲痛な叫びが洩《も》れた。

娘と一緒に逃げた仲間だろう。だが、はなの死体を回収する時間がなかった。すすり泣く娘を宥《なだ》めながら、駒吉は必死で櫓を漕《こ》いだ。

「もう大丈夫ですよ、娘さん」

大川に出てほっとした駒吉の声に娘が顔を上げた。

舳先《へさき》に吊るした提灯の明かりに娘の涙が光って見えた。

娘は駒吉に、総兵衛に頭を何度も下げた。

「あれにおられるのは富沢町の古着問屋の大黒屋の主《あるじ》です。私は手代にございますよ」

「上総《かずさ》あたりから連れてこられたかな」

総兵衛の問いに娘がようやく震える声で気丈にも答えた。

「甲府のお城下から来ました」

「なんと甲府城下から……えらい目に遭いなさったな」

安心したか、娘がまた泣きだした。

年の頃は十三、四か。

見目麗《うるわ》しい容貌《ようぼう》から察して、娘が岡場所に売り飛ばされようとしたことははっきりしていた。

総兵衛も駒吉も娘が泣くのに任せていた。

駒吉の漕ぐ猪牙舟は永代橋を潜って大川右岸の中洲《なかす》沿いに入りこみ、入堀へと進んだ。

年の内の仕事を終えた大黒屋の船着場には提灯の明かりの下に何隻《せき》もの荷船が舫《もや》われて、しめ飾りを飾られていた。

作業を指揮していた荷運び頭の作次郎《さくじろう》が、

「旦那《だんな》様、お帰りなせえ」

と総兵衛の投げた舫い綱を受け取った。そして、同乗した娘を不思議そうに見た。

「おきぬを呼んでくだされ」

作次郎が若い者を店に走らせた。

「ここが店でな、下りようぞ」

総兵衛は娘を連れて船着場に下り立った。

「作次郎、正月の支度ができたようだな」

「私どもはおよそ終わりましたが、掛け取りに行かれた番頭さん方はまだのようですよ」

「この時世です、苦労しておりましょうな」

おきぬが笠蔵と一緒に店から出てきた。

「おきぬ、この娘に温かいものでも食べさせてくれぬか」

「はい」

と心得顔に頷《うなず》いたおきぬが、

「遠慮はいりませぬよ。ささ、お店に入りましょう」

娘は大黒屋の表を見て、古着問屋の大店《おおだな》と信じることができたようだ。素直におきぬに従った。

「遅いお戻りなのでなにかあったとは思うておりました」

笠蔵が言い、作次郎も寄ってきた。

二人とも大黒屋の幹部であり、鳶沢一族の者だ。

「富岡八幡宮の料理屋でついのんびりしておったらな。あの娘を拾いました」

総兵衛は、娘を拾った経緯を二人に告げた。

「そうでしたか、それはよいことを」

笠蔵が言い、作次郎が、

「年が明けましたら、女衒《ぜげん》の唐犬一家を調べてみましょう」

と請け合った。

「在所からだいぶ百姓衆が流れこんできておるようですな」

「富沢町には在所の者はあまり見掛けませんが、旗本屋敷なんぞは知行地の百姓を呼んでおるようにございます」

笠蔵も駒吉と同じことを言った。

徳川幕府では百姓の逃散《ちょうさん》を禁じてきた。

農は幕府の基本、米の収穫が幕政、藩政の運営を支えてきたからだ。だからこそ知行地の百姓が江戸に流入することを禁じてきた。

その禁令が侍の体面を保つために壊れつつあった。

「お上が黙視されることをいいことに、唐犬のような女衒の娘買いが横行しておるのですよ」

笠蔵の口ぶりに怒りがあった。

「旦那様、あの娘、甲府城下から買われてきたとすると、老中上座柳沢吉保様のご領地からではありませぬか」

「作次郎、よう気がついたな」

「おお、そうでした」

笠蔵が小さく叫び、

「ご老中の城下で娘が売られるようなことが起こっておりますか」

と言い継いだ。

長いこと鳶沢一族と敵対してきた柳沢吉保は、前年の宝永元年（一七〇四）十二月二十一日、川越城主から甲斐《かい》、駿河《するが》二国を統治する甲府宰相に任じられていた。

甲府は徳川家にとって最重要拠点、徳川甲斐と称して代々一族が城主を務める習わしがあった。

綱吉は、長年の忠勤と綱豊の次代将軍内定に功ありとして、一門でもない吉保を十五万一千二百余石、実高二十万石の太守に就けていた。

「ところで娘を当分店におくことになるが」

大黒屋の住み込みは男女ともに鳶沢一族の者ばかりだ。

「江戸は初めての様子、それにまだ子供です。しばらく店の二階の女衆の部屋に寝泊まりさせても心配はございますまい」

大番頭の意見だった。

「おきぬ、およねと話してよしなに頼む」

と言った総兵衛は、

「まだ掛け取りから皆は戻らぬか」

「はい、又三郎《またさぶろう》ら四、五人が戻ってきておりません」

総兵衛はなに気なく町なみを見渡した。

「ですがご安心を。今年も無事に年が越せそうにございます」

「それもこれも大番頭さんのおかげです」

と言った総兵衛は通りを渡って店に入っていった。

五つ半（午後九時頃）、二番番頭の国次《くにじ》が掛け取りから戻ってきて、外回りの全員が店に揃《そろ》った。

総兵衛はその報告を笠蔵から奥座敷で受けた。

そこへ年越し蕎麦《そば》をおきぬと台所頭のおよねが運んできた。むろん笠蔵の分もあり、酒も添えられていた。

「おお、私もこちらでお相伴ですか」

「ときには大番頭さんの目が光ってないほうが気がねなしかと思いましてね」

およねがずけずけと言った。

「なにっ、だれぞが私のことを邪魔扱いにしましたか」

「はいはい、皆さん、和気あいあいと食べておられます」

「どうせ駒吉あたりが言ったことでしょうな」

笠蔵がむくれ、およねが笑いながら台所に去っていった。

総兵衛と笠蔵の杯を満たしたおきぬに、

「娘はどうしておるな」

「店の二階でぐっすりと眠りこんでおります」

「大変な目に遭ったようだからな」

「娘の名はちよと申しまして、十四歳にございました。生まれも育ちも甲府城下の湯村というところにございます。ちよの父親は、石工《いしく》の棟梁《とうりょう》で、城の石垣の修理中に落石にあたって大怪我《おおけが》をしましたそうな。以来、腰が萎《な》えて体が不自由になり、職人も離れていったそうで。ちよちゃんは、城下の口入れ屋の世話で江戸の富岡八幡宮の巫女《みこ》になれば一通りの嫁入り道具は揃えられるし、送金もできるという甘い言葉に誘われて、江戸に連れてこられたんですよ」

「なんとねえ」

笠蔵が相槌《あいづち》を打った。

「ところが船着場に迎えた者たちの態度といい、連れていかれた唐犬一家の様子といい、とても八幡宮に関わりがあるとも思えない。そのうち子分どもがちよたちを二組に分けて、ちよは深川大新地に連れていかれる組に入れられたそうにございます。そこで厠《かわや》に行くと偽って朋輩《ほうばい》数人と裏庭に飛びおりて、堀端に逃げたそうにございます」

「勘のよい娘にございますな。深川大新地などに売られたら一生飼い殺しですよ」

と笠蔵がほっとした顔をした。

「ともあれ、ちよの落ち着き先を見つけるまでうちにおくしかあるまいな」

総兵衛の言葉でその場の会話は終わった。

三

大晦日《おおみそか》から正月と変わった刻限、大黒屋では鳶沢一族の結束の儀式が行われる。

新年の七つ時分（午前四時頃）に地下の大広間に海老茶《えびちゃ》の戦衣に身を包んだ江戸の鳶沢一族が集まり、鳶沢総兵衛勝頼《かつより》とともに先祖の霊に影の任務を改めて誓うのだ。

むろん通いの奉公人はいない。

このとき、富沢町大黒屋の〝拝領屋敷〟にいる者は一族の者だけだ。が、この年、一族の外の者が一人だけいた。

総兵衛が拾ってきた娘のちよだ。

そこで笠蔵は女衆の一人をちよのそばに残した。

危うく岡場所に売られようとした娘は風呂《ふろ》に入れられ、温かいものを食べさせられて布団《ふとん》に寝かせられると、ぐっすりと熟睡して目を覚ますどころではなかった。

大黒屋は正月三が日は店の商いは休み、だが、二日になると富沢町の小売り屋が、事実上の惣代《そうだい》である古着問屋大黒屋に新年の賀にくる。

そのほか鳶《とび》の者もくれば、町役人も顔を出す。そんな訪問者がさみだれのように三が日続く。笠蔵らがこれらの応対に務める。

古着商を監督する南北両奉行所を始め、三井越後屋《みついえちごや》などには主の総兵衛自らが出向いて、新年の挨拶《あいさつ》を行う。

近年、最後に総兵衛が訪れるのが大目付本庄豊後守勝寛《ほんじょうぶんごのかみかつひろ》の屋敷だ。

総兵衛と勝寛は肝胆相照らす仲、公私にわたって家族ぐるみの付き合いで、四軒町の本庄屋敷では家族が総兵衛の訪れを待ち受けて、新年の祝い酒を頂くのが習わしになっていた。

ちよは正月の三が日、店の二階で眠りつづけた。だが、四日に店の大戸が開いた気配を知ると自ら店に下りて、男衆に交じって店の内外の掃除を手伝った。さらには上方から運ばれてきた古着を布の種類、傷《いた》み具合、染めなどを見極めてより分ける女衆の作業を見よう見まねで行った。

笠蔵が眼鏡ごしに見ていると、助けられた礼をしようというちよの必死さがよく伝わってきた。

飲み込みのいい娘で仕事をすぐに覚え、荷運び人足や長屋の女房たちともすぐに仲良くなって可愛《かわい》がられていた。

（総兵衛様はいい娘を助けなさったわ）

と笑みがこぼれる笠蔵だった。

なずな、はこべら、芹《せり》、すずな、すずしろ、御形《ごぎょう》、仏の座の七種の菜を入れた七草粥《がゆ》を頂いた日の昼前、大黒屋に鳶沢村の次郎兵衛から飛脚便が届いた。

総兵衛宛《あて》の書状と知った一番番頭の信之助が実父の手紙を奥の主に届けた。

すると座敷では総兵衛が帳簿を広げた笠蔵から年末の収支の報告を受けている

ところだった。

「鳶沢村から手紙にございます」

昼前のこと、店は忙しくはあるまいと考えたおきぬが茶を信之助にも淹《い》れた。

その間に総兵衛が手紙を読み終わり、

「…………」

としばらく手紙を持ったまま考えこんだ。

「なんぞ悪い知らせで」

笠蔵が訊《き》き、信之助もおきぬも緊張の気配を見せた。

総兵衛が黙って笠蔵に手紙を渡した。

〈大黒屋総兵衛様　新年おめでたく御座候《ござそうろう》。本年も習わしどおり、鳶沢村、富沢町ともども平穏無事なる年にあらんことを久能山霊廟《くのうざんれいびょう》にて祈念致し初詣《はつもう》でを済ませ候。

さて本日は事後承諾して頂きたき一事、総兵衛様にご報告申し上げ候。

此度《このたび》、過年より身柄を託され居りし深沢美雪様を月窓院より鳶沢村に引き取り、我が養女となしましたる件、誠に勝手ながら何卒《なにとぞ》お聞き届けの程、お願い申し上げ候。

子細は近々面談の上、改めてお許しを得たく存じ候、次郎兵衛拝〉

笠蔵がわが意を得たりという顔で破顔し、手紙を信之助に回した。

「さすがに次郎兵衛様じゃ、江戸の危惧《きぐ》をよう知ってござるわ」

「私に妹が増えましたか」

信之助も言い、手紙がおきぬに回された。

素早く目を通したおきぬは動揺を押し隠して、

「ようございましたな」

と笠蔵に言った。

「これでよいこれでよい」

大番頭が多年の悩みが消えた顔をした。

「そなたら承知か」

総兵衛の口調は鳶沢総兵衛のそれに変わっていた。

「総兵衛様、美雪様なれば、人柄も考えも存じております。また美雪様はすでに鳶沢一族に与《くみ》して命を賭《と》して働かれておられます。村に移られても不安はないとかねが話し合ってきたことにございます」

信之助が三人を代表して言った。

「総兵衛様、ここは次郎兵衛様にお任せになることです」

笠蔵も言い添え、おきぬも頷いた。

総兵衛は黙したまま、首肯《しゅこう》した。


正月の十一日、大黒屋では店のあちこちに飾られた鏡餅《かがみもち》を三方から下ろして切り、しるこにして奉公人や出入りの商人たちに振る舞う習わしだった。

それを目当てに大黒屋に仕入れに来る担《かつ》ぎ商いの者や荷を届けにくる船頭や馬方たちがいた。そんな人々で富沢町の大黒屋の店先は賑《にぎ》わいをみせた。

奉公人たちは接待に務め、自らもしるこを楽しんだ。

そんな騒ぎが一段落したころ、おきぬが奥座敷に総兵衛と笠蔵のしるこを運び、許しを請《こ》うた。

昼前のことだ。

「上野寛永寺様にお参りにいってこようと思うのですが、ようございますか」

おきぬは徳川家の菩提寺《ぼだいじ》に総兵衛と美雪の将来を祈って、鳶沢一族の安泰を願おうと考えていた。そして、自分自身の気持ちに決着をつけたいと考えていた。むろんそれは総兵衛への思慕であった。

「かまわぬが」

「そのあと浅草寺《せんそうじ》に回ってもようございますか」

「おきぬ、一々《いちいち》とそのような許しは必要ない」

「いえ、ちよちゃんを江戸見物に連れて参ろうかと思いましたので」

笠蔵が手を打ち、

「ちよはよう働きますでな」

と一も二もなく賛成した。

ちよが富沢町に来て半月近くが過ぎていた。

作次郎の調べでは唐犬はちよの行方を追っているふうはないという。

それに唐犬の縄張りは深川一帯の川向こう、上野から浅草ならばまず一家の者に会う気遣いもなかろうと総兵衛も許し、笠蔵も頷《うなず》いた。

「ならば、支度をさせます」

その話を大番頭から聞いた信之助は荷運び頭の作次郎をその場に呼んだ。

「頭、おきぬさんがちよと外出します」

と事を告げ、

「おきぬさんと一緒ですから、心配ないとは思います。が、用心のためにだれぞ一人つけますか」

と相談した。

「おお、それはよい考え」

とその場にいた笠蔵も賛成した。

大力の作次郎も、

「番頭さん、ならば、文五郎《ぶんごろう》を用心棒につけさせましょう」

と手配りしてくれた。

店の二階で、おきぬから古着ながら上物の縮緬《ちりめん》小袖《こそで》を着せられたちよは大店《おおだな》のお嬢様のように変身した。

店に下りると、

「おやまあ、古着をより分けている娘がさ、きれいになったよ」

「やっぱりさ、馬子《まご》にも衣装だ。私も着飾ればさ、吉原の花魁《おいらん》くらいにはなれるかね」

「いちさん、おまえ様が厚化粧したら、田舎芝居の男役者だよ」

「馬鹿《ばか》をお言いでない、これでも私と苦労をしてみたいという男が何人もいるんだよ」

と通いの女たちがわいわいと賑やかに送りだした。

おきぬとちよは入堀ぞいに旅籠《はたご》の並ぶ馬喰町《ばくろちょう》の通りに出て、浅草御門へと向かった。

ちよは旅人宿が軒を連ねる通りの賑わいに目を白黒させていた。

「ここはね、関八州は言うにおよばず、甲州あたりからも商いやら公事《くじ》に出てこられる人たちが泊まる旅籠町ですよ」

浅草御門から柳原土手を神田川ぞいに上流へと上がった。

土手には露店の古道具屋や古着売りが店を開いていて、

「おや、おきぬ様、お出かけですかえ」

と声も掛かった。

柳原土手に露店を構える商人の中には富沢町に仕入れにくる者もいたから、大黒屋の奥を仕切るおきぬの顔を見知った者もいた。

「よいお日和《ひより》でございますね」

おきぬが如才なく挨拶《あいさつ》を返すと土手の梅からよい香りがしてきた。

「おきぬ様は顔が広いんですね」

わずか半月足らずのうちに江戸の言葉にも馴染《なじ》んだちよが聞く。

「ちよちゃん、富沢町の大黒屋の商いは江戸ばかりか、西国から奥州《おうしゅう》筋まで手広くやっています。そこで出入りの方も多い。私はそんなお客様や商人衆にお茶を出したりしているから自然と知り合いも増えたのですよ」

ちよは大黒屋の商いが途方もなく手広いことを察していた。

和泉《いずみ》橋で神田川を渡った二人は左岸を神田花房町まで上がり、不忍池《しのばずのいけ》への道に入っていった。

俗にいう下谷《したや》御成《おなり》街道である。

「ちよちゃん、ほれ、これが不忍池といってね、あの池の小島には弁天様が祭ってあるんですよ」

夏になると蓮《はす》の花が咲いて初夏の季節を告げるのだが、蓮も今は枯れていた。

「江戸はどこにいっても大勢の人でございますね」

ちよの方は景色よりも大勢の人込みに驚いていた。

「浅草寺にいけば、もっと驚きますよ」

二人は寛永寺への参道を上がった。

〈都の丑寅《うしとら》の方に比叡山《ひえいざん》あり、王城の鬼門を守り、天下国家の安全を勤める……〉

京都に習って、江戸城の鬼門を守らせたのが寛永寺だ。

その広さ三十万五千坪、寺領一万二千石、支院三十六坊の大寺である。

おきぬとちよは下谷車坂から屏風《びょうぶ》坂を上がって、表御門に辿《たど》りついた。

壮麗な根本中堂をお参りし、東照大権現宮《とうしょうだいごんげんきゅう》に拝して、おきぬは鳶沢一族の繁栄と当代総兵衛の幸せを祈願して、

（総兵衛への恋心）

を断ち切った。

「ちよちゃん、浅草で美味《おい》しいものでも食べていきましょうね」

車坂に戻った二人は、新寺町通りを東本願寺前に抜け、田原町の辻《つじ》を左折して教覚寺の前で右に曲がり、広小路に入っていった。

神社仏閣というが東照大権現をお祭りする寛永寺と金龍山浅草寺ではまるで雰囲気が違った。

上野の山一帯は徳川の聖地、荘厳《そうごん》な雰囲気に包まれていた。

一方、正月気分の広小路から浅草寺の境内一帯には露店や大道芸人などがいて、どことなく浮き浮きするような、猥雑《わいざつ》な空気があった。

それまで緊張を残していたちよが少女に戻ったようで、目まできらきらして行き交う人や露店の品を眺めている。

「浅草寺のことは知っていました、おきぬ様」

ちよは甲府にいるときから話を聞いたことがあるという。

風神雷神が睨《にら》みを利《き》かす雷門から仁王門へ一丁半（約一六〇メートル）の仲見世が続いていた。

ちよにとってどれもが初めて目にするものばかりである。

「まずはお参りしましょうね」

二人は人込みをかき分けて本堂の石段を上がった。人込みに押されながらお賽銭《さいせん》を上げて、それぞれの思いを観音様にお願いした。

そのあと、おきぬはちよを仲見世から少し離れた、羽二重団子が名物の甘味の店に連れていった。

通りを眺めることのできる縁台に緋毛氈《ひもうせん》が敷かれて、昼下がりの日差しが当たっていた。紅梅がかたわらに咲いて、なんともよい香りを漂わせていた。

二人はその縁台に腰を下ろして、茶と団子を注文した。

「疲れない」

「楽しくて楽しくて、疲れてなんかいませんよ。おきぬ様、ありがとうございました」

ちよが顔を横に振り、礼を言った。

「ちよちゃん、観音様になにをお願いしたの」

「甲府のお父つぁんに迷惑が掛からないようにって」

そう言うとちよの顔が曇った。

ちよは自分の行動が甲府の親に迷惑をかけるのではと心配していた。

「まず唐犬の段五郎とかいう女衒《ぜげん》が甲府まで人を走らせるとは思わないけど」

店に戻ったら総兵衛様に相談してみようとおきぬは約束した。その上でちよに聞いた。

「ちよちゃんのお父つぁんは、石工の棟梁《とうりょう》だったわね」

「はい、職人が怪我《けが》をしてしまっては終わりです」

「たしか甲府の殿様は老中上座柳沢様」

「はい、一昨年の暮れに川越から入府されました」

「吉保様は幕閣の身、忙しくて江戸を離れられないでしょうに」

「城代家老の柳沢権太夫《ごんだゆう》様が将軍様ご拝領の葵《あおい》の紋の羽織を着て、葵の紋が入った馬の鞍《くら》に跨《また》がって甲府入りなされました。それはそれはきれいな行列だったそうで」

「見なかったの」

「だって、お待ちしていた私たちに先導の赤の陣羽織のお侍様たちが、拝め、拝めと申されたものですから、地面に頭を擦りつけているうちに行列が城の方にいってしまって、葵の紋の羽織も葵の紋の鞍もあとで噂《うわさ》で知りました」

「さすがに上様のご信頼の厚い柳沢様ですね、なんとした威勢でしょう」

「お殿様は元を辿《たど》れば、武田の出だそうで甲府の領民の喜びようは大変なものでしたよ」

「柳沢様は武田一族でしたか」

「なんでもそんな話です」

おきぬには初めて聞くことであった。

お茶と羽二重団子が運ばれてきた。

女二人は名物の甘いものに話を止めた。

そのとき、店の前を通りかかった者がいた。浅草奥山の見世物小屋を仕切る広小路の離れ凧《だこ》の弥助《やすけ》親分と三下どもの五人組だ。一行は奥山の見回りから広小路に戻ろうとしていた。

その中に加わっていた一人の男が驚きの顔でちよの姿に目を止めた。

「どうしなさった、吉三さん」

富岡八幡宮《はちまんぐう》の唐犬の段五郎と離れ凧の弥助は兄弟分の杯を交わした仲だった。

女衒の段五郎が在所から騙《だま》して連れてきた女の中で手先が器用で体が柔らかな娘を弥助に売っていた。

そんなつながりがあって、唐犬一家の代貸の吉三が浅草を訪ねていたのだ。

「いえね、この間、甲州から買ってきた飛び切りの娘がうちから逃げだしましてね、近くで見つけるには見つけたんだが、なんとも腕の立つ男に邪魔されましてね。鳶《とんび》に油揚《あぶらげ》をさらわれたんですよ」

「それがあの娘で」

「着飾っていますが間違いねえや、あれなら吉原だって出せる上玉でしょう。それにしても年増《としま》女がついてますな」

「あの年増だってなかなかのもんだ。二人まとめて引っさらっていきましょうかえ」

おきぬは視線を感じて、あたりを何気なく見まわした。

通りにやくざか香具師《やし》らしい男五人が立って、こちらを眺めていた。

おきぬは茶代を置くと、

「ちよちゃん、騒ぎになるかもしれませんよ」

と注意を促した。

ちよが顔を上げておきぬを見た。さらにおきぬの視線の先に顔を向け直し、

「あっ」

と驚きの声を漏らした。

離れ屁の弥助たちが通りから店に押し入ってきた。

店にいた女客たちが顔色を変えた。

何事が起こったかと台所から出てきた主が弥助の顔を見て、

「親分さん」

と言うとその血相に立ち竦《すく》んだ。

「いけしゃあしゃあとよくも人込みに面《つら》を出してくれたもんだぜ」

吉三がちよを睨《にら》み、ちよの顔がさらに青く変わった。

「どなた様かしら」

小太刀の名手のおきぬが平然と聞きながら、得物《えもの》を目で探した。

だが、甘味処《どころ》に都合よく棒切れなどはない。

(どうしたものか)

「姉さん、広小路まで付き合ってもらおうか」

弥助が貫禄《かんろく》を見せて言った。

「何のためにです」

「この娘の顔色が変わったところを見ると説明もいるめえ」

「うちの妹はおぼこですよ。おまえさん方のような、汚い顔が五つも並んじゃ顔色も変わりますって」

「言いやがったな!」

吉三がおきぬの胸ぐらをつかもうとした。

おきぬがその手を下から右手で摑《つか》んで捻《ひね》りあげると、吉三が差していた長脇差《ながどす》をもう一方の手で抜き取った。

一瞬の早業だ。

「この女、油断ならねえぞ!」

弥助が叫んだとき、通りから疾風のように走りこんできた者がいた。

大黒屋の荷運び人足にして鳶沢一族の者、文五郎だ。

その手にはどこで見つけたか、心張棒があった。

心張棒が左右に振るわれ、離れ屑の手下二人が肩口と脇腹を打たれて倒れこんだ。

おきぬは文五郎の出現をいぶかりながらも、峰に返した長脇差で吉三の腰を叩《たた》き、弥助の腹部をしたたか殴りつけていた。

「うっ!」

「あ、痛え!」

殴られた者たちが呻《うめ》き、残った一人が立ち竦む隙《すき》におきぬと文五郎はちよの手を引いて、仲見世の人込みに紛れこんでいた。

四半刻《しはんとき》(三十分)後、おきぬら三人を乗せた猪牙舟《ちょきぶね》が吾妻《あずま》橋下から出た。

「文五郎さん、助かりましたよ」

ほっとした顔のおきぬが頭を下げた。

「おきぬさんならなんとでもなろうと思ったがちよちゃんがいるんでね、つい手出しをしてしまった」

「いや、一時はどうなることかと」

おきぬは正直な気持ちを告げた。

「頭の命で二人のあとを尾《つ》けていたんだが、よかったよ」

「文五郎さんが私たちのあとを」

おきぬはまったく気がつかなかった。

「一番番頭さんが心配なさってね、うちの頭に命じなさったのさ」

「信之助さんが」

おきぬは信之助の気配りに感謝した。

四

富沢町の奥座敷でおきぬの報告を聞いた総兵衛が、

「このままにはしておけぬな」

と笠蔵や信之助の顔を見た。

「今晩にも唐犬と離れ爪をこらしめますか」

笠蔵が一族を動かして女衒と香具師の一家を殲滅《せんめつ》するかと言いだした。

「それはいかにも大袈裟《おおげさ》」

信之助が笑った。

鳶沢一族の武力を注げば、やくざなどどうとでもなった。

「うちとの関わりは知られたくありませんからね」

おきぬも言う。

「信之助、ちよと甲府から出てきた仲間はどうなっているか、調べてくれぬか。それに離れ屋のほうもなんぞ後ろめたい所行があろう。それらを調べあげて、歌舞伎《かぶき》の親分に頼めるものはたのもうではないか」

歌舞伎の親分とは下柳原同朋町《しもやなぎわらどうぼうちょう》の十手持《じって》ちで、若い頃、背中に助六の彫り物を入れたほどの歌舞伎好きのせいもあって歌舞伎の親分とよばれていた。

大黒屋とはこれまでもいろいろな諍《いさか》いごとの始末を内々にしてくれた仲でもある。

「そうですね、まずは唐犬と離れ屋に探索を入れましょうか」

と信之助が言い、総兵衛が、

「信之助、おきぬ、そなたらが指揮して事にあたれ」

と二人に命じた。

「はっ」

信之助は畏《かしこ》まり、承知した。

おきぬも頷《うなず》くと言いだした。

「総兵衛様、ちよちゃんから聞いたことですが、柳沢吉保様は武田一族の出だそうにございますな。そのせいか、川越から甲府のお国替えはなんとも壮麗で、赤の陣羽織の侍たちが拝め拝めと行列を出迎えた甲府の衆に土下座させたと申します。それでも領民は武田一族が再興したかのように喜んでいたようにございます」

「ほう、赤の陣羽織の侍たちがねえ」

と笠蔵が首を捻った。

「なにか気になるか」

総兵衛が大番頭に訊《き》いた。

「ええ、ちと……」

笠蔵は敵対してきた柳沢一族の歴史をこつこつと調べていた。

「総兵衛様、はるかな昔、源平の合戦の頃、武田一門に青木尾張守《おわりのかみ》安遠という武将がおりましてな、この者の次男の信興様が柳沢家の始祖にあたります。信興様は、北巨摩《こま》郡武川《むかわ》筋《すじ》柳沢之郷を領地にしておりました……」

笠蔵の講釈が始まった。

「一統は領地の名をとって武川衆とよばれ、甲州軍団武田の中でも赤備えの軍装で戦場を駆け巡り、敵方に武川衆ありと恐れられたそうにございます。この武川衆の一人、横手源七郎信俊《のぶとし》様が吉保様の祖父に当たります……」

風林火山の旗印の下に結集した甲州軍団武田一族は、武田信虎《のぶとら》、信玄、勝頼《かつより》三代のとき、全盛期を迎える。

元亀《げんき》三年（一五七二）十二月二十二日の日暮れから浜松城外の三方《みかた》ヶ原《はら》で徳川家康の旗本衆と信玄軍が激突した。

このとき、武田軍の大勝利に終わり、家康は命からがら戦場から浜松城に逃げ戻り、

「いったんは死を覚悟した」

というほど大いに肝を冷やすことになった。

だが、信玄が没した二年後、天正三年（一五七五）五月八日から始まった三河の長篠《ながしの》の合戦で武田軍団は、織田信長・徳川家康の連合軍の最新兵器の鉄砲と近代的な戦術に敗れ去った。

「敗れた勝頼の本隊の撤退に際して、赤備えの武川衆は身を挺《てい》して血路を切り開いたと申します」

七年後の天正十年、圧倒的な軍事力と機動力を誇り、天下を狙《ねら》った武田騎馬軍団は、滅亡の秋《とき》を迎える。

三月十一日、織田軍との戦いの中、勝頼・信勝父子が自刃《じじん》して果て、ここに徳川・織田の軍勢の前に立ち塞がった武田軍は滅び去った。

「たしかにちよがいうように吉保様のご先祖は甲斐源氏の流れ、武田軍の武将の横手源七郎信俊様が祖父に当たられます」

と再び笠蔵が言い切った。

「大番頭さん、ちと疑いがある。武田軍の中核であった武装集団武川衆がどうして敵対してきた徳川の軍門に下ったな」

「そこにただ今の吉保様の出世の糸口がございます。天正八年（一五八〇）十一月、勝頼様の自刃の二年前、武田軍が上野国膳城《こうずけのくにぜんじょう》を攻略しました……」

「百二十余年も前に吉保様の出世の糸口があるとな」

「はい。このとき柳沢本家の後継者、柳沢信兼が軍律を犯したとして、勝頼様に切腹を命じられたことがございました。ここにおいて一族は、断絶の危機にさらされる。これまでの一族の功労を考えた勝頼様は、柳沢一門を継ぐにふさわしい人物として、一門の横手信俊様を推挙しましてな。このとき、信俊様は柳沢兵部丞《ひょうぶのじょう》信俊と名を改め、赤備えの武川衆を率いることになったのです」

「信俊どのは勝頼様に恩義があるではないか。勝頼様らが自刃したとき、信俊どのはいかがした」

そこですそこです、と笠蔵が身を乗りだした。

「武川衆は勇武を誇る軍団であると同時に身を処する術に長《た》けていたように思います。勝頼様、信勝様が亡《な》くなられたあと、信俊様は甲斐に入国した家康の麾下《きか》に直《す》ぐに馳《は》せ参じる途《みち》を選ばれております」

「機を見るに敏なところは当代の吉保様に受け継がれておるか」

「さようにございますな」

笠蔵はそう言うと、

「武田軍が滅んだあとも武川衆の活躍は続きます。北条氏政の弟氏忠を総大将とした八千余騎の北条軍が御坂《みさか》峠を越えて、甲斐に侵入したときも、柳沢信俊様が率いる武川衆が北条軍の前面に立って戦い、追い散らしたと申します……」

さらに小牧長久手《こまきながくて》の戦い、信州上田城の攻略戦などに参戦した柳沢一族は、徳川の中で確固とした地位を築いていく。

武川衆の頭領、柳沢信俊は武州の鉢形《はちがた》城に領地を与えられた。

「信俊どのの子、吉保様の父上安忠どのは綱吉様が藩主であった館林《たてばやし》藩江戸屋敷の勘定頭であったな」

すでに戦国の時代は終わり、徳川の幕藩体制が始まっていた。

「信俊様には安吉、安忠の二子がございましたがな、大坂冬の陣が終わったあと、嫡男《ちゃくなん》安吉様は次男の安忠様に知行を譲り、二代将軍秀忠様の命で駿河《するが》大納《だいな》言忠長《ごんただなが》様に仕えておられます。一方、安忠様は、鉢形城を出られて館林藩主の綱吉様の家臣になられたのでございます」

ここにおいて柳沢一族の武田の〝血筋〟は消え、徳川の一門への変身が完了したことになる。

「総兵衛様、ちよの話で気になることがございます」

「赤備えの行く末か」

さよう、と笠蔵が答え、言葉を続けた。

「川越から甲府に入った城代家老柳沢権太夫保格《ごんだゆうやすただ》どのは、吉保様の従兄弟《いとこ》にあたられます、この一行を赤の陣羽織の侍たちが出迎え、領民に拝め拝めと土下座を強制したといいますな。ちよらは葵《あおい》の御紋を拝めと考え、頭を下げた。だが、真実は、武田の血を引く武川衆の再興に平伏させたとしたら……考え過ぎにございますか」

「赤の陣羽織の侍たちが武川衆の末裔《まつえい》と申すのじゃな」

「かつて柳沢一族の戦闘部隊の武川衆は赤備えの軍装で戦場を駆け巡り、敵方を畏怖《いふ》させてきております」

「柳沢様の甲府の転封に従い、武川衆が復活したか」

「復活か、あるいはこのときのくるのを武川衆は、じっと耐え忍んでいたのではありませぬか」

笠蔵の話が終わり、しばらく座に沈黙があった。

「武川衆など近年耳にしたこともなかった。笠蔵、もし彼らが潜んでいた地があるとしたら、甲州か」

「それを先ほどから考えておりましたがな、安忠様が出られた鉢形城は武州寄《より》居《い》にございます。ここに武川衆を残されたとしたらどうでございますな。先の柳沢様の領地、川越城下からは十里（約四〇キロ）とは離れておりますまい」

「大番頭さん、川越と寄居なれば荒川筋、水運にても簡単に往来ができます」

総兵衛は笠蔵の推測には道理があると思った。

「急ぎだれぞを派遣するか」

「磯松《いそまつ》と清吉《せいきち》ではいかがにございますか」

信之助が即答した。

四番番頭の磯松は、これまでも古着の担《かつ》ぎ商いやぼろ布買いに化けて、探索に出向いた経験があった。

手代の清吉は一族の者ではなかった。

だが、幾つもの危難や戦いを一族の者たちと一緒に乗り越えた功労が認められて鳶沢村に送られ、一族としての教育をたたき込まれて戦列に加わっていた。

「よかろう」

「すぐに」

総兵衛らは商から武の拠点、地下の大広間に座を移した。

初代鳶沢総兵衛成元《なるもと》の木像が安置された板の間に磯松と清吉が呼ばれた。

「総兵衛様、御用にございますか」

二人は地底に下りたときから商人の顔は消え、鳶沢一族の戦士の顔になっていた。

「磯松、清吉、武州寄居へ探索に入れ」

二人を呼びだした信之助が事情を説明した。

「はっ」

と畏まった二人に笠蔵から金が渡された。

「磯松、清吉、寄居から甲府に走ることになるやも知れぬ。武川衆の拠点が甲府城下なれば、無理は禁物。富沢町とつなぎを密にとって動け、よいな」

「畏まりましてございます」

「甲府城下のつなぎの場所は……」

大黒屋とのつながりが深い古着屋が笠蔵から指名された。

二人が平伏すると大広間から武器庫に下がった。そこには武器とともに変装の諸道具がいろいろと用意されていた。

二人は身形《みなり》を変え、そのまま地下の水路から江戸の町に消えて御用を務めることになる。

「どうやらあちらこちらと忙しくなったな」

「総兵衛様、となれば唐犬と離れ凧《だこ》の方を一気に」

「離れ凧はおれに任せよ」

と信之助に唐犬の探索専念を命じた。

正月の十九日、将軍綱吉は、

〈……奴僕《ぬぼく》出替のとき、近年人少にて、便よからぬよし聞ゆ。采邑《さいいふ》ある輩《やから》は、その邑《むら》より人夫をよび、給分は相応にあたへめしつかふべし……〉(『徳川実紀』)

と旗本の奉公人不足に対策を打ちだした。

これは旗本の知行地から百姓衆を江戸の屋敷に召しだして、給金を与えて働かせてよいという触れであった。武家屋敷の奉公人不足は、都市の商業活動の進展によって労働賃金が上がったのに対して、武家屋敷はそのままである事を意味した。だが、知行地からの労働力確保は農が基本の徳川幕藩体制を衰弱させていく可能性をはらんでいた。

この日の昼下がり、総兵衛はふらりと下柳原同朋町の、大川と神田川が合流するあたりにある船宿いろはを訪ねた。御用聞きの歌舞伎の左近《さこん》の女房さきが女将《おかみ》の船宿だった。同じ敷地に左近の家があったが総兵衛は、船宿を訪ねた。

「おやまあ、大黒屋の旦那《だんな》様、御用なれば小僧さんでも使いに寄越してくださればよいものを」

ときさが恐縮した。

「なあに、たまには親分さんのお顔を拝見したかったでな」

総兵衛は神田川の流れが見える二階座敷に通され、別棟にいた親分が呼ばれた。

「新年のご挨拶《あいさつ》にもお伺いせず、申しわけのないことで」

出入りの店に盆正月と御用聞きが顔を出すのは、むろん季節の挨拶もある。が、幾許《いくばく》かの金を受け取りにいくのが本心だった。

左近親分はそれが嫌さに節季に出入りのお店に顔を出さない。

そのことを総兵衛は承知していた。

「なんのなんの、互いに忙しい身、虚礼はほどほどにな」

さきが、

「まだ正月ですから」

と言いながら、酒と肴《さかな》をすぐに運んできた。

「これは恐縮」

さきが総兵衛に酌をすると、

「ごゆっくりと」

と言い残して二階から消えた。御用と察したからだ。

「なんぞ出来《しゅったい》しましたか」

杯に口をつけた左近が訊いた。

「親分にちょいと頼みができましてな、いろはを訪ねました」

「わっしで用が足りますかえ」

「親分は浅草門前の離れ凧の弥助をご存じで」

「へえ、奥山一帯の見世物小屋を仕切っているケチな男でございますな」

「ならば話が早い」

総兵衛はちよを富岡八幡宮《はちまんぐう》の船着場で助けた経緯から、おきぬとちよが浅草で見舞われた事件までを語った。

「総兵衛様、弥助をちと脅しつければようございますかえ。なあに、叩《たた》けば埃《ほこり》がいくらも出る輩です。伝馬町に引っ張るぞといえば、おとなしくなる程度の度胸のねえ親分様ですよ」

「それはありがたい」

「総兵衛様、唐犬のほうはだいぶ質《たち》が悪うございますよ。お上に代わって存分に懲《こ》らしめてくださいな」

親分がにやりと笑った。

左近は千鶴が殺された一件で走りまわった。

そのとき、総兵衛を頭領とする大黒屋の隠された〝貌《かお》〟に気がついていた。が、未《いま》だ素知らぬ顔を通してくれていた。

「やっぱり親分さんに会ってよかったよ。これは正月の餅代《もちだい》、納めてくださいな」

総兵衛は袱紗《ふくさ》に包んだ包金（二十五両）を差しだし、左近が、

「ありがたく頂戴《ちょうだい》します」

と快く納めてくれた。

その日の夕暮れ、総兵衛の戻りを笠蔵らが待ち受けていた。

大黒屋の主《あるじ》の座敷に主《おも》だった者たちが呼ばれた。

「女衒《ぜげん》の唐犬の段五郎のことがだいぶ分かりましてございます」

探索の頭分、三番番頭の又三郎が笠蔵に促されて言いだした。

「段五郎の親父《おやじ》は、甲州は石和《いさわ》の生まれでございまして、江戸に出てきて屋敷

の渡り中間《ちゅうげん》などをやったのちに女衒を始めたそうにございます」

「ちよが江戸に連れてこられたのは親父の代からのつながりか」

「はい。甲州一帯に段五郎の悪《わる》仲間がいるということでございます」

「二代で富岡八幡宮の門前に一家を構える女衒に出世か。だいぶ阿漕《あこぎ》な道を辿《たど》ってきたものと思えるな」

「深川一帯の岡場所はおよそ段五郎の息がかかってございます」

又三郎が頷《うなず》いて答えた。

「ちよと一緒に連れられてきた娘たちはすでに見世に出ておるか」

「い、いえ、はなとみやと申す娘がちよと一緒に逃げて殺された二人にございます。その他の年端《としは》のゆかない娘はまだ妓楼《ぎろう》で走り使いをさせられておりますですが、残りの半分ほどはすでに客をとらされております」

「どうしたものか」

総兵衛は助けたあとの処置を思案した。

「旦那様、明神丸が佃島《つくだじま》沖に停泊しております」

作次郎が言いだした。

「助けた娘をいったん明神丸に収容するか」

「はい」

「故郷の甲州に帰せば、また段五郎の悪仲間の手が伸びような」

「富沢町で女衆《おんなし》の手を欲しているところはいくらもございますよ。数日、明神丸に身を潜めているうちに私が二十人や三十人の奉公先は取りまとめてみせます」

笠蔵が胸を叩いた。

「さすがに大番頭さんじゃ、そちらはお任せしようか」

と笑った総兵衛は、

「ならば、信之助、われらの手で肝心要《かなめ》の唐犬にご挨拶いたそうか」

「はっ」

と鳶沢一族の幹部連が畏《かしこ》まった。

その深夜、栄橋下から入堀に一隻《せき》の船が出た。

四挺艪《ちょうろ》で漕《こ》がれる早船は、ゆっくりと入堀を灯火もつけずに進んだ。

大川に出る手前の川口橋の常夜灯の水面に投げる明かりが黒の忍び装束に同色の布で顔を包んだ男たちを浮かびあがらせた。だが、それも一瞬のこと、すぐに闇《やみ》に沈み消えた。

一行の真ん中に控えた男の口にぽっと煙草《たばこ》の火が時折り点《とも》る。

大川に出た早船は四挺艪を揃《そろ》えて一気に大川を河口に向かって漕ぎ下り、越中島の堀に入っていった。

船が着けられたのは総兵衛がちよを助けた蓬萊橋の船着場だ。

七人の男たちの頭分一人だけが背に蜘蛛《くも》の巣《す》文様が刺子された袢纏《はんてん》をざっくりと羽織っていた。

そして、鳶沢総兵衛勝頼の腰には三池典太光世《みいけでんたみつよ》の一剣があった。

一行は永代寺門前に一家を構える唐犬の段五郎の家の表に闇から浮かびあがるように現われた。すると先行していた又三郎と駒吉が出迎え、表戸をあっさりと外した。

一行は風のように唐犬一家に忍びこんだ。

奥ではまだ酒を飲みながら博奕《ばくち》でもしている様子だ。

三和土《たたき》で一行は懐《ふところ》から出した鬼の面を付けた。

総兵衛が手にしていた銀煙管《ぎんぎせる》を振った。

すると又三郎を先頭に数人の黒の忍び集団が廊下を音もなく走った。

子分たちが手慰みをしている座敷を囲んだ一行は、ときを待った。

その間に総兵衛と信之助の二人が悠然と奥へ通った。

庭をはさんだ奥座敷から男と女の嬌声《きょうせい》が流れてきた。

信之助がその座敷の障子を引きあけたとき、表でも騒ぎが起こった。

裸の背に唐犬の彫り物を見せた男が振りむきざまに、

「なんだ、てめえたちは！」

と怒鳴った。

「鬼がな、唐犬を退治にきた」

「ふざけたことを」

緋縮緬《ひぢりめん》の長襦袢《じゅばん》の女房の体の上から横に転がった段五郎が長脇差《ながどす》を手にして叫んだ。さすがに親分と呼ばれてきた女衒だ。

鬼の面を被《かぶ》った侵入者に縮みあがったふうもない。

「おまえさん、叩き斬《き》っておしまい！」

女房の方も布団《ふとん》の下に隠した匕首《あいくち》を手探りした。

総兵衛がそんな女の行動を見ながら、

「唐犬、地獄に行ってもらう」

と宣告した。

「言いやがれ！」

片膝《かたひざ》をついた唐犬の段五郎が片手で長脇差を抜くと、総兵衛の眉間《みけん》を一撃した。

総兵衛は避《よ》けなかった。

鬼の面で段五郎の一撃を受けた。

ぱっかりと鬼の面が二つに割れた。

「てめえはこの間の」

長脇差を持った手首を摑《つか》んだ総兵衛が、

「唐犬の段五郎、大黒屋総兵衛の面をとくと拝んで三途《さんず》の川を渡れえ！」

と言い放つと銀煙管を段五郎の眉間に、

発止！

と叩きつけた。

血飛沫《しぶき》が上がった。

倒れこむ段五郎を見た女が太股《ふともも》もあらわにしながら、

「やりやがったな！」

と匕首を閃《ひらめ》かせて総兵衛の脇腹に突きかかった。

廊下に控えていた信之助が気配もなく女房の背後に走り寄ると首筋を、

「ぴゅっ」

と掻《か》き斬った。

どさりと女が倒れたとき、唐犬の段五郎夫婦は布団の上で骸《むくろ》に変わっていた。

表の騒ぎはすでに静まっていた。

「どこぞに女たちを売った証文の控えがあろう、探してくれ」

「はい」

信之助が証文と何百両もの小判を見つけだしたのはすぐのことだ。

「あとは笠蔵様にお任せしようか」

黒装束の一団が消えたあと、髷《まげ》を切られた唐犬一家の子分たちが放心の体《てい》で、

「鬼が出た……」

「悪さの報いだ」

とつぶやいていた。

永代寺の門前町に一家を構えて、女たちを売り買いしてきた女衒の唐犬一家は看板を下ろして、子分たちは四散した。

親分夫婦が手もなく殺されて、証文も有り金も、

「鬼」

に奪われたのだ。

弔いも仕方なく町役人がひっそりと行った。

その数日後から若い番頭を連れた年寄りが深川近辺の岡場所を回り、唐犬一家を通して買った娘たちの身請けをして歩いた。

大黒屋の大番頭笠蔵の姿であった。

第二章　再　生

一

武州榛沢《はんざわ》郡寄居村に急行した大黒屋の四番番頭の磯松と手代の清吉は、古着の担《かつ》ぎ商いの身形《みなり》をしていた。

古着商いは二人にとって本業、慣れた仕事である。

背に大風呂敷《おおぶろしき》を背負った二人はまずは荒川の岸辺に残る鉢形《はちがた》城跡を訪ねた。

室町時代に建てられた平山城《ひらやまじろ》は北条氏邦《うじくに》の居城で、徳川幕府の創建に功労あったとして武川《むかわ》衆の柳沢信俊に与えられたものだ。だが、信俊が鉢形領今市で亡《な》くなった後、二人の子、安吉も安忠も鉢形領を出ていた。

主《あるじ》のいない城は本丸と二ノ丸の土塁と深い堀に往時の名残りをとどめていた。朝、落ち葉の溜《た》まった空堀を独り老婆《ろうば》が眺めていた。

「おばあさん、柳沢信俊様のお墓に詣《もう》でたいのですが、まだ鉢形に残っておりましょうかな」

年寄り相手の商いに慣れた磯松が大声を張りあげて聞いた。

老婆がゆっくりと視線を巡らした。目やにだらけの目を細めて睨《にら》んだ老婆は、

「大声を出さんでも聞こえる」

と文句を言った。

「それはすまぬことで」

「あんたらは担ぎ商いで来られたか」

「はい、こうして古着を担いで村々を回って商売してますがな、商いの合間に戦国武将の遺跡やら寺社仏閣を訪ねるのがなによりの楽しみにございますよ」

老婆は頷《うなず》くと、

「信俊様のお墓が高蔵寺にあるぞな」

と教えてくれた。

礼を述べた二人はその足で今市の高蔵寺を訪ねた。

苔《こけ》むした立派な墓が柳沢の祖のものであった。

信俊の法名は高蔵寺殿安宗良心大居士《だいこじ》。

没年は慶長十九年（一六一四）十一月三十日。

二人は墓石の前で合掌した。

「磯松さん、墓を手入れする者たちがおるようですね」

清吉が磯松にいったとき、片足が不自由な墓守《はかもり》が墓に入ってきた。

「お参りかな」

「江戸の柳沢家にお世話になっている者でしてね、こちらに商いに出たついでに柳沢様のご先祖の墓参りをと参じました」

「それは信心なことで」

「お墓の手入れがよろしいようですが、そなた様がなさるのでございますか」

「風布《ふうぷ》の方々が熱心にご先祖の供養《くよう》に見えられるのじゃ」

「風布？　ご一族が残っておられますので」

「ああ、釜伏山《かまふせやま》の山道を何里も歩いて荒川に下りてこられてな、墓参りに参られますよ」

「さすがに柳沢様のご一族ですね」

磯松と清吉は墓守りに礼を述べると早々に山門を出た。

墓守りは庫裏《くり》の方に行きかけて、すぐに二人のあとを追って山門に向かった。が、わずかな時間に二人の姿はなかった。

「これまで江戸から墓参りに来たこともない。ちいとばかりおかしいな」

墓守りが呟《つぶや》くと肩を上下させて荒川を上流に向かった。

二刻《とき》（四時間）後、磯松と清吉の姿は、荒川上流から釜伏山の北に位置する風布の里を見下ろす林の中にあった。

二人の格好は古着の担ぎ商いから杣人《そまびと》に変わっていた。

西に傾いた光の中で見おろす風布の里は、板屋根に石を載せた家が三十数軒もあった。さらに磯松と清吉の目は対岸の斜面の林に砦《とりで》のような石積みの建物が隠されていることを見ていた。また集落の出入り口には石垣が迷路のように築《つ》き巡らされて、まさかの場合に備えてあった。

風布の里は深い谷の急斜面を利用して砦となし、里の入口には姥宮《うばみや》神社が、里の奥には待月院《たいげついん》という山寺が防衛拠点としておかれてあった。姥宮神社に奉納された大絵馬は、武川衆が赤備えの具足に赤の母衣《ほろ》や旗差し物を背に差して勇ましくも戦場を駆ける騎馬姿であった。

「家の数に比して人の気配はありませんね」

清吉が呟く。

半刻の間に見かけたのは女子供に老人だけだ。

「見よ、清吉。高蔵寺の墓守りが現われたぜ」

墓守りが肩を上下させて里に入ってきた。

「なんと、私たちのあとを追ってきたようだ」

「あやつ、風布の村の出かな」

高蔵寺を出た磯松と清吉は、釜伏山の場所を聞き聞き、風布の里へ一気に駆け上ってきたのだ。鳶沢《とびさわ》村で鍛えられた二人の足は、飛脚並みに走ることができた。

二人が見ていると墓守りは里の中でも一番大きな二階屋に入っていった。

「私たちのことを知らせにいったのですね」

「まず間違いなかろう」

「武川衆は信俊様の子、安忠様が鉢形を出て館林《たてばやし》藩の綱吉様に仕えられた後も、この山里にひっそり出番を待っていたのですね」

磯松が頷いた。

早春の日差しがゆっくり傾いた。

四半刻（三十分）後、墓守りが村の老人に見送られて出てきた。

ぺこぺこと頭を下げているところを見ると礼金をもらったようだ。

夜道を戻るための提灯《ちょうちん》を手にしていた。

「いくぞ、清吉」

磯松と清吉は山の斜面を走りだした。

風布の里から一里ほど下った谷川に丸太の橋が架かっていた。

磯松と清吉は墓守りを待ち受けて、河原の岩陰に潜んでいた。

明かりがゆらゆらと丸太橋に近付いてきた。

清吉が岩陰から出ようとしたとき、磯松が肩を押さえた。

明かりが橋の真ん中で止まっていた。

「長太郎様《ちょうたろう》、なんて格好だね」

墓守りの訝《いぶか》しそうな言葉が二人に聞こえた。

墓守りの前後から赤具足の老人二人が挟みこむように立ち塞《ふさ》がっていた。

「死んでもらう」

長太郎様と呼ばれた老人の口からその言葉が洩《も》れた。

「田舎芝居は止《や》めてくれ、長太郎様」

墓守りはさらに悪い冗談を止めろと言った。

「おまえの不運を呪《のろ》え」

「不運……」

墓守りの声に不審が漂った。

「先程、われら一族の若い衆が甲府に移り住んだと、この種五郎《たねごろう》が洩らしおった。それをそなたは聞いたでな」

笹竹《ささたけ》長太郎が墓守りの背後の陣出《じんで》種五郎老人を顎《あご》でさした。

「そんなこと聞いてねえ！」

墓守りが恐怖の声で叫び、後ろを振り返り、さらに視線を前に戻した。

その瞬間、後ろに立っていた種五郎が腰帯に差していた鎧通《よろいどお》しを墓守りの背に突き刺した。なんとも手慣れた殺しだった。

「うっ！」

墓守りの手から提灯が丸太に落ちて燃えあがった。

明かりに血飛沫《しぶき》が上がって、墓守りは流れに転落していった。

「年取ると口が軽くなっていかん」

「すまんこって、つい口が滑った」

赤具足の老人二人は流れを見ていたが、

「まだ腕には年は取らせぬでな」

と種五郎が呟いた。

提灯の明かりが燃え尽きた。

「種五郎、甲府に知らせんでよかろうか」

「知らせるというても手がないわ」

「われとおれがいく」

「じい様二人が旅するか」

「それもよし」

そのときには二人の気配は、闇《やみ》に溶けこむように消えていた。

それでも岩陰の磯松と清吉は息を凝らしてじっとしていた。

長い刻限が過ぎて、清吉がようやく肩で息を吐《つ》いた。

「なんというじい様たちだ」

「清吉、総兵衛様の推量どおり甲府に行かねばなりませんな」

磯松が岩場から立ちあがった。


まだ七つ（午前四時頃）前だろう。

駿府《すんぷ》鳶沢村の長老、次郎兵衛の離れで深沢美雪は目を覚ました。

この朝、美雪は一つの試みを始めようとしていた。

美雪が大晦日《おおみそか》に次郎兵衛と忠太郎親子に伴われて、村入りして一月《ひとつき》が過ぎようとしていた。

あの大晦日の日、次郎兵衛は一族の者たち全員を屋敷内の道場に集めた。

その場に美雪も同席していた。

「深沢美雪を次郎兵衛の養女にする」

と長老が一座に宣告した。

座がざわついてやがて静まった。

次郎兵衛の口からなんぞ説明があると思ったからだ。だが、次郎兵衛はそれ以上一言も付け加えなかった。

「なんぞ不満か」

気配を察した次郎兵衛が一座を睨《にら》みまわした。

「次郎兵衛様、江戸は承知のことでございますか」

一族を代表して名主の勧三郎《かんざぶろう》が問うた。

江戸で奉公するおきぬの父親だ。

「まだご存じない」

座が再びざわめいた。

総兵衛が美雪を次郎兵衛に託したことを知っているのは、次郎兵衛自身と倅《せがれ》の忠太郎だけだ。

「なんと総兵衛様も承知ねえ」

「勧三郎、総兵衛様には手紙を書いてお断りする」

「総兵衛様に事後承諾にございますか」

「さよう」

「それはちと」

と言いさした勧三郎に、

「名主、こりゃわけがあるべえ。それを聞こうではないか」

と久能山《くのうざん》警護の番頭を務める壮年の光吉郎《こうきちろう》が言い、次郎兵衛の顔を見た。

「今は言えぬ」

「次郎兵衛様、それで納得せよと申されるか」

「そうだ」

座の話し声が大きくなった。そして、不平が爆発しようとしたそのとき、

「静まれ!」

と忠太郎の一喝が飛んだ。

「鳶沢村長老次郎兵衛が決めたこと、倅のおれは賛成じゃ。もし江戸よりお咎《とが》

めあるとき、この忠太郎、父次郎兵衛の切腹の介錯《かいしゃく》を務め、腹掻《か》き切ってお詫《わ》びする覚悟はできておるわ!」

日頃おとなしい忠太郎の大喝に座が静まった。

「次郎兵衛様、忠太郎様、すまねえことを申しましただ」

勘三郎が平伏して謝り、その場は収まった。

男たちは次郎兵衛になんぞ考えがあってのことと推測して自らの気持ちを納得させた。

だが、女たちは忽然《こつぜん》と村に現われ、次郎兵衛の養女になった美雪に、

「次郎兵衛様の妾《めかけ》かや」

などと口さがないことを言うものもいた。

そのことを一番敏感に察していたのは美雪自身だ。

部屋として与えられた離れで美雪は、月窓院に滞在していた折りに澄水尼から手解《てほど》きされた写経に精を出し、折々の気持ちを日記に書き綴《つづ》った。

また朝晩は母屋《おもや》の仏間で読経《どきょう》をして、心を鎮《しず》めた。

だが、一日は長い。

諸国を放浪して剣術の修行に明け暮れ、その日の暮らしを立てるために命を張った日々を送ってきた美雪には、物足りなかった。

そんなとき、忠太郎の娘のるりが話し相手になろうと離れを訪れてくれた。美雪はのびやかに育ったるりから村の習わしなどを学んだ。

るりはるりで諸国を旅してきた美雪から町の様子や風景を教えてもらった。ときに二人は久能山の北斜面から流れ落ちる滝まで散歩に出ることもあった。そんなとき、出会う女たちはるりに会釈《えしゃく》はしたが、美雪には冷たい視線を投げかけた。

次郎兵衛の敷地にある道場では、毎朝鳶沢村の男たちが集まり、稽古《けいこ》が行われていた。

美雪は次郎兵衛に許しを得て、その朝、道場の稽古に参加することにした。布団《ふとん》を畳んで片付けると久し振りに稽古着に身を包んで、道場に入った。

上段の間に掛けられた鳶沢一族の祖、鳶沢総兵衛成元の肖像と神棚の前で長いこと瞑想《めいそう》した美雪は、道場の拭《ふ》き掃除を始めた。

四半刻もすると男たちがやってきた。

美雪が掃除をしているのを見て、立ち竦《すく》んでいたが、

「美雪様、われらも」

と掃除に加わった。

拭き掃除が終わったのち、稽古が始まった。

美雪は父から伝授された作法通りの素振りから体を動かし始めた。

その動きを見た鳶沢村の男たちが刮目《かつもく》した。

剣士は剣士の力量をその動きに知る。

男たちは美雪が並々ならぬ腕前であることを直《す》ぐに察したのだ。

「おお、美雪、出ておったか」

義理の兄になった忠太郎が道場に姿を出すと、

「よい機会じゃ、手合わせを願おうかな」

と美雪に打ち合い稽古を命じた。

鳶沢村の長老の後継者は、戦場往来の実戦剣法の祖伝夢想流の継承者だ。

従兄弟《いとこ》である当代総兵衛は、剣の才能に恵まれ、自ら伝来の剣術に工夫と考

えを付与して落花流水剣という独創の秘剣を生みだした。

だが、従兄弟の忠太郎にはその才はなかった。その代わり、祖伝夢想流の教えを忠実に守り、愚直に実戦剣法に磨きをかけてきた。

一方、美雪は物心ついたときから旅の空にあって、仕官を夢見る父とその日の暮らしを道場破りで生き抜いてきたのだ。

父は五つになった美雪に小太刀の使い方を教えた。

非力の女子供が使う、

(小太刀は機と速なり)

というのが父の教えだった。

機とは、機敏であれ、機知であれ、機先を制せ、戦機を見極めよというものだ。

速とは、太刀行きの速さ、相手よりも瞬余速く踏み込み、打ち込む……さすれば勝機は自然と得られると教えこんだ。

そんな父が道場破りの帰路、追ってきた大勢の門弟たちになぶり殺しに遭ったのは美雪が十五歳の夏のことだ。

天涯孤独になった美雪は父と同じ道を辿《たど》り、実戦で剣の技を極めてきた。二十を過ぎたとき、美雪はいささか剣に自信を持っていた。

だが、その鼻を一商人が叩《たた》き折った。

大黒屋総兵衛その人だ。

さらに数年の再修行の後、立ち合ったが再び完膚《かんぷ》無きまでに打ちのめされた。

(世の中になんと奥深い剣があったものか)

勝負の前、総兵衛によって約束させられていた。再び敗北したならば、総兵衛の命じる道を歩むと……そして、今、その道の入口に立っていた。

忠太郎と美雪は、袋竹刀《しない》で立ち合った。

一間(約一・八メートル)の間合いで相正眼に構え合ったとき、忠太郎は美雪の剣の背後に修羅の過去を見ていた。

美雪は忠太郎の構えにおおらかな時代の剣風と忠太郎の人柄を見てとった。

義理の兄と妹は、ゆったりとした動きから激しい打ち合いに入っていった。

それは半刻《とき》、一刻(二時間)と続いた。

鳶沢村の男たちが自分の稽古を忘れて見惚《みと》れるほどに激しく、それでいながら相手を尊敬し合った堂々とした稽古ぶりで圧倒された。

(美雪様はなんという剣技の持ち主か)

(次郎兵衛様が仕来たりを破って養女にされた理由が分かったような気がする)

男たちがその稽古の間じゅう思いつづけていたことだ。

再び打ち合いはゆるやかな動きに戻っていた。

忠太郎の声がかかって、

「美雪、引け」

「はっ!」

と美雪が袋竹刀を引くと忠太郎の前に正座した。

「義兄上《あにうえ》、よき稽古をつけて頂きました」

と頭を下げた。

忠太郎も正座すると、

「美雪、真剣なれば兄者は何度死んでいたか。いや、そなたは考えるだに空恐ろしい腕の持ち主だな」

と笑みを浮かべた顔で応じた。

「いえ、未熟者なることは存分に総兵衛様より教えられております」

「総兵衛様は別格じゃ」

この兄妹の会話に鳶沢村の男たちは、

(美雪様が総兵衛様と知り合い)

であることを知らされた。

ともあれ美雪の剣技に魅了された男たちが、

「忠太郎様、明日は美雪様と稽古をさせてくだされ」

「いや、おれが先じゃ」

と騒ぎたてた。

「これこれ、義妹《いもうと》の身は一つだぞ」

と忠太郎が諫《いさ》め、

「美雪をよしなにな」

と一座の者に改めて申し渡した。

が、その言葉も必要ないほど鳶沢村の男たちは、すでに美雪を同じ一族の者として考え始めていた。

二

この日、総兵衛はお気に入りの手代駒吉を船頭に猪牙舟《ちょきぶね》で大川を遡《さかのぼ》った。大川の川面《かわも》に梅の香りが漂い、穏やかな日差しだった。

総兵衛の膝《ひざ》には黒猫のひなが蹲《うずくま》っていた。

二年前、大黒屋は敵対する北町奉行保田宗易《やすだむねやす》の姦計《かんけい》で商 停止《あきないちょうじ》の沙汰《さた》を受け、主《あるじ》自らも奉行所内の蔵で拷問《ごうもん》を受けた。そして、密《ひそ》かに始末されようとした折り、美雪が総兵衛を助け出してくれたのだ。

美雪は身動きのできない総兵衛を苫船《とまぶね》に乗せて江戸を離れ、今井の渡し付近の川辺に隠れ潜んで時節を待った。

そのとき、体の自由が利《き》かない総兵衛が退屈せぬようにと心遣いを見せて拾ってきたのが、漆黒の毛並みの子猫だった。

総兵衛は体を回復させて富沢町に戻ったとき、美雪の分身というべき黒猫のひなを連れていた。

犬は人につき、猫は家に懐《なつ》くという。

だが、ひなは変わっていた。

富沢町の大黒屋の奥座敷で暮らすひなは総兵衛に懐いて、ときに大きな肩に器用に乗って居眠りまでした。おきぬに、

「ひなはまるで総兵衛様のお子か奥方様のようですね」

と呆《あき》れられていた。

今日は風もなく日差しも穏やか、

（ひな、川に出てみようか）

と連れだしたのだ。

「総兵衛様、大黒丸が完成したら、まずどこに行かれますな」

「半年ほどは江戸の海で試し乗りをせねばなるまいな」

「そのあとは」

「上方か西国か」

「その折り、駒吉を乗り組ませて下さいますな」

「さあてどうしたものか」

「そのような意地悪を言いなさいますな」

「駒吉、そのうちな、双鳶《ふたつとび》の家紋入りの帆が琉球《りゅうきゅう》から安南《アンナン》あたりまで波濤《はとう》を越えて航海することになるわ」

「買い出しの長《おさ》は鳶沢村の忠太郎様だそうですな」

「知っておったか」

「伊勢の旅で総兵衛様が約束なされたと忠太郎様はうれしそうに話されておられましたよ」

「そうか、忠太郎は楽しみにしておるか」

竹町ノ渡し舟が行く手に見えてきた。すると左岸の空を切り裂いて、二本高くそびえ立つ帆柱が見えた。

大黒丸は、一度敵方の手で火付けにあって焼失していた。今二人が眺める船影は二代目の大黒丸ということになる。

「ここから見ても大きゅうございますな」

駒吉が感嘆した。

今や竹町ノ渡し近くの船大工統五郎の手で造られる新造船は、

「船頭さん、あれが大黒屋さんの船ですか、大きいですな」

「なんでも二千石は積めるそうですぜ」

「それはまた大きい。西海はおろか唐でもシャムでも南蛮でも行けそうですな」

「富沢町の実の惣代《そうだい》のことです、異国との貿易は念頭にありますよ」

などと行き交う船頭や客の間で評判になっていた。

総兵衛はひなを両手に抱いて猪牙舟に立った。

丸みを帯びて高い艫《とも》と尖《とが》った船首、甲板に覆《おお》われた船上、高い帆柱、ゆるやかな円弧を描いて膨らむ舷側《げんそく》……どこを見てもこれまでの和船になかったものだ。

この巨船が三十反帆に風をはらんで大海原《おおうなばら》を疾走する光景を思い描くとき、総兵衛ならずともわくわくしてくる。その帆も統五郎は南蛮船のように二本の主帆柱に三段計六枚帆、補助柱に三枚帆と操作性を高めて風をより多く受けるように工夫するという。

猪牙舟は統五郎親方の造船場に着いた。

「大黒屋の旦那《だんな》、いらっしゃいまし」

統五郎が船尾から声を投げてきた。

総兵衛はひなを肩に乗せると、高い船腹にかけられた階段をひょいひょいと上った。

「どうですな、近ごろは悪戯《いたずら》はございませんか」

「作次郎さんたちが交替で見張ってくれますのでな、悪戯はございませんぜ」

統五郎は図面を手に総兵衛を船室に案内した。

大黒丸の外装はほぼ完成していたが、船室の内装がまだこれからだった。

和船と大黒丸の大きな違いは、船を輪切りにしていくつかの部分に分け、水密性の高い壁で仕切られていることだ。

例えば船首が破壊されても船倉中央部の荷が水浸しになる恐れがないように区分されていた。

それだけに作業も煩雑《はんざつ》を極め、船大工たちの試行錯誤の日々が続いていた。

「旦那、試しのときにはわっしも一緒させてくだせえよ」

統五郎が総兵衛に言いだした。

「棟梁《とうりょう》、何カ月も何年も航海を続ける唐船や蘭船にはな、常に船大工が乗って、少々の破損なら走りながら直す道具と材料を積んでもいるそうだ。となると、大黒丸が商いにいくときは、棟梁のところから人を出すことになるな」

「合点承知だ」

統五郎が張り切った。

二人は船底に下りた。

そこはまるで異次元の空間、鯨《くじら》の腹の中にでも紛れこんだような感じだった。船首から船尾に巨大な竜骨が走り、それに交差して横梁《よこはり》が胸骨のように見事に並んでいた。また船腹の内側には何枚もの板材が見事に重ね合わされて、神秘的な弧を描いて伸びていた。

外の音はまったく聞こえなかった。

「棟梁、ここまでようやりなさったな。礼を言いますよ」

「旦那、礼を言うのはわっしのほうだ。船大工冥利《みょうり》に尽きますぜ。この船を仕上げたら死んでも悔いはねえ、あの世に行って親父《おやじ》に自慢ができますさあ」

二人は薄暗い船底で視線を交わして笑い合った。

「あとどれほど待てばいいね」

「半年待ってくだせえ。秋口には江戸の海に浮かんでますぜ」

「楽しみにしてますよ」

総兵衛は万感の思いをこめて言った。

「旦那」

と統五郎が迷うように言ったのは、大黒丸の船上に戻ったときだ。

「うちの得意先に船宿がございましてね。そこの老船頭が暮れに奇妙な屋根船を見掛けたというんで」

「屋根船、ですか」

「立派な造りの屋根船でね、大名家の持ち船のようだったと申します。いえ、そんな船が大川を往来するのは珍しくもない。がね、深夜にこの大黒丸を水上から眺めるように止まっていた。その上、舳先《へさき》と艫に赤い具足に鉢金《はちがね》をした供が控えていたとなると、船頭が訝《いぶか》しく思うのも不思議じゃございません」

「暮れといいなさったか」

「へえ、昨日になって見掛けた船頭が船の修繕にきましてね。富沢町にお知らせしたものかどうか迷っていたんで」

「棟梁、よう話してくれましたな」

総兵衛はにっこりと統五郎に笑いかけた。

夕暮れ、店に戻った総兵衛を二通の書状が待っていた。

一通は鳶沢村の次郎兵衛からだ。

もう一通は甲府の古着屋の名があった。

武川衆の探索に出した磯松と清吉からだ。

総兵衛はひなをおきぬに渡すと、甲府からの書状の封を開いた。

〈総兵衛様　私ども二人武州寄居村から甲州に足を延ばしたところにございます。まず道三殿中《どうさんでんちゅう》の父祖の地、武川衆の隠れ里風布《ふうぷ》のことをご報告申し上げます……〉

道三河岸《がし》とは江戸城近くの御堀端のことで、綱吉様ご寵愛《ちょうあい》の御側御用人《おそばごようにん》柳沢吉保の屋敷があった。ここには朝から晩まで大名方や旗本大身の用人たちが主の猟官運動に乗り物を連ねて訪れるので、

道三殿中

と呼ばれていた。

　元禄元年（一六八八）十一月十二日に側用人に登用された柳沢吉保は、元禄七年に川越藩主となり、初めて評定の席に出座を許され、同年十二月侍従に任ぜられ老中格に昇進、幕閣内で大きな力を得た。さらに元禄十一年左近衛少将の官位を得て、老中より上格となった。そして今や十五万石の甲府藩主となった吉保は、宝永二年（一七〇五）の年の瀬には、

「大老格」

に補職されるという噂が殿中に流れていた。

　磯松は風布で見物したことを事細かに書き記し、

〈……われら、甲府に移動した武川衆を追って、数日前より甲府城下に滞在しております。他国の滞在者に殊《こと》の外《ほか》、藩士方の警戒厳しく町奉行所に許しを得なければ古着商いに出るのもままならぬ状態にございます。また深夜の外出は控えるように御城より通達があったとか、城下は五つ（午後八時頃）過ぎには人の往来が絶えます。城では甲斐《かい》一円より大工、石工、左官が集められ、大規

模な城の修築が行われております。また噂《うわさ》によれば甲斐領内で新しい金山の開発が行われるそうにございますが事実はまだ確かめられておりません。さて、風布の里より移りきた武川衆にございます。柳沢幻斎《げんさい》様を頭分とし、風布七人衆と申す武芸達者を幹部とする一族の者およそ百余人と推測されますが未《いま》だその行方知らず、しばらくのご猶予《ゆうよ》をお願い申します。磯松〉

とあった。

「おきぬ、大番頭さんと一番番頭さんが手隙《てすき》なればこちらにとな」

「はい」

おきぬが奥座敷から店に行った。

総兵衛は鳶沢村の分家の書状の封を開いた。すると中から二通の手紙が出てきた。

枯れた達筆は見慣れた次郎兵衛のもの、もう一通は美雪からの手紙であった。

総兵衛は美雪の短い手紙に視線を落とした。

〈早春の時節ゆるゆると移ろい、駿府にも梅がちらほらと咲き始めております。

総兵衛様にはお変わりなくご健勝にお過ごしの事と拝察いたしております。

次郎兵衛様の指示にて月窓院を退去、鳶沢村に移り住んで早や一月が過ぎ去りました。この間に思いがけなくも鳶沢家の養女として迎え入れられることになりました。

ただ今は鳶沢村の暮らしに馴染《なじ》むように拙《つたな》き努力を続けております。

すべてわが身に起こった変化は神仏が与えられた運命と受け止め、一日一日を大事に生き抜く所存にございます。どうかご安心下されますよう、義父上様の勧めにて一筆認《したた》めました。

大黒屋総兵衛様参る〉

短い文中に美雪が激変した境遇を正面から受け止めようとする気持ちが溢《あふ》れていた。

総兵衛は美雪の手紙を懐《ふところ》にしまった。

廊下に足音がして、二人の番頭が入ってきた。

「磯松と清吉は甲府に移ったそうな。苦労しているようじゃな」

磯松が書いた手紙を笠蔵に渡した。

そして、総兵衛は次郎兵衛からの手紙を読んだ。

〈御本家大黒屋総兵衛様　近況お伝え申し上げ候《そうろう》。鳶沢村に美雪を迎えて短時日経し昨今、朝は武芸信心に昼は勉学に夕べは家事にと励みおり候。

美雪すでに一族男衆の信望は得たれど、女衆の反感溶けず、其《そ》はなかなか強固なるものと見受けられ候。

此偏《これひとえ》にわが独断行動が生みだせし反感にて美雪に帰するものにてはこれなく候。

総兵衛様、美雪と一つ屋根の下にて同じ釜《かま》の飯を食しつつ改めて観察するに、かほど肝すわり、聡明《そうめい》なる女性は鳶沢一族にも類なしと存じおり候。

これも亡父の教育の賜物、長年の諸国遍歴も美雪の心身を汚《けが》すには至らず、かえって経験滋養となり身に生きておるものと存ぜられ候。

老人の偏見との謗《そし》りは甘んじて受け申し候も美雪を養女として鳶沢一族に迎えし段、一片の後悔も御座なく候。

以上、わが現在の偽らざる真情、総兵衛様に御伝え申し上げたく一筆さし上げ申し候。老人に残されし日は少なく、近き将来、江戸富沢町に同道、総兵衛様にわが養女を改めて紹介いたす日を一日千秋に待ち望むのみに御座候。

駿府鳶沢村　次郎兵衛拝〉

甲州からの手紙は笠蔵から信之助に回っていた。

「信俊どのが亡《な》くなられた慶長十九年（一六一四）以来、九十余年ぶりに武川衆が柳沢家の傘下《さんか》に加わりましたか」

笠蔵の声音には緊張があった。

勇武を誇った武田騎馬軍団の中核部隊の赤備えが柳沢吉保の国許《くにもと》に入ったのだ。

これまでも幾度となく柳沢吉保の刺客と暗闘を繰り返してきた鳶沢一族にとって、最大の試練といえた。

「この次に柳沢様がわれらに刺客を向けられるとき、本隊の赤備えが前面に立つと考えたほうがよろしいのでしょうな」

信之助も手紙を読み終え、顔を上げた。

おきぬが茶を運んできた。

が、だれも茶碗《ちゃわん》に手を伸ばそうとはしなかった。

「笠蔵、信之助、すでに武川衆はわれらの周りに迫っておる」

「なんとおっしゃられましたな」

驚く笠蔵に総兵衛は船大工の統五郎から聞いた話をした。

「なんとなんと大黒丸を見物に武川衆が現われましたか」

「総兵衛様、屋根船の主《ぬし》はどなたでございましょうな」

信之助が自分の推測を確かめるように聞いた。

「まずは柳沢吉保様」

「でございましょうな」

「とうとう道三殿中が前面に立たれましたか」

笠蔵が呻《うめ》くようにいった。

「どうしたもので」

その笠蔵に次郎兵衛の手紙を渡した。

手紙は笠蔵、信之助、おきぬの三人に回った。

「こちらはよき知らせにございますな」

笠蔵の顔に笑みがあった。

「信之助、いざ戦《いくさ》となれば鳶沢村から援軍は何人出せるか」

総兵衛の口調はすでに鳶沢勝頼と変わっていた。

「美雪が父次郎兵衛を補佐して村を守りますれば、兄の忠太郎が指揮しておよそ三十余人は江戸入りできましょう」

「三十余名の援軍か、いつ何時でも出陣できるように鳶沢村に伝えてくれ」

「畏《かしこ》まりました」

「武川衆が動くとすれば、いつと考えればよろしゅうございますな」

笠蔵が聞いた。

「それが分からぬ」

と答えた総兵衛は、脳裏に浮かんだ考えを何度か点検してみた。

「なんぞ考えがござりますか」

「笠蔵、柳沢様との全面戦争になれば、われら一族だけでは戦えぬ」

笠蔵も信之助もおきぬも総兵衛の顔を窺《うかが》った。

「〝影〟様と会おうかと思う」

これまで〝影〟と鳶沢一族の連携はすべて〝影〟の召し出しによって会見し、

命が伝えられ、鳶沢一族が動いてきた。

「総兵衛様、こちらから〝影〟様に連絡をつける手立てがございますか」

笠蔵がそのことを案じた。

「なくもない」

幕閣を二分する争いになると読んだ総兵衛の答えだった。

「ならば、早急に〝影〟様にお会いなされて味方につけておくのが肝要かと存じます」

信之助が賛成し、笠蔵とおきぬが頷《うなず》いた。


その夜、総兵衛は供も連れずにふらりと店を出た。

町内の同業、江川《えがわ》屋を訪ねたのだ。

この古着屋の女主は、京都の公卿《くげ》、中納言坊城公積《ちゅうなごんぼうじょうきんつみ》の次女崇子《たかこ》であった。

高貴な出の娘が富沢町の古着屋に嫁入りしたにはそれなりの経緯があり、亭主の死にも総兵衛が深く絡《から》んでいた。

もはや崇子の過去は語るまい。

ただ崇子の一人息子の佐總《すけふさ》の名に總兵衛の一字が入っていることからも、總兵衛への感謝と信頼が分かろうというものだ。

潜《くぐ》り戸を叩《たた》くとまだ店では帳簿の整理が行われていた。

「これは惣代《そうだい》、なんぞ御用なればこちらから出向きましたものを」

老番頭が恐縮するのを、

「佐總の顔を見にきましたのでな」

と奥へ上がった。

「よう見えられました」

寡婦《かふ》の崇子は若返ったようで顔の色艶《いろつや》も輝いてみえた。

「佐總の大きくなったことよ」

五つになった佐總は可愛《かわい》い盛りだ。

しばらく總兵衛は佐總と遊んだ。

崇子はおっとりした表情でその様子を眺めていた。が、頃合を見て、女中を呼び、佐總を預けた。

「總兵衛様、なんぞ火急な用事にございますな」

すっかり江戸言葉にも慣れた崇子が総兵衛に訊《き》いた。

「頼みがあってきました」

「なんでございますかな」

「そなた、高家《こうけ》肝煎《きもいり》六角朝純《ろっかくともずみ》様と面識はありませぬか」

高家とは名族の意であり、幕府を代表して京都の朝廷との折衝などにあたった。

その高家は、石橋、吉良《きら》、品川、武田、畠山、織田、六角の七家とされ、旗本五千石高、役目柄官位は高く肝煎は正四位上少将まで進むことができた。幕府が七家のうち三家を肝煎に選んで、京都とのことにあたらせた。

崇子の実家は中納言、叔父は朝廷勅使として長く江戸にあった柳原前大納言資廉《すけかど》であった。

「私はよう存じません。が、高家の六角様なれば、父や叔父は昵懇《じっこん》の付き合いのはずにございます」

と崇子は言い切った。

「ならば、なんぞ用を作って屋敷を訪ねてくれまいか」

「…………」

「適当にときを潰《つぶ》して戻ってこられればよい」

「京から干菓子など送ってきております。それを届けましょうか」

頷いた総兵衛は封をした書状を崇子の前に一通差しだした。

「辞去の折り、主に分からぬようにこの書状を残してきてもらいたいのだが」

「畏まりました」

理由も聞かず崇子が即答した。

「六角家にもそなたらの実家にも迷惑がかからぬことだけは、この総兵衛が誓います」

「総兵衛様、私と佐総がこの世にあるは総兵衛様のお力、お役に立ててうれしゅうございます」

崇子がきっぱりと言い切り、

「用がお済みなれば酒なと上がっていってください」

と総兵衛に笑いかけた。

三

総兵衛が江川屋を出たのは九つ（深夜十二時頃）に近かった。
崇子に勧められるままに酒を飲み、久し振りに談笑して時を過ごした。
「惣代、お気をつけて」
の老番頭の見送りの声に、
「同じご町内、酒のほてりも消えぬ間にな、わが家ですよ」
と応じて通りに出た。
朝の早い商いの町はどこも大戸を固く閉ざして眠りに就いていた。
総兵衛の酔眼の先に入堀に架かる栄橋の常夜灯が見えた。
そこが大黒屋だ、もはや一丁（約一〇〇メートル）とない。
寒気が戻ったか、堀から白い靄《もや》が通りに流れてきた。
ふいに総兵衛の前に浮かびあがった者がいた。
くすんだ朱の具足に鉢金《はちがね》を被《かぶ》り、面具を着け、足は厳重な草鞋拵《わらじごしら》えだ。

腰には太刀を佩《は》いていた。

長身ではない。が、がっちりした足腰は、長年の鍛練を想像させた。

「富沢町に亡霊が出るとは聞いたこともない」

総兵衛の口から呟《つぶや》きが洩《も》れた。

「大黒屋総兵衛とはそなたじゃな」

嗄《しわが》れ声が問うた。すると面具の間から白い息が流れた。

「いかにも私が大黒屋の主にございます」

「ふふふふふっ」

笑い声が洩れた。

「なんぞおかしゅうございますか」

「古着問屋の生業《なりわい》の背後に隠された貌《かお》を思うて、つい笑いがこぼれた」

「武川衆のひとりとお見受けしたが、御用を承りましょうかな」

「なんとすでにわれらのこと、承知しておったか」

声にかすかな動揺があった。

「宝永の御代《みよ》、もはや赤備えの騎馬軍団が駆けまわる戦場往来の時代は遠くに去りましたでな」

「急にそなたの腕を試しとうなった、命を頂戴《ちょうだい》仕《つかまつ》る」

赤具足の腰から長い太刀を抜いた。

馬上から使う刃渡り三尺（約九〇センチ）もあろうかという大太刀だ。

総兵衛の腰には自慢の銀煙管《ぎんぎせる》しかない。

（どうしたものか……）

ちらりと思い迷った総兵衛の頭上に気配が走った。

「総兵衛様」

駒吉の声がして、屋根から一剣が投げられた。

「駒吉、助かった」

総兵衛は空中で三池典太光世を摑《つか》むと腰に差し落とした。

初代総兵衛成元が家康から拝領した光世は室町以来の天下五剣の一つといわれ、茎《なかご》には葵《あおい》の紋が刻まれていた。そのせいで密《ひそ》かに、

「葵典太」

と呼ばれる幻の一剣だ。

むろんそのことを知るのは鳶沢一族でも総兵衛のみだ。

「そなたの名を聞いておこうか」

「風布七人衆曲淵剛左衛門《まがりぶちごうざえもん》」

（すでに武川衆の幹部、風布七人衆が江戸に出てきていたか）

剛左衛門は馬上刀を肩に担《かつ》ぐように差しあげた。

「お相手致す」

総兵衛は葵典太刃渡り二尺三寸四分（約七〇センチ）を中段においた。

間合いは八、九間もあった。

曲淵剛左衛門は大剣を虚空《こくう》に差し上げたままゆっくりと間合いを詰めてきた。

すると具足が、

「かちゃかちゃ」

と鳴った。

総兵衛は具足を身に着けた相手との戦いは初めてのことだった。

一族伝来の祖伝夢想流は元々戦場往来の実戦剣法だ。

鎧兜《よろいかぶと》の相手は、

「斬《き》る」

よりも、

「突け」

と教わってきた。

剛左衛門は無造作に三間（約五・四メートル）まで間合いを詰めるといったん足を止めた。

両足を大きく広げて踏ん張り、腰を落とした。

面具からわずかに出た両眼が異様な光を放ち、全身から燃える戦気が放たれた。

「おおおうっ！」

虚空をつくように伸びあがった剛左衛門が走った。

三尺になんなんとする馬上刀を翳《かざ》して突進してきた。

馬上刀が総兵衛の眉間《みけん》目がけて迷いもなく振りおろされた。

そのとき、総兵衛はゆるやかに動いた。

能役者のように摺《す》り足で進んだ。

剛左衛門には予想外のことであった。

総兵衛が創始した落花流水の秘剣は、

「花が時期を得て地に戻り落ちる瞬間を読み、その花が流れにまかせて漂いゆく……」

ように舞い動く術だ。

太刀の遅速よりも対決する相手との間合いを読むことを本意とした。

総兵衛は唸《うな》りを上げて斬りこまれる馬上刀の刃の下にふわりと入りこみ、刃先を寸余の間に躱《かわ》して剛左衛門の真横を抜けていた。

それはまるで一陣の春風が吹き抜けたようであった。

「おのれ！」

曲淵剛左衛門は重い具足姿にも拘《かかわ》らず、素早く反転した。

振りおろした馬上刀を手元に引きつけるとすぐに返し、脇構《わきがま》えから車輪に回してきた。

三尺の長剣が生みだす斬撃《ざんげき》の範囲は広く、逃げ場がなかった。

総兵衛は虚空にふわりと飛んだ。

足を曲げて宙に飛びながら、馬上刀に空を切らせた。

剛左衛門は間合いを詰めつつ、馬上刀を右に左に振った。

総兵衛はことごとく宙を飛んで躱した。

三尺の馬上刀を振り切る曲淵は息一つ弾ませていなかった。

が、総兵衛は太刀行きが鈍ったことを悟った。

戦場では重い太刀の一撃でまず相手に打撃を与えて、動きを止めることを優先した。

だが、総兵衛は生死の間合いの中でふわりふわりと躱していた。

「大黒屋総兵衛、逃げては勝負にならぬわ」

剛左衛門は左足を前に開いて、再び馬上刀を頭上に振り被った。

「尋常の勝負じゃ。参れ、総兵衛！」

間合いは一間。

「なれば一差し、落花流水の舞をお見せ仕る」

総兵衛が両手を横へ大きく広げた。

典太は右手にある。

白地の小袖《こそで》の裾《すそ》には梅の老木が枝を広げて紅色の花を凜《りん》と咲かせている光景が描かれてあった。

武骨者の剛左衛門の目にも総兵衛の立ち姿は典雅なものと映じていた。

「参る」

その言葉が総兵衛の口から洩れて、両手を広げたままに剛左衛門の眼前でゆったりと回転した。

（な、なんと戦いの相手に背を向けおって）

曲淵剛左衛門は待ちの姿勢を止めて、一歩、二歩と踏みこみ、馬上刀を据物《すえもの》斬《ぎ》りでもするように総兵衛の背に振りおろした。

それを待っていたように総兵衛がくるりと回りながら剛左衛門の内懐《うちぶところ》に入りこんできた。

（な、なんと玄妙なことが）

驚く剛左衛門をよそに総兵衛が葵典太を寝せて、切っ先の峰に左手を添えた。

鋭く典太が突きだされた。

剛左衛門は切っ先が面具と胴の間の喉《のど》に伸びて来るのを見ていた。

（避けねば……）
脳髄が体に命じていたが具足を付けて激しく動かされた体はすぐに反応しなかった。
喉元に熱い痛みが走った。
「げえっ！」
腕から馬上刀が空《むな》しく落ちて地面に転がった。
両者は至近距離から互いの目を見合った。
（なんという剣か）
曲淵剛左衛門の眼はそう訴えていた。
（戦国の世の剣遣いを見せてもらいました）
総兵衛の眼はそう伝えていた。
剛左衛門の眼に笑みが浮かび、軽く両眼を閉ざした。
総兵衛は喉元一点を刺し貫いた典太を抜いた。
ぴゅうっ！
と血が噴きだして、剛左衛門が崩れるように倒れこみ、赤具足が鳴った。

屋根の上から勝負を見届けた綾縄《あやなわ》小僧の駒吉が思わず息を吐《つ》いた。

「ふーう」

「駒吉、どうしておれが襲われると知った」

駒吉が総兵衛のかたわらに音もなく飛びおりてきて、真っ赤な矢を一筋差しだした。

「お店の大戸に射込まれてございます」

総兵衛は倒れた曲淵剛左衛門を見おろした。

赤備えの武川衆の鳶沢一族への「宣戦布告」ではないか。

曲淵剛左衛門はその使者であったか。

だが、剛左衛門は弓を持っておらなかった。

仲間がどこぞから戦いを見ているなと総兵衛は思った。

「戦《いくさ》にございますか」

駒吉が聞いた。

「武川衆との戦じゃな」

総兵衛はあたりを見まわした。

あちらこちらに海老茶《えびちゃ》の戦装束の信之助たちが潜んでいた。

総兵衛の身を案じてのことだ。

「信之助、曲淵剛左衛門どのの亡骸《なきがら》を丁重に道三河岸に届けよ」

軒下の闇《やみ》から姿を見せた信之助が風神の又三郎に何事か命じた。

大黒屋の地下の武器庫から長柄《ながえ》の槍《やり》が四本持ちだされ、井桁《いげた》に組まれた。

槍の上に赤具足の古武士があお向けに寝せられ、槍の柄を鳶沢の者たちが肩に担いだ。

古式に則《のっと》り、勇者の亡骸は御側用人柳沢吉保の屋敷へと運ばれていった。

総兵衛は早朝の日課の独り稽古《げいこ》を終えると水風呂《ぶろ》に入った。

ほてる体が水風呂できゅっと締まって気持ちいい。

おきぬが用意した真新しい褌《ふんどし》を締めて長襦袢《じゅばん》と小袖を着ると地下の大広間から地上に戻った。

おきぬが梅干しと熱い茶を運んできた。

そのあとに笠蔵がついてきた。

「急変しましたな」

「一夜にして変わったな」

茶を喫して梅干しを食べる。

その膝《ひざ》にひなが乗ってきて蹲《うずくま》った。

「鳶沢村からの援軍、江戸入りさせますか」

「武川衆の本隊は甲府にある。あちらが動けば、磯松がなんぞ知らせてこよう。こちらが動くのはそれからでもよかろう」

柳沢家は川越から甲府に変わってまだ間がない。

甲府城内外の整備や人心の掌握には二年や三年は歳月がかかるものだ。

「総兵衛様、柳沢家と関わりのある両替商に密かに問い合わせましたところ、柳沢家では駒込《こまごめ》屋敷の六義園《りくぎえん》の造園に莫大《ばくだい》な費用を投じられて、完成から三、四年経《た》った今も工事代金の支払いが残っているそうにございます……」

予測されたことではあった。

「それに一昨年は川越から甲府の転封に一万五千余両の費用が要ったとのこと、さすがの柳沢様もそう簡単な金ではありますまいとの両替商の話にございます。

磯松が伝えてきた新規の金山開発の噂《うわさ》は、そのへんに絡んでいるのかも知れませんな」

「綱吉様も近ごろは病気がちと伝え聞く。柳沢様としては、ここで盤石《ばんじゃく》な藩政を確立しておかぬと綱吉様にもしものことがあったときに、綱吉様の寵愛《ちょうあい》を一身に受けてきた反動で、柳沢家は一気に瓦解《がかい》する恐れがある」

総兵衛は〝影〟との対面次第では甲府に潜入するかと考えていた。

江川屋の崇子から高家六角家を訪ねたと知らせがきた。

その深夜、信之助を従えた総兵衛は、東叡山寛永寺東照大権現宮《とうえいざんかんえいじとうしょうだいごんげんきゅう》の社殿に体を運んだ。〝影〟が姿を見せてくれるか、総兵衛には一抹の不安があった。

「ここにて待て」

信之助を社殿前に待機させた総兵衛は、独り内宮に入っていった。

徳川家康を東照大権現として祭る内宮で総兵衛は待った。

半刻《とき》が過ぎ、一刻が流れて、刻限は丑三《うしみ》つ（午前二時頃）を過ぎた。

総兵衛の意は伝わらなかったか。

それとも〝影〟を高家六角朝純と見立てたは間違いか。

そんな懸念《けねん》が総兵衛の心に生じたとき、人の気配が闇の中に漂った。

涼やかな鈴の音が響いた。

そして、総兵衛の持参した鈴が呼応した。

鳶沢一族と〝影〟が出会うときの証《あか》し、家康から下しおかれた水呼《すいこ》鈴《れい》と火呼《ひこ》鈴《れい》の一対《つい》が鳴り響いた。

御簾《みす》の向こうに人影が立ち、座した。

総兵衛は黙したままに平伏した。

「鳶沢勝頼、そなたからの呼び出し、受けた」

「恐れ入りましてございます」

「天下の危難、徳川幕府の存亡に関わる出来事が出来《しゅったい》したと言うか」

「はっ」

と畏《かしこ》まった総兵衛は、

「〝影〟様、徳川の危難、世代替わりの折りに頻発してございます」

「当代様はご壮健である」

「が、足かけ二十七年の綱吉様のご治世、恐れながら綱吉様のご加齢とともに近ごろ乱れておるように見受けられます」

「勝頼、家康様が与えし任を超える気か」

「徳川家を揺るがす騒動を未然に防ぐは、家康様がわれらに与えた使命のうちと心得ます」

「言い切ったな、申してみよ」

「上様より正月十一日に大老格に命じられた柳沢吉保様への上様のご偏愛、恐れながらご政道を歪《ゆが》めるものと存じまする」

沈黙の後、小さな吐息が洩《も》れた。

「綱吉様、未《いま》だ正気、吉保様へのご信頼をだれも諫言《かんげん》できぬわ」

〝影〟は綱吉が存命のうちは手が出せぬと言っていた。

「〝影〟様、吉保様の川越から甲府への転封に際して、武田一族の武川衆が先導したのをご存じでございましょうか」

なにっ、と驚きの声を発した〝影〟は、

「武川衆とは赤備えの騎馬軍団か」

〝影〟もその存在を承知していた。

「はい。柳沢吉保様の祖父横手信俊様は本家の柳沢家が断絶の危機に際して、柳沢に改姓されて武川衆を率いられることになった人物にございます。吉保様の父、安忠様が綱吉様にお仕えしたあとも、武州の鉢形城外れの風布の里に武川衆は隠れ潜んできましたが、この度の転封に際して甲府入りの先導役を果たしそのまま柳沢吉保様の足下に入れられました。このこと、何とみられますな」

「…………」

「それがし、柳沢吉保様が綱吉様亡《な》き後の布石として、赤備えの騎馬軍団を甲府に入れられたと考えておりまする」

「…………」

「近い将来、綱吉様ご逝去の折り、武川衆がどう動きますか」

「勝頼、そなた、どうせよと申すのか」

〝影〟も迷っていた。

「われらの任務は徳川家の安泰にございます。綱吉様亡き後、騒乱を招くは家康様のご意思に反します。またわれら、怠慢の誹《そし》り免れず」

「そなた、武川衆を潰《つぶ》せと申すか」

「いかにも」

〝影〟がまた沈思した。

「このまま放置せば、甲府の地で武川衆が勢力を伸ばすは必定にございましょう」

「…………」

「〝影〟様、甲府では新しい金山開発が噂されているそうにございます」

「ちっ」

という罵《ののし》り声が洩れた。

「勝頼、そなたは甲府での金山開発は武川衆の軍備拡張の資金と申すのだな。また綱吉様亡きあと、吉保様が敵対勢力への備えとするためと推量するのだな」

「無理がございましょうか」

総兵衛はすでに武川衆から鳶沢一族が、

「宣戦布告」

を受けたことを示す赤矢を差しだした。

「それが富沢町に射《う》ちこまれたというか」

「はい」

「勝頼、そなたが申すこと相分かった」

「動いてよろしゅうございまするな」

「待て、勝頼！　綱吉様ご健在ということを忘れるでない」

「動くなと命じられますか」

「勝頼、吉保様への反感、柳営にも満ち満ちておる。正月十一日、上様は老中上座の柳沢美濃守《みののかみ》吉保様を大老格に任じられたが、御三家、幕閣のだれもがそのことを無視なされておられる。綱吉様のご威光も薄れた証拠……」

「なれば」

「勝頼、甲府に参り、武川衆の確たる証拠を摑《つか》め。まずそれが先決」

「はっ、畏まって候《そうろう》」

退座しかけた〝影〟が立ったまま、総兵衛を見た。

「勝頼、そなた、巨船を建造しておるそうな」

「はっ、荷船にございます」

「軍船の禁止はあっても荷船に触れはないと申すのじゃな」

「物産を大量に運ぶ大船の建造は、江戸にも活気を与えます」

「城中では古着問屋が大船を建造して異国との密貿易に従事するつもりかと息巻く輩《やから》もおられる、気をつけえ」

「はっ。ご忠告、肝に銘じまする」

「そなたの動静は必ず注視していよう」

〝影〟の水呼鈴が鳴り、総兵衛の火呼鈴が短く呼応して、御簾の中の人物が闇に溶けて消えた。

総兵衛はしばらくその場に正座して考えを巡らした。そして、一つの決断をなしたとき、ゆっくりと立ちあがった。

四

道三河岸《どうさんがし》にある柳沢吉保の屋敷はおよそ六千余坪、さほど広くはない。が、一代で成り上がった人物が御城近くに上屋敷を持つことそのものが異例といえた。

鳶沢一族の風神の又三郎と綾縄《あやなわ》小僧の駒吉は、夜の闇に紛れて柳沢家の門を見張っていた。

昼間、屋敷の内外には大名家や旗本家の家老や用人が乗り物を待たせて、吉保への猟官運動を展開するために大勢待機していた。

そのために御城の御用部屋が並ぶ中奥殿中を模して、
道三殿中
と呼ばれていた。

だが、夜は一変して人の往来も絶えた。

その深夜、地味な出《い》で立ちの武士が通用門を叩《たた》いた。

打ち合わせがしてあったと見えて、すぐに通用門が開けられ、武士は邸内に没した。

駒吉が又三郎の顔を窺《うかが》った。

「ならぬ、駒吉。総兵衛様は柳沢様上屋敷の潜入を許しておられぬ」

駒吉はがっくりと肩を落とした。

深夜の訪問者が再び姿を見せたのは、およそ半刻後のことだ。

その顔には憤怒《ふんぬ》を押し殺した沈鬱《ちんうつ》な表情が漂っていた。

「尾行しますか」

駒吉の問いに又三郎は頷《うなず》いた。

二人は間をおいて武士のあとを尾《つ》けることになった。

北町奉行所のある呉服橋から町家に入った武士は、御城を左回りに進んで神田川を渡り、日光街道に入った。

(柳沢様が上様より拝領された屋敷、六義園に向かっている)

何度か忍びこんだことのある駒吉は確信した。

上屋敷が道三殿中と呼ばれるのに対して、ここは江戸の商人や豪商の嘆願が多く、

「駒込殿中」

と呼ばれていた。

この屋敷に住んだ吉保の愛妾《あいしょう》、お歌《うた》の方を笠蔵の調合したとりかぶとで暗殺

し去ったのは信之助だ。

行き先を確信した駒吉は又三郎のもとに走った。

「武川衆のかたわれと思いませぬか」

「まずは間違いなかろうな」

又三郎も同じ考えだった。

「総兵衛様は道三河岸の忍び込みはならぬと申されましたが、駒込屋敷はなにもおっしゃっていませんよ」

駒吉が又三郎を唆《そそのか》すように言った。

「武川衆は戦場往来の騎馬軍団、忍びの衆ではないな」

又三郎もその気になっていた。

「ならばご案内致します」

又三郎はまさかの場合は一人だけが生き残って、富沢町に知らせることを駒吉に厳命した。

「畏まりました」

すでに武士の姿は表門から邸内に消えていた。

柳沢吉保が莫大な費用と七年余の歳月をかけて建設した六義園は、元々加賀藩前田家の下屋敷であったところだ。
およそ四万七千坪の広大な敷地を綱吉から拝領した吉保は元禄《げんろく》文化のただ中にあって、自らの文芸趣味を傾注した回遊式築山《つきやま》泉水庭園を造りあげることにした。
そのために平らな駒込の地に池を掘り、水を引き、山を築き、深山幽谷の八十八境を造りだす大工事を施した。
吉保は六義園と命名した屋敷を「むくさのその」と呼ばせた。
六義とは詩道の根本となる六つの「体」、
賦《ふ》とは感想を述べたかぞえ歌
比《ひ》とは例を上げて感想を述べたなずらえ歌
興《きょう》とは外物にふれて感想を語ったたとえ歌
風《ふう》とは里などで歌い継がれる歌謡、そえ歌
雅《が》とは朝廷でうたわれる雅楽の詞藻、徒言《ただごと》歌
頌《しょう》とは宗廟《そうびょう》、徳の詞藻、祝歌

のことだ。

六義園が完成したとき、吉保は『楽只堂年録《らくしどうねんろく》』に「むくさのその」をこう書き記した。

〈今日駒籠《こまごめ》の別墅《べっしょ》に遊びて、様々な名所を設く。園を六義園といひ、館《やかた》を六義館と云《い》ふ。射場を観徳場と云。馬場を千里場といふ。毘《び》沙門《しゃもん》山を久護山と云。山川泉石洲渚《しゅうしょ》、亭館凡《およ》そ八十八境、記を作りて其《そ》の梗概《こうがい》を述ぶ〉

吉保は己の文芸趣味のすべてをこの駒込の六義園に注ぎこんで完成させ、将軍綱吉やその生母の桂昌院《けいしょういん》を度々招いて、得意の絶頂にあった。

が、その陰で六義園が血なまぐさい闘争の場になったことは知られていなかった。

今、吉保は祖父の率いた武川衆をこの館に迎えようというのか。

駒吉はお店者《たなもの》のお仕着せの裾《すそ》をからげて帯にはさんだ。草履を懐《ふところ》に入れるといつも持参する鉤手《かぎて》がついた縄を出した。

駒吉の得意は縄であった。

「急ぐでない」

又三郎は逸《はや》る駒吉を制して、六義園の周囲をぐるりと回った。

それだけで半刻（一時間）を要するほど広大なものであった。

「駒吉、もし逃げ場を失ったときは、用水に活路を求めよ」

慎重な性格の又三郎が広大な屋敷に引きこまれた千川上水の取入口をさした。

この千川上水は近くの綱吉の別邸、小石川御殿と同じものであった。

水が貴重な江戸期、将軍の別邸と同じ用水をふんだんに使うことが許されること自体、綱吉と吉保の格別な結び付きを示していた。

「よし行くぞ」

又三郎は北側の一角を侵入口に選んだ。

駒吉の縄が虚空《こくう》に伸びて、邸内から塀外に伸びた楠《くすのき》の枝に巻きついた。一度、縄を引いて確かめた駒吉があっという間に塀に登りついて、又三郎に縄を投げかけた。

二人が入りこんだあたりは深山幽谷の趣で起伏のある斜面に欅《けやき》、松、紅葉、椎《しい》などが重なり合って生い茂っていた。

二人は斜面を這《は》いあがった。すると豊かに水を湛《たた》えた渓流が眼下に見えた。何度か侵入したことのある駒吉が案内に立った。流れに沿って行くと木橋の上に土を盛った橋があった。

二人が橋を渡ろうとしたとき、明かりがちらつき、人声がした。

又三郎と駒吉は藪《やぶ》陰に身を沈めた。

槍《やり》を小《こ》脇《わき》に抱えた衛士《えじ》五人が提灯《ちょうちん》の明かりを点《とも》して橋を渡ってきた。さらに流れにも小舟が現われて、水上からも警戒に当たっていた。

徒歩《かち》と水上の衛士をやり過ごした駒吉だが、経験したこともないほど警戒が厳しかった。

橋を渡った二人は正面の小高い山に取りついた。

九十九折《つづら》りの山道には千年坂という石碑が建てられ、頂きにも藤代峠とあった。

「これは」

又三郎が任務を忘れて嘆声を上げた。

雲間を割った月光に中の島、蓬萊《ほうらい》島を浮かべて池が広がっていた。

中の島の背山、妹山の二山がかたちよく盛り上がり、月光を映した水面の向こう岸に玉藻磯《たまものいそ》が広がっていた。

その磯近くを駒吉が差した。

「あれが六義館ですよ」

又三郎が頷くと凝視した。

先程の見回りの明かりがちらちらと右手の林の中に見えた。

左手の庭にも徒歩の見張りが移動していた。

水上を見張る小舟は渡月橋の下を潜《くぐ》って池に出てくると、二人が潜む藤代峠の下を左から右に進み、吹上浜と呼ばれる入り江に止まった。

「又三郎さん、池を泳ぎ渡るのがいちばん館に近付く早道ですよ」

「冷たいがそうするか」

二人は岸辺に下りると竹藪に脱いだ着物を隠した。

又三郎は褌《ふんどし》一丁の腰に小太刀を、駒吉は首に縄を巻くと口に小刀を銜《くわ》えた。

そして、足先から水に入っていった。

中の島を経て玉藻磯に泳ぎついた二人は、見張りの隙《すき》をついて館の床下に入りこんだ。

　ここまでくれば駒吉がよく知った場所だ。

床下をあちらこちらと這いまわって、読経《どきょう》の声が聞こえるところに辿《たど》りついた。

仏間ではなかった。どうやら客間のようだ。

読経はさらに四半刻《しはんとき》（三十分）も続いた。

二人は寒さを堪《こら》えて待った。

鉦《かね》が鳴らされて読経が終わり、

「曾雌孫兵衛《そしまごべえ》、曲淵剛左衛門の通夜《つや》は終わった」

という老いた声がした。

「はっ」

「我らはいったん甲府に引きあげねばならぬわ。孫兵衛、そのときまで剛左衛門の仇《かたき》、我慢せえ」

「権太夫様、同行しながらむざむざと剛左衛門を失のうて悔しゅうございます」

「我らは風布の里で臥薪嘗胆《がしんしょうたん》の歳月を送ってきたのだぞ。わずか数カ月待つだけじゃ、なんのことがあろうか」

「…………」

「今は甲府に吉保様をお迎えすることがなにより先決、その支度にきて曲淵剛左衛門を失おうとはのう」

歯ぎしりの音が聞こえた。

「我らは急ぎ甲府に戻り、準備万端を終えたのちに再び江戸に参る。そのとき、存分に武川衆の技前を見せえ」

「はっ」

「孫兵衛、剛左衛門の遺髪、そなたが護持して仲間のもとに届けよ」

曲淵剛左衛門が総兵衛に倒された夜、同行していたのが曾雌孫兵衛だった。道三河岸に呼ばれた孫兵衛は剛左衛門の遺髪を貰《もら》いうけてきたらしい。そして、権太夫という人物と二人だけの通夜をしたようだ。

「鳶沢一族を甘くみたようだ。甲府城下にすでにやつらが忍び入っておることも考えられる。国境の出入りを厳重にいたさぬとな」

又三郎と駒吉は静かに床下から撤退していった。

二人が見張りの一団をやり過ごして忍びこんだ塀の近くに戻ろうとしたとき、老木の背後から出てきた見張りの一人とばったり出くわした。

木陰で小便でもしていたか、男はびっくりした様子で立ち竦《すく》んだ。

駒吉の動きは素早かった。突進すると声を上げないように手で口を塞《ふさ》ぎ、もう一方の腕で首を締め上げた。

腕の中で相手がばたついた。

又三郎が槍を取りあげ、

「駒吉、ここで殺すでない、水に入れ！」

と命じた。

二人の侵入を武川衆に知られたくはなかった。となれば、足を踏み外して池に落ち、溺死《できし》したことを装《よそお》うしかない。

三人は絡《から》み合うように流れに入ると見張りの男の顔を流れにつけた。

男は必死で暴れた。

が、又三郎も駒吉も必死だった。

仲間の見張りが近くにいるのだ。

ようやく男の体がぐったりした。

二人は槍を流れに浮かべ、いかにも転落して水死したように偽装し終えた。

「よし引上げだ」

「はい」

濡《ぬ》れ鼠《ねずみ》の二人は六義園の築地《ついじ》塀《べい》を乗り越えた。


この日、総兵衛はひなを膝《ひざ》に抱いて朝から考え事をしていた。

又三郎と駒吉の報告を受けて、あれこれと考えているのだ。

こういうときはおきぬさえも近づかない。

夕暮れ、ひなを膝から下ろした総兵衛がおきぬに、

「四軒町のお屋敷に伺う、供をしてくれ」

と命じた。

おきぬは予《かね》て用意の京下りの白粉《おしろい》やら紅やら反物やら袋物などを出して、風《ふ》呂《ろ》敷《しき》に包んだ。

大目付本庄豊後守《ぶんごのかみ》勝寛の屋敷を主《あるじ》とおきぬが訪れると知った笠蔵が、

「灘《なだ》の銘酒がある。おきぬさん、ついでに殿様に届けてはくれませんか」

と言いだした。

「荷物は小僧の丹五《たんご》郎《ろう》に担《かつ》がせますでな」

というわけで総兵衛におきぬと小僧の丹五郎が従うことになった。

「行ってらっしゃいませ」

店の者たちに見送られて、鎌倉河岸《がし》を北に入った四軒町の屋敷に向かった。

入堀ぞいに上ってもすぐの距離だ。

小僧の丹五郎は伊勢への抜け参りから戻ったあと、ぐうっと背丈も伸び、落ち着きも出た。これならば、日当のよい荷運びへ鞍《くら》替えさせてもよいかと笠蔵や荷運び頭の作次郎が話していた。なにしろ丹五郎の働きに一家の暮らしがかかっているのだ。

総兵衛は春になればそのことを丹五郎に伝えようかと心に決めた。

丹五郎は総兵衛の供で緊張して従っていた。

「丹五郎、どこぞに旅がしたくてうずうずしているのではないか」

総兵衛に話しかけられて、

「もう伊勢参りは結構です」

とうつむき加減に答えた。

「嫌いか」

「腹はいつも減りっ放し、野宿すれば寒い。いいことなんぞはそうありません」

総兵衛が笑い、おきぬに話しかけた。

「おきぬ、姫様方に会うのは久し振りであろう」

「絵津《えつ》様にはそろそろお嫁入りの話があってもようございますね」

本庄勝寛の長女絵津の許婚《いいなずけ》、米倉新之助《よねくらしんのすけ》が事件を起こしたとき、おきぬは一時行儀作法を教える養育方として屋敷に住み暮らしたことがあった。だから、奥方の菊《きく》とも絵津ともその妹の宇伊《うい》とも親しい間柄だ。

結局、この事件は新之助の死によって結末した。

絵津の哀《かな》しみは深かった。

事件の後もおきぬはしばしば屋敷を訪ねて、絵津の話し相手になって、さらに本庄家の家族の信頼を得ていた。

玄関番の若党に総兵衛らの到来を知らされた老用人川崎孫兵衛《かわさきまごべえ》が式台まで飛んできた。

「総兵衛どの、よう参られた。おきぬさん、しばらくぶりであったな。殿様もさることながら、奥方様と姫様が心待ちにしておられるわ」

「孫兵衛様もお元気の様子、なによりにございます」

「ささっ、上がってくれ」

「殿様はお帰りにございますか」

「最前戻られたところじゃ、ともかく奥へ」

孫兵衛に手を引かれるように総兵衛とおきぬは主の起居する奥に通った。

書院に勝寛と菊の主夫婦がいた。城中から戻ったばかりの様子の勝寛が普段着で寛《くつろ》ぎ、お茶を喫していた。

「孫兵衛の騒ぐさまからそなたとは思っておったわ」

と勝寛が笑いかけ、菊も、

「大黒屋どの、おきぬ、よう訪ねてくれましたな」

と顔を綻《ほころ》ばせた。

そこへ絵津と宇伊の二人の姫たちが走りこんできて、

「おきぬ！」

「お芝居を見にいく約束はまだですか」

と言い合い、急に賑《にぎ》やかになった。

「これこれ、騒がしいな。そなたらがいては話にもならぬわ」

「おきぬ、私たちはあちらへ参りましょうか」

「奥、なにはさておき総兵衛と酒を酌み交したい」

勝寛の言葉に、

「ただ今直《す》ぐに」

と女たちが居間に下がっていった。

「殿様、お変りなくご壮健のご様子、喜ばしいことにございます」

「総兵衛、他人行儀な挨拶《あいさつ》などよいわ。今宵はゆっくり飲もうではないか」

と誘った。

「だが、その前になんぞ話がありそうな」

「恐れ入ります」

「聞こう」

二人は大目付と古着問屋の主という身分を超えて互いを信頼し合い、公私ともに助け合ってきた仲だ。遠慮などなにもなかった。

総兵衛は身近に起こった出来事を告げた。

勝寛には初めての話か、深い溜《た》め息《いき》をついて言いだした。

「柳沢様に武田の残党武川衆が加わったか」

大目付の主たる職掌は大名家の監督にあたることだ。いくら上様の寵愛《ちょうあい》が深いとはいえ、大名である柳沢吉保もその監視下にあった。

「すでに駒込の六義園には先遣隊が入っております」

総兵衛は甲府藩城代家老の柳沢権太夫保格《やすただ》が風布七人衆の何人かを連れて入っていることを告げた。

又三郎と駒吉の報告を分析した結論だった。

「そなたはこの節に柳沢様が武川衆を迎えた理由をどうみるな」

「綱吉様は恐れながら病《やまい》がち、柳沢様としては後ろ盾を失うことが一番怖《こお》うございましょう。上様亡《な》き後のことを考えてのことかと思われます」

「柳営には吉保様への反感が渦巻いておる。上様にもしものことあらば、すぐに騒ぎになるは必定……」

と頷《うなず》いた勝寛は考えに落ちた。そして、顔を上げて総兵衛に訊《き》いた。

「甲府に参るつもりか」

「はい、事情をこの目で見ねばなりますまい」

「総兵衛、江戸が寂しゅうなるな」

とだけ勝寛は言った。

そこへ菊が女中たちを指揮して二人の膳部《ぜんぶ》を運んできた。

「恐れ入ります、奥方様」

「なんの、大黒屋どのの来るのを心待ちにしておるのは私や娘ばかりではございません。この者たちにも京の流行《はやり》の品々をおきぬが用意してくれますので、本庄の女たちはみんなが総兵衛どのの来訪を待ち望んでおります」

女中たちが総兵衛に頭を下げた。

「私ではありますまい、おきぬのほうで」

「誠にさよう」

女中たちが下がり、菊に総兵衛と勝寛は酌をされて酒を頂いた。

「奥方様、本庄家になんぞうれしい話が舞いこんだのではありませぬか」

総兵衛の言葉に主夫婦が顔を見合わせ、

「そなたは人相も見られるか」

と菊が驚いた。

「いや、総兵衛、そなたにはいつ話そうかと考えておったところだ」

「絵津様のことでございますな」

頷いた勝寛が、

「仲をとりもつ方がおられてな、加賀様の江戸家老前田光悦《こうえつ》様の嫡男光太郎《ちゃくなんこうたろう》様と絵津の婚儀が整うた」

加賀百万石の血筋という江戸家老前田家は禄高《ろくだか》六千三百石、江戸育ちの光太郎は光悦のあとを継ぐ身だという。

「それはおめでとうございます。光太郎様はおいくつですかな」

「二十四じゃがなかなか落ちついた若者でな」

「なにより人柄がようございます」

勝寛の言葉に菊も合わせた。

「絵津様もお喜びにございましょうな」

「光太郎様が随分と大人でしてね。絵津のことを妹のようにいろいろと教えてくれます」

「それはよろしゅうございますな。で、ご婚礼の儀はいつにございますかな」

「前田家の先代が年の暮れに亡くなられてな。その喪が明け次第に、来春あたり祝言《しゅうげん》をと両家では話し合っておる」

「勝寛様、奥方様、かねてからのお約束にございます。絵津様の花嫁衣装はこの大黒屋にお任せくだされ。京の呉服屋で絵津様にお似合いのものを誂《あつら》えさせますでな」

「そなたにしてもろうては、私どもはなにをすればよい」

「奥方様、花嫁のご両親はただどーんと控えておられればそれでよろしいのです。おきぬが腕を振るいますで楽しみにしてくだされませ」

総兵衛の頭にはすでに京の呉服屋の名が浮かんでいた。

庭越しに宇伊の笑い声が響いてきた。

「ああ、よき知らせにございますぞ」

菊がそんな総兵衛に酌をしてゆるゆると夜が更《ふ》けていこうとしていた。

第三章　潜　入

一

陰暦二月のある日、青梅《おうめ》街道日向和田《ひなたわだ》の里に男女四人連れの巡礼が通りかかった。

江戸から十三里（約五二キロ）も離れた多摩川の水面《みなも》を梅の香りがそこはかと漂ってきた。

汚れた白衣の背には、

「南無《なむ》大慈《だいじ》大悲《だいひ》観世《かんぜ》音菩《おんぼ》薩《さつ》」

と墨書されていた。被《かぶ》った笠《かさ》に杖《つえ》も長い旅を思わせて古びていた。

「ちよちゃん、足はくたびれない」

と声をかけたのは大黒屋の奥向きの女中おきぬだ。

「はい、歩きには慣れております」

ちよが元気に答えた。

多摩の流れをはさんで行く手の右には山が迫っていた。向こう岸には梅林などが広がり民家が点在していた。

荷を背負った信之助が二人の女たちを振り返った。

「私どもは大丈夫ですよ」

おきぬが信之助の気遣いに応《こた》えた。

四人のうち、長身の男の口から笑い声が小さく洩《も》れた。

むろん総兵衛だ。大黒屋の主《あるじ》も荷を負っていた。

「なんぞおかしゅうございますか、総兵衛様」

問うおきぬの声もどこか浮き浮きしていた。

「いやさ、駒吉のむくれ顔を思い出したらな、おかしゅうなった」

総兵衛とおきぬが大目付本庄勝寛の屋敷を訪ねた翌早朝、大黒屋の地下の大広間に鳶沢《とびさわ》一族の男たちとおきぬが集められた。

「申し渡す」

総兵衛は長年暗闘を繰り返してきた柳沢吉保の甲府城下に武田騎馬軍団で勇武を誇っていた武川衆が入り、戦列に加わったことを告げた。

「われら鳶沢一族が大老格柳沢一派と戦いを繰り返してきたは、偏《ひとえ》に神君家康様との約定を守りて、徳川家と幕府の安泰を願うてのこと、綱吉様ご信頼の側近との私闘にあらず。ゆえにこれまでも柳沢様が繰りだされてきた刺客たちをことごとく排除して参った」

総兵衛の厳しい顔に一族の者たちも緊張して聞き入った。

「柳沢吉保様は綱吉様ご病気がちのこの時期に、武田家父祖の地に名残りの武川衆を呼び寄せられた。それは綱吉様万一のとき、柳沢家の存続を図らんとする考えに他ならず。となれば、徳川の安泰を願うわれら鳶沢一族とぶつかるはこれまた必定。すでに江戸に武川衆の幹部、風布《ふうぷ》七人衆が入り、その一人曲《まがり》淵剛左衛門《ぶちごうざえもん》をこの総兵衛が斬《き》り捨てたことは承知であろう」

「おおっ！」

怒号のような返事が男たちの間から挙がった。

総兵衛は一族の者たち全員の意思統一を図るように一本の赤矢を指し示した。

「過日、武川衆がわが店の大戸に射かけた赤矢じゃ。これは明白に武川衆から鳶沢一族への戦いの布告」

総兵衛は片手に持った矢を一族が見ている前で、
びしり
とへし折り、板の間の端に投げた。

「武川衆はおよそ百余人、さらには柳沢吉保様の臣下三千二百余人が加わる。われら鳶沢一族にとって最大の戦《いくさ》になる」

「おおっ！」

「武川衆などなにごとかあらん」

ざわめきが起こった。

「静まれ！」

大番頭の笠蔵が座を制した。

「この戦、柳沢が潰《つぶ》れるか、鳶沢が滅亡するかの大戦となる。じゃが戦機が満ちるまでには今しばしの時が要ろう」

総兵衛は一座を見まわした。

「戦に勝つには己を知り、敵を知ることが必要じゃ。柳沢様が川越から甲府に転封されてより、甲府城下に異変が生じておる様子、すでに磯松と清吉を潜入させておるが、動きがおぼつかぬ模様じゃ。応援を出す」

座が再び期待にざわめいた。

笠蔵が眼鏡越しに睨《にら》んで再び沈黙が戻った。

「甲府へはおれが参る」

総兵衛が言うと駒吉が鼻をひくつかせて身を乗りだした。

「供は二人」

駒吉が座を進めた。

それをちらりと見た総兵衛が、

「信之助、おきぬ、供をせえ」

と命じた。

「私とおきぬさんにでございますか」

思いがけない指名に信之助の顔は一瞬驚きと喜びを見せようとした。が、すぐに感情は抑えられた。

おきぬはただ黙っていた。

「他には……」

駒吉が聞いた。

「今ひとり」

「やはりもう一人」

「一族の者ではないわ、駒吉」

「一族の者ではございませんので」

駒吉の声が落胆していた。

「ちよを連れて参る」

「ちよちゃんを、ですか」

「おお、ちよは甲府城下から騙《だま》されて連れてこられた娘だ。江戸の事情を親たちに知らせる役目とな、城下育ちなればなにかと役に立とう」

駒吉ががっくりと肩を落とした。

「駒吉、奉公はどこでしようと奉公、手を抜くでないぞ」

「は、はい」

「大番頭さん、一番番頭どのを連れていく」

「畏《かしこ》まりました。駒吉の行動はこの笠蔵がしっかりと見張って手抜かりはさせませぬ」

「二番番頭国次、三番番頭又三郎、大番頭さんを助けて富沢町を守ってくだされよ」

総兵衛の口調は最後に商人のそれに戻っていた。

「駒吉は総兵衛様の供は自分と決めておりますからな」

信之助が笑い、

「あの日一日、駒吉さんの悄然《しょうぜん》としたさまといったらございませんでした」

とおきぬが応じた。

「それにしても一番番頭さんは富沢町になくてはならぬ方、まさか総兵衛様が指名なさろうとは想像もしませんでしたよ」

「おきぬもであろうが」

「総兵衛様、なんぞ理由がございますので」

「ある」

「なんでございますな」

「おきぬ、言わぬが花。そなたらと旅がしとうなったと思うてくれ」

四人の巡礼は蛇行する川の流れの左岸を上流へと進んでいった。

なんとものんびりした日差しが気持ちいい。

海禅寺という寺の門前を過ぎ、軍畑《いくさばた》から沢井の里にかかると街道に蕎麦《そば》の暖《の》簾《れん》が風に揺れて旅人の足を引いていた。

「腹を満たしていこうか」

四人は道端に出された縁台に腰を下ろした。

老夫婦と孫娘が店番のようだ。

「なにができますか、おばあさん」

「田舎蕎麦に山菜が名物でな」

おきぬが聞くと老婆《ろうば》が答えた。

「ちよちゃん、お蕎麦でいいの」

「はい。おいしそうに出汁《だし》の匂《にお》いがしております」

おきぬが名物の蕎麦を人数分と山菜の塩漬けを、そして、男二人に酒を頼んだ。

出てきたのは濁り酒だ。

つんと鼻をつく香りがなんとも野趣豊かだ。

「うまいな、こんなことがあるで旅は止《や》められぬ」

「おいしゅうございますな」

主従二人は言い合った。

総兵衛はちよに目を向けた。

「ちよ、青梅街道から柳沢峠を越えて甲州に入ったことはあるまい」

ございません、と首を横に振った。

「城下を離れて甲州道中で江戸に行ったのは、あとにも先にもこの前が初めてのことにございます」

ちよは大黒屋がただの商人ではないことをうすうす気がついていた。だが、知らぬ振りを通していた。そのことを口にすれば、ちよは大黒屋にいられなくなると直観的に考えていたのだ。

「おきぬ様、私は甲府行きが伝えられたとき、ちよは聞いた。
「ちよちゃんは大黒屋で働きたいの」

おきぬから甲府行きが伝えられたとき、ちよは聞いた。

「おきぬ様、私は甲府に戻されるのでございますか」

「ちよちゃんは大黒屋で働きたいの」

「はい」

と答えたちよは言ったものだ。

「私が江戸に参ったのは富岡八幡宮《とみおかはちまんぐう》の巫女《みこ》になって、家の暮らしを助けるつもりにございました。ですが、それは嘘《うそ》っぱちで、私たちは女郎に売られようとしたところを総兵衛様に助けられました。給金は要りません、恩返しがしとうございます。女衆と古着の選り分けでも台所仕事でもなんでも致します、どうか大黒屋の片隅において下さいませ」

ちよは賃金よりも岡場所に売られようとした自分を助けてくれた大黒屋に恩返しがしたいといった。

「総兵衛様に頼んでみるわ」

おきぬからその話を聞いた総兵衛はちよを奥座敷に呼んだ。

「ちよ、私に恩返しがしたいそうじゃな」

「はい」

「この大黒屋で働くとなれば、一番大事なことはなんと思うな」

ちよは両手を口、目、耳に持っていって塞《ふさ》いだ。

「言わ猿、見猿、聞か猿の三猿か」

総兵衛はにっこり笑って言った。

「ちよ、甲府に案内してくれぬか」

「なにか役に立ちますか」

「きっと立つ、立たせてみせる」

「畏まりました」

「そなたの父様や母様に会って、大黒屋の年季働きを頼んでみよう」

「ほんとうにございますか」

ちよの顔に喜びが弾《はじ》けたものだ。

ちよは一緒に甲府を出た娘たちの間を回り、家に宛《あ》てた手紙を書いてもらうことにして、富沢町じゅうを走りまわった。

おきぬはおきぬでちよの家族たちにと古着の中から木綿ものをあれこれと選んで土産に持って行くことにした。

それが男たち二人の背にあった。

蕎麦が運ばれてきた。

黒くて太い蕎麦はこしがありそうだった。

「さあ、食べましょう、ちよちゃん」

女たちが蕎麦の丼《どんぶり》を手にした。

二合ばかりの濁り酒を飲み干した総兵衛と信之助も蕎麦に手をつけた。

「おおっ、これはなんとも美味じゃな」

四人は汁まで一滴も残さずに食べた。

おきぬが勘定する間に信之助が、

「明日はいよいよ甲府入りにございますな」

又三郎と駒吉が六義園《りくぎえん》で聞いた城代家老柳沢権太夫の国境の警戒を厳重にするという言葉で、総兵衛は甲州道中を辿《たど》って甲府入りすることを諦《あきら》め、青梅街道を選んだのだ。

とはいえ、武州と甲州の国境や甲府領内に入る関所の警備が厳しいことには変わりあるまいと覚悟はしていた。

「こんどの旅で一番険しいことになりそうじゃな」

「となれば今日のうちに少しでも先に進んでおきましょうか」

「氷川《ひかわ》の里泊まりかな」

四人は西に傾き始めた陽と競争するように御岳《みたけ》、丹縄《たんなわ》、川井、小丹波《こたば》、古里《こり》、鳩《はと》ノ巣《す》、白丸《しろまる》と街道ぞいの里を登りつめて、氷川に入った。

すでにあたりは薄暮の刻限だ。

季節のせいか、旅籠《はたご》では相部屋にもならず八畳間に四人が泊まれることになった。

谷川の水を沸《わ》かした湯も総兵衛と信之助が一番風呂《ぶろ》だった。

そのあと、おきぬとちよが風呂に行った。

囲炉裏端《いろりばた》に座した総兵衛と信之助の楽しみは酒に尽きた。

ここでも供されたのは濁り酒だ。

囲炉裏端には二人しかいない。

薪《まき》がちろちろと燃えて風呂上がりの二人にはなんとも気持ちがいい。

この主従、血が繋《つな》がった従兄弟《いとこ》同士だ。

相貌《そうぼう》も気質もよく似通っていた。信之助は鳶沢村の生まれ、総兵衛は富沢町で生まれ育ったところが違っているくらいだ。

「総兵衛様、私もちと気になっておりました」

杯のやり取りが落ちついたころ、信之助が聞いた。

「なにがじゃな」

「総兵衛様が私とおきぬさんを連れに選ばれたことをでございますよ」

総兵衛はぐいっと濁り酒を飲み干した。

その杯に信之助が新たな酒を満たした。

「信之助、おきぬと所帯を持つ気はないか」

総兵衛がずばりと聞いた。

「な、なんと申されましたな」

「そなたらに気を遣わせてばかりではおれの立つ瀬もない。ちとお節介をしたくなった」

「おきぬは大黒屋になくてはならぬ女だ。だがな、おれのそばで一生暮らすわけにもいくまい」

「……………」

総兵衛も信之助もおきぬが総兵衛を慕っていることを承知していた。

一族の者同士だ、総兵衛とおきぬが結婚すれば、鳶沢一族にとって万々歳、秘密も保持できた。

だが、江戸の生まれの総兵衛には幼馴染《おさななじ》みの千鶴がいた。

おきぬは千鶴が一族の者ではないと一筋の望みを託しながらも、二人が添い遂げるであろうと覚悟し、自分の気持ちに蓋《ふた》をしてきた。

その千鶴は死んだ。

鳶沢一族に敵対する者たちによって殺された。

おきぬは総兵衛が終生独り身をとおすのではないかと想像した。だが、敵の刺客であった深沢美雪が総兵衛の頭に新たな女として宿ったのだ。

今、その美雪は分家の鳶沢次郎兵衛の養女として鳶沢村にあった。

「信之助、そなたがおきぬを心憎からず思うておることをおれは承知しておる。あれほどの女は鳶沢一族の外にもなかなかおらぬ」

「総兵衛様、さような心配りで私とおきぬさんを旅に誘われましたか」

「そなたらはいつも富沢町の留守を守ってきたでな、そなたともこのように酒を飲みたいと思うて誘ったまでじゃ」

信之助が沈黙した。

「われらはただの商人ではない、明日に死してもなんの不思議もない。そうやって一族の者たちが戦いに倒れていったは数知れずじゃ。だからこそ、信之助、己の気持ちに正直に生きたいと思う」

「相分かりましてございます」

信之助が頭を下げたとき、女たちが湯から上がってきた。

翌朝七つ（午前四時頃）、四人は氷川宿を発《た》った。細くなった多摩の流れに沿って信之助が下げる提灯《ちょうちん》の明かりを頼りにひたすら上っていく。

夜が白々と明けたのは水根の沢付近で、さらに険しくなった青梅街道を突き進んだ。

どうやら昨日とはうって変わった天候のようで空を鈍色《にびいろ》の雲が覆《おお》っていた。山奥に入ったせいもあるが気温も上がらない。底冷えのする天気だった。

総兵衛らは白衣の下に綿入れを着て寒さに備えた。

五つ（午前八時頃）に武州と甲州の国境の鴨沢《かもさわ》を越えた。

寒さが支配する国境には番所などなかった。

さらに天候が悪化した。

曇天の空から白いものがちらちらと舞い落ちてきた。

丹波川と名を変えた流れをさらに進むと柳沢峠へ向かう街道の最後の里、丹波の里が見えてきた。丹波集落を出ると峠まで山小屋が散在するだけだ。

総兵衛たちはこの里で最後の峠越えの準備をすることにした。

先程までちらついていた雪もやんでいた。

「この分なら峠までなんとか辿りつけよう」

旅籠と飯屋を兼ねた丹波屋で早い昼食を摂《と》り、握り飯を作ってもらい、信之助と総兵衛が首にかけた。その他に干し柿《がき》や竹筒の酒、替えの草鞋《わらじ》を買い求めて、ついでに蓑《みの》を譲り受けて白衣の上にかけて丹波渓谷に入っていった。

四半刻《しはんとき》（三十分）も過ぎたころ、いったん止《や》んでいた雪が降り始めた。

最初ははらはらと舞い散る程度だったが段々と激しさを増した。

「蓑を買っておいてよかったな」

「助かりましたよ」

時折り行き交う旅人の笠《かさ》に雪が綿帽子のように積もっていた。

沢は一之瀬川と名を改めていた。

雪が舞う丹波渓谷は墨絵の世界のようで幽玄に満ちていた。

「きれいな渓谷にございますね」

「岩場に紅葉が差しかけて、なんとも秋は風情《ふぜい》がございましょうね」

最初は景色を楽しむ余裕のあったおきぬとちよも、今は杖《つえ》を頼りに黙々と足を運んでいた。

「総兵衛様、どこぞで山小屋を探しましょうぞ」

信之助の声は真剣だった。

「都合よく避難小屋もあるまい」

四人はもはや行きも戻りもできぬ峠道に立ち往生していた。

「私が先に進んで避難小屋を探してきます」

信之助が言うのを総兵衛が止めた。

「雪道で二手に分かれては出会うのも難しかろう。死ぬも生きるも四人で動こうぞ」

総兵衛の言葉に四人は体を寄せ合って再び先へ進み始めた。

雪は山道に三、四寸（一〇センチ前後）積もって足首まで潜らせ、濡《ぬ》れた足から体温が下がっていった。

ついには横殴りの雪に変わった。

街道が見え隠れして遭難の恐れさえ出てきた。

「ちよ、大丈夫か」

「大丈夫にございます、旦那《だんな》様」

ちよは健気《けなげ》にも弱音を吐こうとはしなかった。

雪の間から水の音が響いた。

柳沢川に流れこむ細流が合流しているのであろうか。

雪が一瞬風のせいで途切れた。

信之助が雪道を走って細流の谷間を覗《のぞ》きこんでいたが、

「総兵衛様、小屋がありましたぞ」

と喜びの声を上げた。

確かに街道から少し奥まった流れのそばに山小屋が建っていた。

横殴りの雪が降りつづいていれば見逃したかもしれなかった。

四人は這《ほ》う這《ほ》うの体《てい》で山小屋に転がりこむと燃え盛る火が目に入った。

二

「えらい天気に変わりましたでな、難儀されたたな」

ばあ様が囲炉裏端から声をかけてきた。

総兵衛が眉《まゆ》に凍りついた雪を払って見ると火のそばに、猟師、山伏、巡礼の老夫婦の四人がいて、新たな訪問者を見ていた。

「邪魔いたします」

と挨拶《あいさつ》した総兵衛らはまず笠と蓑を脱ぎ、背の荷物を下ろした。かじかんだ手で濡れそぼった草鞋の紐《ひも》を引き千切《ちぎ》った。

「ささ、こっちに来なせえよ」

ばあ様の巡礼が女たち二人を火のそばに招き寄せた。

おきぬは乾いた手拭《てぬぐ》いでちよの顔や手足を拭った。そして、もう一本を総兵衛に渡した。

四人が身が焼け焦《こ》げるくらいに火のそばに寄って、寒さに凍えた体を温めた。

四半刻もするとようやく血の気を感じるようになった。

丹波屋で蓑を求めて着込んでいたことが四人を助けた。

白衣と綿入れのままなれば、湿気を含んだ雪にじっとりと濡れて体が冷え込み、路傍に動けなくなっていたろう。

「いや、生き返りました」

信之助が相宿の四人に礼を述べた。

「春先は天候が変わりやすいだ」

猟師が言う。その背後の板壁には古びた鉄砲と手槍《てやり》が立てかけてあった。

「山に慣れたわれらも戸惑うことがある」

山伏も口を揃《そろ》えた。

「氷川の里を出たときには想像もしませんでしたよ」

総兵衛が答えると、

「江戸から来られたか」

とさらに山伏が訊《き》いた。

「はい、江戸で古着屋を営みます私ども、故郷の甲州へ秩父《ちちぶ》巡りのお遍路をしながら里帰りするところにございます」

総兵衛が応じた。

「今な、鍋《なべ》をしますでな、体が温まりますだ」

ばあ様がちよに言いかけた。

「ありがとうございます」

ちよが礼を言い、おきぬが、

「持ち合わせのものですが」

と丹波村で用意した握り飯やら干し柿やら竹筒の酒などを出した。

「おお、これは炉端が賑《にぎ》やかになったで」

猟師が喜んで茶碗《ちゃわん》を持ちだしてきた。

避難小屋にはこんなときのために鍋や茶碗や味噌《みそ》が用意されているようだ。

味噌煮込みの鍋を作るのをおきぬも手伝い、男たちは濁り酒を口にした。

「皆さんは塩山《えんざん》から来られたのでございますか」

「わしらだけが塩山から峠越えですよ」

巡礼の老夫婦は甲斐国《かいのくに》から来たと答えた。

猟師は山に猪《いのしし》撃ちに入ってこの天候に見舞われ、山伏は雲取山から下山するところを雪に降り籠められたという。

「峠まではなんでもなかったにな」

酒に顔を赤らめたじい様がまたぼやいた。

「じい様、塩山を出るときな、足止めされたんがいけんかったぞ」

「そうそう塩山の外れに藩の方々が関所を設けてな、厳しい調べじゃ。あそこで一刻半（三時間）も待たされたせいで、こんな目に遭っただよ」

「関所が塩山外れにあるのでございますか」

「今まで聞いたこともねえ」

じい様は頭を捻《ひね》った。

「なんぞあったのでございましょうかな」

「柳沢様が甲府に入られて、ご城下がなにかとさわがしいでな」

山伏が言った。

「江戸でも柳沢様が新しい金山開発に手を付けられたとか、噂《うわさ》が飛んでおりますよ」

「甲斐にもはや金が出る山があるとも思えない」

山に詳しい山伏が首を捻った。

「それよりな、若駒《わかごま》を買い集めて仕込んでおられるそうな」

じい様が言いだし、猟師が応じた。

「そうそう小楢山《こならやま》の麓《ふもと》に何百頭もの馬を集めておられるちゅう話だ」

「なにばなさる気かね」

「そりゃ、武田自慢の騎馬軍団を夢見ておられるのであろうが」

「もう戦《いくさ》の時代は終わっとるによ」

「じい様にいわれりゃそのとおりだがね。お侍方のやることは分からねえ」

「なんでも甲府には武川衆が集まりなさったそうですね」

「江戸の方、甲府城下では、そいつは禁句だよ」

じい様が言い、山伏が、

「なぜかねえ」

と問い直した。

じい様は首を竦《すく》めて、

「行きゃ分かるだ」

とだけ答えた。

（なにかが起こっていた）

甲府に行き、この目で確かめる。

総兵衛らは改めて思った。

熊《くま》の塩漬け肉やら山菜やら握り飯をほぐして炊《た》き込んだ鍋ができた。

八人が十分に食べられる量がある。

「おお、これは体が温まるぞ」

外は相変わらずの横殴りの雪が降りつづいていた。

総兵衛たちは凍死の危険から一転して火に体を温められ、食べ物に胃の腑《ふ》も満足した。

「ちよちゃん、横になりなされ」

おきぬが眠そうなちよに言ったのは、後片付けも終わったあとのことだ。

氷川の里を七つに発《た》って途中から雪の山道を何刻も歩き詰めだったのだ。

ちよはくたびれていた。

「明日には天気も回復しようわえ」

猟師の予測の言葉を最後に八人の者たちは火のかたわらで眠りに就いた。

だが、青梅街道の柳沢峠越えの天候が回復するのは、さらに二日も避難小屋で待たねばならなかった。

八人は残りの食べ物を工夫しながら、山小屋で雪が止むのを待った。

総兵衛たちが山小屋に辿《たど》りついて三泊目の朝、

「またどこぞでお会いしましょうか」

「元気でな」

と八人は別れの挨拶をした。

固く凍った峠道を柳沢峠に向かうのは総兵衛ら四人だけだ。

一刻後、四人は鶏冠山《けいかんざん》の西に位置する柳沢峠に辿りついていた。

夜が明け、朝日が白い雪の世界を赤く染めた。すると峠の向こうに荘厳《そうごん》にも霊峰富士が見えてきた。

四人は声もなく赤富士に向かって両手を合わせた。

「難儀はしたがこの富士に出合《でお》うただけで雪の峠越えの甲斐があったというものじゃな」

総兵衛の言葉は、三人の気持ちを代弁していた。

「総兵衛様、塩山に向かいますか」

信之助は関所が設けられた塩山へ街道伝いに下りるかと訊いていた。

「街道を伝う以外、われらが歩ける道はあるまい。ともかく人里まで下りようではないか」

総兵衛の決断に従い、大菩薩嶺《だいぼさつれい》の西側に続く険阻な雪道を腹を空《す》かせた四人は、黙々と下りつづけた。

五つ半（午前九時頃）、臨済宗の古刹《こさつ》雲峰寺《うんぽうじ》まで下りてきた。

武田一族に縁《ゆかり》の寺である。

すると山門から托鉢《たくはつ》に出る墨染めの衣に饅頭笠《まんじゅうがさ》の僧侶《そうりょ》の一団が列になって里のほうに下っていった。

笠には雲峰寺の名が墨書されていた。

「おきぬ、ちよ、ここで待っておれ」

そう言い残した総兵衛は信之助を連れて、山門を潜《くぐ》って寺に消えた。

半刻（一時間）ほど待ったころ、二人の托鉢僧が姿を見せた。手にそれぞれ別の笠を抱えた僧はおきぬらが待つところに真《ま》っ直《す》ぐやってくると、

「待たせたな」

と言いかけた。

「総兵衛様、どうなされたので」

「御仏に仕える方々の衣装を四組、盗んで参った」

「なんと罰当《ばちあ》たりな」

「その代わりな、たっぷりとお布施《ふせ》を本堂の賽銭《さいせん》箱に投げこんできたわ」

笠の裏に墨染めの衣や脚絆《きゃはん》が隠されてあった。

「二人ともどこぞで着替えよ」

四人は数丁下ったところに御堂を見つけ、おきぬとちよが巡礼姿から墨染めの僧侶に変わった。

ちよの衣はだぶだぶで、新米の小坊主《こぼうず》が先輩坊主の借着をしたようだが、我慢するしかない。

雲峰寺の僧侶が塩山に托鉢に出る道、笛吹川に流れこむ支流の一つ、重川《おもかわ》の岸を歩いていった。

里に下ると風が出てきた。

雪を被《かぶ》った塩山の町が見えてきた。

総兵衛は街道を外して、対岸の畔道《あぜみち》へ移った。

総兵衛を先頭におきぬ、ちよ、そして、しんがりが信之助の順で進んでいった。

対岸に関所が設けられ、番士らが四人へ呼びかけた。

が、総兵衛らは一心不乱に経を唱えている体でずんずんと進んだ。

寒さに閉口していた番士たちは川を渡って調べにくる様子は見せず、托鉢僧を見送った。

「助かったな」

総兵衛の声におきぬが、

「身が縮む思いがしましたよ」

とほっと安堵《あんど》の吐息をついて応《こた》えた。

その昼下がり、総兵衛と信之助の二人は笛吹川右岸の小楢山の雪の斜面を林の中から望遠していた。

塩山に入った四人は信玄公の眠る墓所の恵林寺《えりんじ》に参り、おきぬとちよを門前の飯屋に置いて、領地内から無数の馬が集められているという小楢山に忍んできたところだ。

ゆるやかな勾配《こうばい》の台地に馬およそ四、五十頭が放牧され、南側には牧舎が何棟も並んでいた。

また西側の斜面では数十頭の若駒に人が乗って調馬が行われていた。

「武川衆でしょうか」

信之助が訊いた。

「さてな」

赤装束を着けた者はいなかった。

「評判ほどには数はないな」

「まだ調馬も済んではおりませぬな」

ふいにほら貝が鳴り響いた。

西の林の中から馬蹄《ばてい》の音が轟《とどろ》いた。

真っ黒な鎧兜《よろいかぶと》の騎馬武者が飛びだしてきた。

赤毛の大型馬に跨《また》がった武者は昔具足とよばれる黒糸縅《くろいとおどし》一枚胴具足姿だ。

背に母衣《ほろ》を靡《なび》かせ、長柄の槍《やり》を小脇《こわき》に抱えた騎乗ぶりはなかなか練達の武者と見えた。

再びほら貝が鳴った。

背の旗差し物を風にはためかせた騎馬武者八騎が続いて飛びだした。

こちらは鉄砲の時代に対応した鉄板造りの南蛮風当世具足だ。

さらに十数騎の軍団が斜面を駆け下る光景は、戦国時代が再現されたようだ。

「な、なんと……」

信之助は絶句した。

先頭をいく騎馬武者が槍を立てた。

するとばらばらだった騎馬軍団は見事に楔《くさび》形の隊列を組んで、斜面を大きく転回すると、再び総兵衛たちが潜む林近くまで引き返してきて、さらに反転して牧舎まで全力で駆け抜けて停止した。

見事な乗馬術だ。

「驚きましたな」

「これほどの騎馬軍団が生き残っておったとは」

「旗差し物を背負った武者が風布七人衆のかたわれにございましょうか」

曲淵剛左衛門を総兵衛に倒された七人衆は今や六人になっていた。

「どうも甲府藩家中の者のように思えるな」

「どうしたもので」

主従が言い交わす中、騎馬軍団はこの日の訓練が終わったか、下馬して馬を牧舎に連れて入った。

「しまった！」

総兵衛の舌打ちに信之助も忍び寄った者の気配を悟った。

振り向くと林の中から鉄砲と槍を構えた甲府藩の警護兵が五人、姿を現わした。

「黒騎馬衆の輪乗りを盗み見しおって、怪しげな坊主どもじゃ、牧舎に引っ立てえ！」

乗馬鞭《むち》を手にした武士が部下に命じた。

「お待ちくだされ、私どもは雲峰寺の托鉢の者、つい見事な訓練に見とれていただけにございます」

「雲峰寺の修行僧が乗馬訓練などに関心を寄せるものか」

総兵衛も信之助もふいをつかれて、なす術《すべ》がなかった。

「いえ、間違いございません。ほれ、笠にも書いてございます」

「動くでない」

鉄砲手の銃口が近い間合いからぴたりと二人の胸板を狙《ねら》っていた。そのかたわらには槍の穂先がきらめいていた。

(どうしたものか)

二人は知恵を巡らした。だが、反撃の手立てが浮かばなかった。

「後ろを向け、抵抗いたさば容赦なく撃つ！」

鞭を手にした武士が命じた。

二人は鉄砲の銃口に背を向けた。背後で、
あっ！

という悲鳴が上がった。

振り向いた総兵衛の目に鉄砲手二人が突き転がされているのが見えた。残るもう一人にも黒い影が組みついていた。

総兵衛は、鞭を投げ捨て刀を抜こうとした武士に素手で躍りかかった。片手を首に巻くとぐいっと締めあげた。

揉《も》み合いになった。

その視界の先で信之助が槍を構えた警護兵と絡《から》み合っているのが見えた。

総兵衛は片手で首を締めあげながら、相手の脇差の柄《つか》に手を掛けた。

そうはさせじと相手も総兵衛の手を払った。

力勝負になった。

となれば総兵衛の力が勝った。首をいま一度締めあげた。

「うっ!」

呻《うめ》き声が総兵衛の耳元でして、脇差にかかった手を振りほどこうとした相手の力が緩んだ。

総兵衛は一気に抜いた脇差を脇腹に刺しこんだ。

悲鳴を上げそうな相手の口に首を巻いた手の指を突っこんだ。

相手が嚙《か》んだ。

「くうっ!」

激痛が走った。

脇差を持つ手に力を入れた。

段々と歯の力が失《う》せていった。

体がぐったりとして総兵衛の腕にしなだれかかった。

「ふうっ」

と息を吐《つ》くと腕を放した。ずるずると相手の体が総兵衛の足下に崩れ落ちた。

総兵衛は信之助を見た。

信之助も槍の相手を制圧して、奪った槍を手にしていた。

最初に鉄砲手に襲いかかった影を見た。すると地面に膝《ひざ》をついた二人が、

「総兵衛様」

と嬉《うれ》しそうに言った。

なんと甲府に潜入していた磯松と清吉だった。

「助かったぞ、磯松、清吉」

「まさか総兵衛様と信之助様にこのような場所でお目にかかろうとは、びっくり仰天にございますよ」

四人の足下に五人の警護の藩士が転がっていた。

「それにしてもお二人とも僧侶の格好とは」

「話はあとだ。まずはこの者たちを隠すのが先だな」

「ならば、この先に洞窟《どうくつ》がございます」

「よし、運ぼうか」

四人が一体ずつ担《かつ》いで、洞窟まで運んでいった。

さらに清吉が争いの場所に戻って戦いの痕跡《こんせき》を消し、残りの一体を運んできた。

五つの死体と持ち物が洞窟に隠され、入口は岩や小石や枯れ枝で塞《ふさ》いだ。

「よし、これで当分は見つかるまい」

総兵衛ら四人は小檜山の調練場をあとにした。

三段突きの信之助は奪った槍を担いでいた。

里の道に出たとき、すでにあたりは真っ暗だ。

「総兵衛様、なんという奇遇にございますか」

「まず、そなたらの話を聞こうか」

はい、と返答した磯松が、

「甲府藩士が甲斐一円から集めた若駒をこの地に集めて調練していると聞きこみましたので、何日も前からこの地に張り込んでおったのでございますよ。ところが一昨日昨日と雪が降りましたゆえ、調練は休みにございました。今日、ひょっとしたらと思いたって、訪ねてきたところでした」

「我らの話は長くなる。まずな、恵林寺前に戻らねば、おきぬとちよが首を長くして待っていよう」

「おきぬ様もちよちゃんも見えておられますのか」

「雪の柳沢峠を越えて塩山に入ったばかりだ」

磯松と清吉を連れて、恵林寺に戻ってみると、女二人が不安げな顔で総兵衛たちの帰りを待っていた。そこへ磯松と清吉を連れた総兵衛と信之助が戻ったのでおきぬは驚いたり、喜んだりした。

「六人か。どこぞにねぐらを求めぬといかぬな」

我に返った磯松が言いだした。

「城下はお調べが厳しくわれら二人も旅籠《はたご》を諦《あきら》め、破《や》れ寺《でら》などを転々としている有様《ありさま》にございます。警護の藩士が行方不明になったとあれば、さらに厳しくなりましょう。どこぞに隠れ家を探さねばなりませぬな」

「城下を外すか」

と言いかけた総兵衛にちよが、

「総兵衛様、ここまで来れば私の国です。お任せ下さい」

と大人五人を先導するように夜道を先に立って歩きだした。

三

ちよの実家は昇仙峡《しょうせんきょう》の入口の湯村にあった。父親の伍平《ごへい》が元気なときは石工を何人も寝泊まりさせていただけあって、竹藪《たけやぶ》に囲まれた広い敷地に母屋《おもや》、作業場、納屋《なや》と建物がいくつも建っていた。だが、今は主《あるじ》が臥《ふ》せっているせいで暗く沈んでいた。


「ちよ、私どもを連れていって迷惑はせぬか」

古びた門を潜《くぐ》ったとき、総兵衛が訊いたものだ。

「総兵衛様、奉公先の旦那《だんな》様方を寝泊まりさせるのになんの不都合がございましょうか」

「そうであったな」

ただ、とちよが恥ずかしそうにした。

「お父つぁんが怪我《けが》して以来、家計が苦しゅうございます。十分なお世話ができません」

「雨露をしのぐ寝所さえあればよい」

「作業場の二階が石工たちの寝所でした、夜具ならいく組もあります。好きなように使ってください」

「世話になろう、ちよ。お父つぁん、おっ母さんに会わせてくれ」

「はい」

信之助は奪ってきた槍を門の暗がりに隠した。

ちよが母屋の格子戸《こうしど》を押し開いて、総兵衛たちを広い三和土《たたき》に入れた。

障子の向こうに明かりが見え、人の話し声がしていたがふいと静まった。

「だれぞお出《い》でなされたか」

女の声が奥から問うた。

しばらくちよは言葉を詰まらせていたが、

「おっ母さん」

と応じた。

奥でも沈黙が応《こた》えた。

「ま、まさかちよでは……」

女の呟《つぶや》く声のあと、何人もが立ちあがる気配がして障子が慌《あわ》ただしく開けられた。

「ちよ、か」

母親のかつが小さく訊き、笠《かさ》を脱いだ小坊主姿の娘を見た。

「ちよ姉ちゃんじゃ！」

「なんで坊さんの格好しとるか」

という妹たちの興奮した声が響いた。

「おっ母さん」

しばらく家族の再会のときが続いた。が、ふと、

「ちよ、お坊さんと一緒か。江戸の奉公先から逃げてきたか」

と連れの総兵衛たちを不審げに見ながらも矢継ぎ早に訊いた。

「おっ母さん、この方々は私が世話になっている江戸は富沢町の古着問屋、大黒屋の旦那様と奉公人の方々です」

「ちよ、おまえは富岡八幡宮《とみおかはちまんぐう》の巫女《みこ》になったのではなかったか」

「おっ母さん、事情を話せば長くなる。まずは皆さんを火のそばに上げて下さいな」

「おお、そうであったな」

囲炉裏端《いろりばた》に上げられた総兵衛らは、

「突然の訪問でさぞ驚かれたでございましょうな。これにはちょいと理由《わけ》がございましてな」

と隣室に寝ているちよの父親伍平や家族に挨拶《あいさつ》した。

「ちよが古着屋さんに奉公を」

江戸に奉公に出た長女が突然奉公先の旦那と奉公人を、それも僧侶《そうりょ》の姿などした者たちを連れてきた……事情が飲みこめぬ家族にちよが、

「夕餉《ゆうげ》は済んだのね」

と訊いた。

炉端に空の鉄鍋《てつなべ》があって茶碗《ちゃわん》がいくつも重ねられて、片付けの最中のようだった。

「ちよたちは夕餉はまだじゃな」

母親が困った表情で訊いた。

「ちよちゃん」

おきぬがちよを部屋の隅に呼んだ。

「私たちの宿代を先に預けておきたいの」

おきぬが財布ごとちよの手に握らせた。

「おきぬ様、助かります」

ちよは素直だった。

「買い物に行ってきますから、少し食事は待ってくださいな」

とちよが総兵衛たちに願った。

「ちよちゃん、私も一緒に連れてって」

おきぬが同行すると立った。

「総兵衛様、お酒も買って参りますからね」

ちよは総兵衛の酒まで気遣った。

「ちよ、私どもは大人数で世話になるのです。おきぬに言ってな、米でも味噌《みそ》でも甘いものでもなんでもたっぷりとあがなってきなされよ」

それを聞いた清吉も買い物を運ぶと同行を申しでた。

「はい」

と答えて立ったちよが弟の一人に、

「梅吉《うめきち》、食事の支度ができる間にお客様方を湯にお連れするのです」

と凜《りん》とした声音で命じた。

「総兵衛様、湯村は湯の里にございます。湯だけは自慢でございますから、体を温《ぬく》めてくださいな」

と梅吉にちよの家の近くの湯に案内させたのだ。

四半刻《しはんとき》後、総兵衛、信之助、磯松の三人は甲府城下外れ、弘法《こうぼう》ノ湯に体を浸していた。

岩の間から湧《わ》き出す湯元の上に板屋根を差しかけただけの温泉は、信玄の隠し湯の一つと言われ、その名のとおりに弘法大師が開湯したと伝えられていた。

湯村の人々の憩《いこ》いの湯を松明《たいまつ》の明かりが照らしだしていた。

「ふーう、生き延びたぞ」

総兵衛が呻いた。

「私どもも破れ寺やら地蔵堂を転々としてましたので湯に入る機会などありません。これは、極楽にございますよ。それにしても、ちよの家族は驚かれたようでしたな」

「磯松、それはそうじゃ。巫女になるために江戸に出た娘が小坊主姿で戻ってきたのじゃからな」

総兵衛が笑いだした。

「私どもも助かりましたよ」

磯松が湯の中で手足を伸ばした。

湯には三人しかいないことを改めて確かめた総兵衛が言いだした。

「磯松、江戸でちと事態が急変した。それでわれらがちよの案内で甲府に潜入したのだ」

武川衆から大黒屋の大戸に赤矢が射込まれ、

「宣戦布告」

を受けたことなどを告げた。

「総兵衛様、城代家老の柳沢権太夫《ごんだゆう》様が江戸入りしていることは、私どもも探りだしておりました。ただ、なんのための江戸入りか、城下でもいろいろと風聞が飛び交っておりましてこれといった確証は未《いま》だ摑《つか》んでおりません」

「風聞にはときとして真実が混じっておることがある、磯松」

「まずは吉保様を甲府にお迎えするため、説得に江戸入りされたというのが有力にございます」

「大老格に就かれたばかり、江戸を一日として離れることは適《かな》うまい。だがな、磯松、六義園に潜入した又三郎と駒吉は権太夫が吉保様の甲府入りを願っておることを漏らしたのを聞いておる。年末年始に一月以上もの江戸滞在は、権太夫が吉保様をくどき落とそうと苦労した日々と考えられぬこともない」

「今一つ、江戸入りの噂《うわさ》は、城代家老が江戸になんぞ大事なものを受け取りにいったというものです。そのために家臣の他に手練《てだ》れの武川衆を何人か護衛につけた」

「城代家老が直々《じきじき》に受け取りにいったものとは何だな」

「それが……」

磯松は面目なさそうな顔をした。

「清吉と二人、権太夫様が甲府にお戻りになるという日、笹子《ささご》峠まで見聞に行ってきました。ご家老の乗り物を護衛の供侍が囲んではおりましたが、格別目についた荷は、見られませんでした」

「国境の関所の調べがさらに厳重になったのはそのあとか」

「はい」

「ともかくわれらが知らぬことが甲府ですでに起こったか、起ころうとしていることは確かだ。江戸ではだれも赤備えの武田騎馬軍団が復活しておるとは知らぬわ」

信之助と磯松が頷《うなず》いた。

総兵衛らがちよの家に戻ったとき、囲炉裏端も台所も和気あいあいと賑《にぎ》やかさを取り戻していた。

総兵衛はおきぬが、

「うまく事情を説明してくれたな」

と思った。

「お戻りなされましたよ」

ちよが囲炉裏端に早速徳利と杯を運んできた。

総兵衛らが座るとちよの弟妹たち六人が囲むようにして一挙一動を見ている。

大きな鉄鍋を囲炉裏にかけたかつが、

「おきぬ様とちよからあらましの話は聞かされました。大黒屋の旦那様、ちよが悪所に売られようとしたところをよう助けて頂きました。このとおり礼を申しますだ」

板の間の床に頭を擦《こす》りつけた。

「おっ母さん、頭を上げてくだされ。ちよやおまえ様方には今助けられております。相身互い、礼など要りましょうか」

「総兵衛様、私はこれから一緒に笹子峠を越えた仲間の家々に事情を知らせにいこうと思います」

ちよが手紙を手に今にも立ちあがろうとした。

「待て、ちよ。石和《いさわ》にはそなたらを富岡八幡宮の巫女や魚料理屋で奉公させると騙《だま》して人集めした唐犬の段五郎の一族の者がいるというではないか」

「はい、馬喰《ばくろう》の親方で人集めもなさる金三《きんぞう》親分で」

「金三は馬喰で人入れ稼業《かぎょう》か、博奕《ばくち》打ちの親分ですね」

「はい」

「金三はそなたらを最初から岡場所に売るつもりで江戸に送った悪《わる》ですよ。ちよ、そなたが湯村に戻っていることもしばらく内緒にしておきたい。なあに一日二日のことだ、皆さんにはもうしばらく我慢してもらおう」

ちよが納得して、徳利を抱え、総兵衛らに酒を注いだ。

「おきぬ、ちよの妹や弟に甘いものなど買ってはこなかったか」

「夜のことでなにも、明日にはなにか城下から買って参りましょうに」

すまなさそうに答えたおきぬが、

「総兵衛様、江戸から用意してきた着物がございます」

と言いだした。

「腹の足しにはならぬが土産代わりにご披露なされ」

おきぬが炉端を離れて苦労して担《かつ》いできた着物をちよと二人で、

「これはお父つぁんに、これはおっ母さんに……」

と出して見せた。

「ちよ姉様、みつのべべもありますか」

六つのみつが聞く。

「ちよが江戸に行ったあと、みつはいい子でしたか」

「いい子でしたよ。ねえ、おっ母さん」

「ならば、おきぬ様にお願いしてみましょうか」

家から江戸へ往復した旅がちよを大きく成長させていた。

そんな様子を寝床から伍平が潤《うる》んだ両眼でじっと見ていた。

自在鉤《じざいかぎ》に掛けられた鉄鍋は甲州名物のほうとうであった。

ほうとうははくたくの転という。小麦粉を練ってうどんのように紐《ひも》に伸ばしたり、団子にしたりしたものを味噌仕立てで南瓜《かぼちゃ》などと煮込んだものだ。

味噌の香りがする囲炉裏端で漬物を肴《さかな》に総兵衛らは酒を飲んだ。

風呂と囲炉裏と酒の温もりで先ほどまで震えていたことなど嘘《うそ》のようだ。

「さあ、できましたぞ。田舎の食べ物が江戸の人の口に合うかどうか、ちよ、勧めてくだされよ」

かつが鍋の蓋《ふた》を取ると湯気がむうっとして、梅吉が、

「うまそうじゃ、おらたちも食いてえ」

と言いだした。

「これ、行儀が悪い。先ほど食べたではないか」

かつが叱《しか》ったが食べ盛りの子供たちだ。

「見よ、私たちでは食べきらぬほどおっ母さんが作ってくれなされたわ。皆で食べようではないか」

総兵衛の言葉に梅吉たちが喚声を上げた。

賑やかな夕餉が終わり、梅吉たちは安心して父親の隣で寝についた。

囲炉裏端に総兵衛らとかつとちよが残った。

「おっ母さん、もし近所の方に私どものことを聞かれたら、湯村に湯治にきた江戸の者ということにしてくださらんか」

「旦那《だんな》様、わしらは一向にかまいませぬ。ちよが奉公するお店《たな》の旦那様と奉公人の方々で嘘もなにもございませぬからな」

「頼みます」

ちよの利発さはかつの聡明《そうめい》な血を引いたと思えた。

「お父つぁんは城の石垣積みで怪我《けが》をなされたそうな」

「はい、去年の春先のことにございました」

「城は大規模な改修が行われているようにございますな。さすがに大老格になられた柳沢様のご城下だけのことはある」

「これまで見たことも聞いたこともない大掛かりなもので甲斐じゅうの職人が城下に集められ、お父つぁんも張り切っていたのですが運の悪いことでした」

大名方にとって城改築は幕府に一番気をつかうことの一つであった。軍備を増強し、幕府に盾突くと誤解される可能性があるからだ。

事実、福島正則のように城の無断修築を理由に失脚させられた例があった。綱吉は在位二十九年の間に大名の除封減封が四十件と一番処罰件数が多く、きびしい将軍として知られていた。

この甲府城修築も綱吉の吉保への寵愛《ちょうあい》なくしては考えられぬ出来事といえた。

「明日にも甲府のご城下を見物させてもらうのが楽しみですよ」

「旦那様、城下の警戒が厳しゅうございますからな、それだけは気をつけて下され」

「承知しましたよ」

総兵衛が答えるとちよが、

「寝間が作業場の二階で申しわけございませぬ。ご案内いたします」

と旅をしてきた主の身を気遣った。


その一刻後、善光寺門前に走る影が三つあった。

槍《やり》を小脇《こわき》にした信之助に磯松、清吉の三人だ。

三人は馬喰稼業に口入れ屋を営むという博奕打ちの金三の家近くで足を緩めた。すると戸が一枚開けられて何人かの子分たちが簀巻《すま》きにした人間を担いで出てきた。

三人は暗がりに潜んだ。

「許してくだせえよ」

簀巻きから哀願する声がした。

「うるせえ！」

金三の子分たちは簀巻きにした人間を担いで夜の闇《やみ》を笛吹川に向かって走った。

「賭場《とば》で借りた金は五両ばかりだ。娘を江戸に奉公に出せば、消してくれると金三親分が約束されたんだ、親分に聞いてくだせえ」

「娘は利息分、おめえにはそっくり元金が残ってるんだよ。それに毎晩賭場にきて、娘を江戸のどこにやった、女郎にしたんじゃなかろうかと小煩《こうる》せえんだよ」

簀巻きを担いだ一団は笛吹川の木橋に辿《たど》りついた。

「代貸、こんな脅しはなしにしてくんな。家でも田畑でも売って金は作るからよ」

「豊作《とよさく》、口先ばかりじゃ通じねえよ。おめえの田畑はもうとっくに金貸しの与兵衛《よへえ》に取られているじゃねえか」

「金三も与兵衛もぐるだな」

「今ごろ気がつくたあ、頭の血のめぐりが遅いぜ」

代貸が一行に、

「放りこめ！」

と命じた。

「代貸、許してくんな！」

簀巻きの人物が絶叫した。

簀巻きが高々と差しあげられたとき、橋の上に黒い影が走った。子分たちの鳩尾《みぞおち》に槍の柄や拳《こぶし》が打ちこまれ、くたっと簀巻きを抱いたまま橋に砕け転がった。

「だれでえ！」

代貸が長脇差《ながどす》を抜こうとしたとき、三段突きの信之助と一族で呼ばれる槍の名手の持つ槍の柄が鳩尾を突いた。

「ううっ！」

呻《うめ》き声を残した代貸の背が欄干にぶつかり、その勢いで笛吹川の流れに落下していった。

「痛てえじゃねえか！」

簀巻きにされた人物が助けられたことも知らずに暴れた。

「豊作さん、これに懲《こ》りたら博奕は止《や》めることだね」

清吉が教え諭すようにいうと簀巻きの縄目を切った。

豊作が這《ほ》う這《ほ》うの体で簀巻きから立ちあがった。

橋の上には金三の子分たちが転がっているばかりでなにがどうなったか、理解できない顔であたりを見まわし、呟《つぶや》いた。

「お狐《きつね》様の仕業かねえ」


四半刻後、馬喰の金三は賭場から出ると厠《かわや》に入った。

（あいつら、嫌に遅えな）

そう考えながら小便を始めた。すると目の前の格子《こうし》窓《まど》が静かに開いた。

「なんでえ」

金三が格子戸を覗《のぞ》くと見知らぬ男が厠から一間も離れた庭に立っていた。

「だれでえ、てめえは」

相手が手に持った槍の穂先を引くと優しく訊いた。

「江戸の唐犬の段五郎に娘を騙して送ったのはおまえさんだね」

「それがどうした！」

金三が喚《わめ》いた。

「馬喰だけをやっていればいいものを」

（えいっ！）

無音の気合いが空気を慄《ふる》わした。

槍の穂先が土壁を抉《えぐ》って金三の心臓を貫き、

「ぐえっ！」

という絶叫とともに背後の土壁に串刺《くしざ》しにした。

厠の下に隠れていた清吉が格子戸を閉じた。

信之助が槍をゆっくりと抜いた。

金三の体が崩れ落ちる気配がした。

闇に血が滴《したた》り落ちる音だけがしばらく続いた。

四

総兵衛は夜明け前、闇の荒川の岩場に立っていた。

荒川は剣ノ峰の谷間《たにあい》から幾筋もの細流が流れだして仙峨滝《せんがたき》に集まり、天神の森までの一里（約四キロ）余り岩場の間を激しくぶつかり合って流れる渓谷になる。

この流れの縁《ふち》に道をつけて御岳昇仙峡《みたけしょうせんきょう》としたのはこの物語から百三十年余後の天保期《てんぽう》、巨摩《こま》郡猪狩《いかり》村の長田円右衛門であった。

総兵衛が立つ御代《みよ》、荒川の名そのままに岩場を流れる激流に過ぎなかった。

手には四尺（約一二〇センチ）の棒があった。

岩場の下には昇仙峡を流れる荒川の清流が岩をはむ音が響いてきた。

総兵衛は棒を翳《かざ》して大気と同化するように舞い始めた。

鳶沢一族伝来の祖伝夢想流に独自の考えを加えた落花流水剣だ。

腰をわずかに沈ませた姿勢で岩場を踏み締めた裸足《はだし》がねばりつくように円を描く。

ゆったりとした下半身の動きに合わせ、棒が虚空《こくう》をゆっくりと大きく裂く。

さらに反転して再び闇を斬《き》る、いや、斬るというより空気を撫《な》でる。

やさしく撫でる。

線から円、曲線から垂直線へと伸びあがり、また円に変転する。

不安定な狭い岩場が無限の空間に変わった。

総兵衛の腰の高さは動きにあっても上下することなく、ぴたりと一定の高さを保った。

大きく広げられた両手が舞を舞うように闇の大気を撫でていくと、

「ぴしぴしぴし」

と二つに斬り分けられた。

総兵衛の落花流水の秘剣には、終わりも始まりもない。

白椿《しろつばき》の一輪がときを悟って、枝からぽろりと落ちる。

無限の時間の一瞬を悟ることが落花の極意。

流れに落ちた白椿が流水に花を委《ゆだ》ねて下流へと流れていく。

勢いに従い、ときに流れの中央に、ときに端に身を寄せる。

自然が生みだす玄妙な力の狭間《はざま》で力に逆らうことなく、敢《あ》えて身を寄せることなく流れゆく、これが流水の心得。

無念無想の舞はおよそ二刻《ふたとき》（四時間）近く続いた。

ゆるやかな動きがさらにゆるやかなものとなり、ついには永久を想起させて停止した。すると岩場にいつもの朝が蘇《よみがえ》り、東光が流れをきらきらと照らしだした。

総兵衛の息は始まったときと同様に静かだった。

（だれぞに見られていたようだが）

監視の目を感じながら岩場を下りた総兵衛は、脱ぎ捨てた草履を履き、流れに沿って下る。すると白い湯煙が朝靄《あさもや》の中を立ちのぼるのが見えた。

湯村には弘法ノ湯の他に野良《のら》ノ湯などいくつか源泉があった。

総兵衛は小袖《こそで》と汗に濡《ぬ》れた下帯を脱ぎ捨てた。すると総兵衛の五体から湯気が立ちあがった。

湯を桶《おけ》で汲《く》み上げ、ゆっくりと体にかける。

汗を流したのちに湯に身を浸す。

（極楽極楽……）

湯村にきて以来の総兵衛の朝の日課だ。

からっぽだった頭に諸々《もろもろ》の想念や雑念が蘇る。

この数日、総兵衛の心を煩《わずら》わすものがあった。

甲府城を護《まも》る城代家老の柳沢権太夫保格が年末年始にかけて江戸に滞在した、隠された意味だ。

武家にとって年末年始は、一族結束の対面の儀式が続く大事な時期だ。

甲府藩十五万石藩主の柳沢吉保は幕閣の最高位、大老格を命じられて江戸を離れることは適《かな》わない。となれば、城を護る城代家老が藩主に代わって、数々の儀式の長を務めることになる。

特に川越から甲府に移った家臣団三千二百余名にとっては、甲府で迎える実質的な初めての正月であった。なぜならば転封は宝永元年師走の二十一日で、引っ越しの後片付けに追われて、正月どころではなかったからだ。

甲州の地で武田名残りの武川衆を復活させようという二年目、そんな折りに藩主柳沢吉保は江戸、そして城代家老も江戸にいた。

このことに総兵衛は引っ掛かりを感じていた。

確かに保格としては、

（甲府城に一日も早く藩主たる吉保を迎えたい）

という強い希求があったことは否《いな》めない。

そのために江戸に出向き一月以上も滞在したうえ、鳶沢一族に、

「宣戦布告」

までして甲府に帰着したのか。

城下では保格がなにかを運ぶために自ら江戸に出向いたという噂《うわさ》が流れているという。

城代家老が出向かねばならぬほどの、

（ものとは何か）

総兵衛のもやもやはこのへんにあった。

「総兵衛様、おきぬ様から着替えを預かって参りました」

手代の清吉の声がした。

「一緒に入らぬか」

朝湯に浸《つ》かるのは総兵衛だけだ。

「はっ」

と答えた清吉が一瞬迷ったふうに黙りこみ、

「ご一緒させて頂きます」

という返答が返ってきた。

手早く着物を脱いだ清吉が湯煙の中に姿を見せて、

「なんぞ御用にございますか」

と訊いてきた。

「まずは湯に浸《つ》かれ」

清吉は湯を被《かぶ》ったあと、総兵衛のかたわらに若い体を浸した。

「苦労しておるようじゃな」

甲府城下の警備は城代家老の柳沢保格が江戸から戻って以来、厳しさを増した。

その上、小楢山の甲府藩の隠れ馬場の警備に当たっていた五人、御番組の見廻隊が行方を絶って、連日その捜索が行われていた。

さらには城下の馬喰の親方の金三が何者かに刺し殺され、子分どもが笛吹川

に投げこまれるという事件も起こっていた。岸に泳ぎついた子分たちは一瞬の間でまるで、

(天狗《てんぐ》に襲われた)

ようだと金三殺しを調べる役人に証言したとか。

城下町の内外が騒然として、清吉たちの探索もままにならなかった。

磯松はなんとか目処《めど》をつけたいものと気を焦《じ》らせていたが総兵衛は、

「こういうときは動きまわると得てして失敗をするものよ、じっくり相手が静まるのを待て」

と指示していた。

「江戸と違い、甲府の町は大きくはございません。よそ者が入りこむとつい目立ちます」

そうであろうと頷いた総兵衛が、

「権太夫が江戸に受け取りに出向いたというものが気になってな、考えておるのじゃが思いつかぬ」

と若い手代相手に愚痴を言った。

清吉はしばらく答えなかった。

総兵衛には言おうか言うまいかと迷っているように見受けられた。

「なんぞ考えがあれば話さぬか」

「権太夫様が江戸に受け取りにいかれたものがなにか私にも察しがつきませぬ」

「他のことか」

「はい。昨夜、甲州道中の馬方などが集まる安直なめし屋に立ち寄ったときのことにございます。馬方の一人が、権太夫様が吉保様の名代で躑躅《つつじ》ヶ崎《さき》館跡に建つ信虎《のぶとら》神社に行かれると話しているのを聞きましてございます」

躑躅ヶ崎館は信玄の父信虎が永正十六年（一五一九）にこの地に築き、石和より居館を移したものだ。館には堀を設け石垣を築き、井戸が掘り抜かれて、城館といってもよい館だ。

この敷地に信虎神社があるという。

総兵衛は知らなかった。

「ほう、信虎神社にな」

「年頭の拝礼が二月になったとか、馬方どもは噂しておりました。拝礼が事実かどうか、いつになるかまだはっきりしたことは分かっておりませぬ」

「…………」

「今ひとつ数日内に城下の馬方連中すべてが御城に雇われるという噂が流れております」

「清吉、ちと総兵衛の胸に響くわ。信之助らに申してこの一件、調べてみよ」

「はい」

清吉が張り切った。

ちよの一家は大黒柱の伍平が倒れたのち、女房のかつも梅吉らも畑仕事や近所の手伝いをやって金を稼ぎ、暮らしを立てていた。

だから、朝餉《あさげ》を早々に済ませるとだれもが野良などに出かけた。

また湯村に湯治にきた体《てい》の信之助らも甲府城下の寺社仏閣の参詣にいく振りをしながら聞き込みに出た。

日中、家に残るのは総兵衛と腰の抜けた伍平だけだ。

総兵衛は皆が出かけたあと、母屋《おもや》に行き、伍平相手に江戸の話などをして過ごす。

無口な伍平はせいぜい目で相槌《あいづち》を打つだけで、話すのはもっぱら総兵衛だ。

伍平にはそれが楽しみになったらしく、総兵衛が顔を出すとにやりと笑う。

この朝も、

「お父つぁん、総兵衛様ばかりお話しさせないのよ。甲府のことなどをお聞かせして」

とちよが命じ、家を出ていった。

ちよは一緒に江戸に出た仲間の家々を回って手紙を届け、新しい奉公先のことを聞かせて歩いていた。

「伍平さん、ちよは賢い娘ですな」

伍平が頬をわずかに緩めた。

「何年かすれば大黒屋のいい女衆《おんなし》になりましょうぞ」

伍平が頷《うなず》く。

「江戸には参られたことがございますか」

伍平が首を振った。

総兵衛は大黒屋の商いやら、江戸芝居の役者の噂やらと、いろいろと世間話を伍平に聞かせてのんびりとときを過ごす。

初めて会った二人だが、なんとなく人柄を分かり合っていた。

だから、会話が成り立つかどうか、内容がどうかなどはどうでもよかった。

二人がその場にいて、ときを一緒に過ごすことが大事であった。

ふと気付くと、

「あれ、総兵衛様、まだお父つぁんの付き合いをなされておられましたか。今、昼にしますからね」

とちよが手に大根など野菜を抱えて戻ってきた。

「どこの家でも富沢町に奉公できたことを喜んでおられましたよ。一度、総兵衛様に挨拶に来られるそうです」

ちよが竈《かまど》に火を点《つ》けながら、話してくれた。

「はなちゃんとみやちゃんのおっ母さんたちの顔は真《ま》っ直《す》ぐに見られなくて」

岡場所に売られそうになったとき、ちよと一緒に唐犬一家の裏口から逃げだし、子分たちに摑《つか》まって殺された二人の仲間がいた。

はなとみやだ。

ちよは外に出ると必ず二人の家に寄って、仏壇に線香を上げてくるという。

ちよは二軒の家の模様を話すと顔を曇らせた。

「ちよ、手紙を預かってきたのはよい機転であったぞ」

「はい」

ちよがうれしそうに答え、

「あっ、小檜山の馬がご城下の馬場に運ばれてくるそうにございますよ」

と報告した。

「ほう、だれぞが噂していたか」

「江戸に行った一人のお父つぁんが馬方なんですよ。なんでも明後日にはご城下の馬場に馬が全部集められるそうにございます」

「なんぞ城下の馬場で行事があるのであろうかな」

「さあ」

ちよが頭を捻《ひね》った。

「ほうとうで変わり映えしませんが我慢してくださいね」

ちよは母親のかつが捏《こ》ねて造ってあった団子と野菜でほうとう鍋《なべ》の支度を手際《ぎわ》よくした。

「ちよ、昼を食したらお父つぁんを湯に入れようと思うがよいかな」

「総兵衛様がですか」

「おお、背負っていこう。ちよも親孝行じゃ、手伝え」

「勿体《もったい》ないことです。なにしろ湯に入れたくてもおっ母さんは一日働いておりますから、なかなか入れることができません」

「私だけが暇ですからね、それぐらいせぬと罰《ばち》が当たる」

ちよが作ったほうとうを食べ終わった総兵衛は少し食休みしたあと、言葉どおりに伍平を湯に連れていった。

そのあとを着替えを持ったちよがついてきた。

腰の萎《な》えた伍平は気持ちよさそうに目をつぶり、湯に身を委ねていた。

「お父つぁんの無口は昔からか」

「いえ、無口は無口でしたが、怪我《けが》を負ってからまったく口を利《き》かなくなりました」

「どうしたのであろうな」

伍平は娘と総兵衛の会話が聞こえているにも拘《かか》わらずなんの反応も示さない。

表情に微妙な変化があるのは、話を聞いている証拠だ。

「お父つぁんが胸のうちを話してくれれば、おっ母さんも張りが出てきますのにな」

ちよが嘆いた。

「お父つぁんはなんぞ胸につかえが挟まっておられるのであろう。ときがくればつかえもとれよう、そのときにはな、そなたらに話を再びなされようぞ」

伍平が両手で湯を掬《すく》い、ゆっくりと顔を拭《ふ》いた。どうやら潤《うる》んだ瞼《まぶた》を娘に見られたくなかったのだなと総兵衛は、推測した。

そのとき、総兵衛はふと思った。

伍平が口を利かなくなったことと、城の石垣の崩壊事故がなんらかの関わりを持っているのではないか。

「お父つぁん、背中を流そうか」

伍平を湯から上げてちよと二人で筋肉が落ちかけた体を洗った。

再び湯に浸かった。

「私がこちらにお邪魔している間、伍平さんを湯に誘おう」

そのことをどうしてもっと早く気が付かなかったかと今さら悔やむ総兵衛だった。

さっぱりした体にさっぱりと洗い晒《ざら》した浴衣《ゆかた》を着せ、綿入れを重ねた。そして湯冷めせぬうちにと伍平を家に連れ戻った。

門を潜《くぐ》ろうとすると庭に陣笠《じんがさ》を被《かぶ》った武士に指揮された甲府藩町奉行所の小者たちが待っていた。

「これはお役人様」

ちよが言いかけるのを無視して、

「その方が江戸から来た者か」

と陣笠が訊《き》いた。

「はい、こちらに湯治に寄せてもろうとります。江戸は日本橋富沢町の商人総兵衛と申します」

「ちと訊きたいことがある。番所まで同道せえ」

「お役人様、見てのとおり病人を背に負うておりますれば、床に寝かせてから
お話をいたさせてくださいな」

陣笠がしぶしぶ頷いた。

伍平を寝間に寝かせる総兵衛とちよを二人の小者が赤樫《あかがし》の六尺棒を小脇《こわき》に抱
えて、三和土《たたき》まで入りこんで見守っていた。

「総兵衛様、大丈夫でございますか」

「心配せんでよい」

と答えた総兵衛はちよの顔を正視して、

「それよりお父つぁんのそばにいて離れるでないぞ、よいな」

と命じた。

ちよが大きく頷いて、はいと返事した。

「お待たせしましたな」

総兵衛が庭に姿を見せたのを陣笠はじっと睨《にら》んだ。

「お役人様は甲府藩ご家中にございますか」

「甲府藩町奉行所与力《よりき》宗沢伝兵衛《むねさわでんべえ》じゃ」

「宗沢様、御用とはなんでございますな」

「番所で尋ねる」

宗沢が手を振った。すると小者たちがさっと六尺棒を翳《かざ》して囲んだ。

「お調べがちと乱暴にございますな。甲府は宰相柳沢吉保様のご城下、吉保様の名にもかかわりましょうぞ」

「城下で警護の者たち五人が行方を絶った。さらには馬喰の金三が槍《やり》で突き殺される事件も起こった。城下に滞在している者は、すべて番所にしょっ引いて調べておるところじゃ、四の五の申さずついて参れ。もし……」

「もし、何でございますな」

「これ以上口答えいたさば縄を打って引っ立てるがどうじゃ、大黒屋総兵衛」

「なんとまあ、私の屋号までご存じで」

「……うっ」

と詰まった宗沢は、

「構わぬ、叩《たた》き伏せて縄を打て！」

と小者たちに命じた。

「それっ！」

と四方から赤樫の六尺棒が突きだされた。

輪の中央に立っていた総兵衛が、

「ふわり」

と動いた。いや、舞った。

その瞬間、打ちかけられた一本の六尺棒が奪い取られて、総兵衛は輪の外に移動していた。

総兵衛は一点に集中して襲いかかった五本の六尺棒の、わずかな間隙《かんげき》をまるで春風が吹き抜けるように通り抜けた。

「なにをしておる、ただ一人じゃ！」

慌《あわ》てた四人が六尺棒を構え直した。

「やりおったな！」

棒を揃《そろ》えて再び打ちかかる小者たちの手に次々に打撃が走って、気がつくと得物を取り落としていた。

片手に棒を持った総兵衛がふわりふわりと手首を叩いてまわったからだ。

「な、なんと玄妙な……」

宗沢の目には総兵衛が実にやわらかく棒をそよがせているように見えた。

配下の小者たちの打撃の速度のほうが何倍も速かった。

が、ゆるやかに舞ったはずの総兵衛の六尺棒が先に到達して、打速の速いはずの棒が叩き落とされていた。

四人の小者たちが呆然《ぼうぜん》とあちこちに飛び転がった六尺棒を見た。

「宗沢どの、城代家老の柳沢権太夫保格どのにそのうち大黒屋総兵衛の方から城中に挨拶《あいさつ》に出向くとな、お伝え願えませんかな」

鳶沢一族の総帥《そうすい》がぎろりと甲府藩の町方与力を睨んだ。

「ご、ご城代の名などを出しおって」

第四章　再編

一

駿州鳶沢村《すんしゅうとびさわ》の女衆《おんなし》は、二月になると浮き浮きしてくる。

女の桃の節句が近づいてくるからだ。

雛《ひな》祭りは陰陽の陰が極まった三月の最初の悪日、「上巳《じょうし》の祓《はら》い」をすることから始まったという。

古く中国から伝わった考えは日本に瞬《また》く間に広まっていった。

自分についているけがれや罪を紙で作った形代《かたしろ》、草で編んだ人形《ひとがた》に息をふきかけて水に流す、するとけがれや罪が祓われたとか。

それが流し雛の風習の始まりだった。またそれとは別に平安期には女子供がもてあそぶ人形、ひいな遊び、雛人形ができてくる。三が重なる三月三日は元々中国ではお祝いの日であったが、日本に伝わり、けがれ払い、「上巳祓い」の日になった。

鳶沢村では女たちが二月吉日、次郎兵衛の屋敷に集まり、菱《ひし》の実を臼《うす》で碾《ひ》いて粉にし、食紅やよもぎなどを混ぜて紅、白、緑の菱餅《ひしもち》を作る。

そのために朝から屋敷の台所は大忙しだ。

普段から台所を預かる女中頭のおとくは八つ半（午前三時頃）には起きて、竈《かまど》に火を入れて支度にかかる。

だが、この年、台所に入るとすでに竈に火が入り、蒸籠《せいろう》や臼が用意されていた。

井戸端で笑い声がするので慌《あわ》てて出てみると、姉様被《かぶ》りにたすき掛けの美雪とるりの二人が杵《きね》を洗っていた。

「遅うなりましてすまぬことで」

「おとくが遅いのじゃないの、私たちが早いの」

るりが屈託なく応じた。

おとくは美雪が女たちの作業に率先して加わり、だれよりも汗を流して働いてきたのを思い出した。

鳶沢村に一族の外の女を入れたというので、村の女たちの間にはよそよそしい空気が流れていた。

むろん村の長老の次郎兵衛が決めたこと、だれも表立って文句を言うものはいなかった。

反感はこれまでの規範を破った次郎兵衛よりも美雪に向けられた。

おとくもなぜ次郎兵衛様がこのような決断をされたか、考えあぐねていた。

美雪が養女になったことをまずだれよりも先に受け入れたのは、次郎兵衛の孫娘のるりであった。

るりは美雪が不愉快な思いをせぬようにとつねに行動をともにして、美雪がすることを一緒に行った。

近ごろでは朝の剣術の稽古《けいこ》にも出て、美雪から小太刀の技を習っている。

美雪は美雪で一日じゅうなにかを見つけては働いていた。さらには自分から村の中を歩き、病に臥《ふ》せっている老婆《ろうば》がいれば話し相手になり、なにかと世話をしていた。

女たちの美雪に注ぐ目も幾分和らぎを見せていた。

だが、強固に美雪の存在を無視する一団も中にはいた。

「おとくさん、菱餅を作るのは初めてです、教えてくださいな」

美雪がおとくに笑いかけた。

「はいはい、私がね、知っているかぎりのことをお教えしますよ」

おとくは若い二人を相手に奮闘を始めた。

鳶沢村では雛飾りの菱餅作りといっしょに草餅もつく。

老婆から赤子まで村じゅうの女たちが顔を揃《そろ》えて、わいわいがやがやと菱餅をまず作りあげ、そのあと草餅を何臼も搗《つ》きあげた。

この間、美雪は竈の火を絶やさぬように気をつけ、水が足りなければ井戸端に走って汲《く》んで運び、下働きに精を出した。

菱餅も草餅も出来上がったころ、大広間では雛人形が出されて、飾られる。

もう何代も前に京都の人形師に造らせた寛永雛だ。

搗きあげられた菱餅もまだ蕾《つぼみ》の桃の枝も飾られた。

白酒も供えられた。

女たちが雛人形の飾られた広間に集まり、数日前から用意されてきたご馳走《ちそう》と白酒を頂く。

長老の次郎兵衛すら出ることのできない女だけの宴《うたげ》だった。

この日、正客があった。

月窓院の澄水尼《ちょうすいに》だ。

鳶沢村の女たちにとって月窓院の庵主《あんじゅ》様は、悩みごとがあるとき訪ねて相談する人生の師であり、先導者だった。

だが、これまで澄水尼様が鳶沢村の女たちの行事に顔を出すことなどなかった。

「ふらりと春風に誘われましてな、寄せてもらいました」

「ささ、どうぞ」

と忠太郎の女房のいせが上座に案内した。

「おうおう、鳶沢村の雛人形のお顔はなんともお美しいと聞いておりましたが、噂《うわさ》にたがわぬほどに見事なお内裏《だいり》様とお雛様にございますな」

澄水尼は飾られたばかりの雛人形に見入った。

村の女たちは自分が褒められたように喜び合った。

ふと澄水尼の視線が美雪に向けられた。

「美雪様、お元気そうに見受けられますが、村に入って気苦労などはございませぬか」

「庵主様、なんで苦労なんぞがございましょうか。村の皆様に却《かえ》って気を遣って頂きまして、美雪はのうのうと暮らせております」

「それを聞いて澄水尼も安心しましたよ。さぞ総兵衛様も江戸の一族の方々も安堵《あんど》なさっておられることであろうな」

と呟《つぶや》いた澄水尼が、

「おや、余計なことを口走った。年を取るとつい口が緩む」

と笑みを浮かべて、

「るり様、庵主にも白酒を馳走してくだされよ」

と笑いかけた。

美雪の鳶沢村入りは総兵衛も承知のことであったか。

このことを澄水尼の口から思い知らされた女たちの心が微妙に変化した。


七つ半（午後五時頃）の刻限。

総兵衛は舞鶴《まいづる》城の大手門から城代家老の柳沢権太夫保格を中心にした騎馬の一団が出てくるのを堀の一角から見ていた。

その数、およそ三百余騎。

大将の保格は狩衣《かりぎぬ》に指貫《さしぬき》、烏帽子《えぼし》の装束だ。

そのかたわらに一基の輿《こし》があった。

（だれが乗っておられるのか）

武田信玄の居城は、

「躑躅《つつじ》ヶ崎《さき》の満月は古今東西の名所を凌《しの》ぐ月見の地なり」

と里人が自慢するほどに敬われ、天守閣などは設けなかった。それは、

「人は石垣、人は城」

という武田一族の思想と自信からであった。

人とは家臣であり、民百姓であり、商人であり、職人であった。
武田一族が滅亡してのち、秀吉の時代、徳川家康は代官平岩親吉《ひらいわちかよし》に命じて、天正十一年（一五八三）には甲府城の築城に着手させたが、家康がすぐ関東に移封され、その後には加藤光泰、浅野長政ら豊臣秀吉の重臣たちが次々入った。かつて三方ヶ原で完敗した家康が元武田氏の城下甲府に一門を入れ重要拠点とできたのは関ヶ原の合戦後のことである。そして、幕府では代々徳川義直、忠長、綱重・綱豊（六代将軍家宣《いえのぶ》）父子らを封じ、徳川甲斐《かい》と呼ばれてきた。
甲斐を武田色から徳川色に染め直す目論見《もくろみ》であった。
だが、百余年の歳月を経ても、この甲州において武田の遺香を完全に払拭《ふっしょく》したとは言い切れなかった。それは、
一に甲州金
一に甲州枡《ます》
一に小切《こぎれ》
の武田支配が残した為政の踏襲に如実《にょじつ》に見られた。
甲州金とはこの地独特の地方貨幣である。

甲州枡とは京枡三升にあたる一升枡のことである。

小切とは、本年貢《ねんぐ》の三分の一を小切といって、米四石一斗四升につき金一両の割合で金納させる方法であった。時代が進み、米価が上がると、甲州農民の小切税法の負担は実質的に軽減した。

そこで幕府では、小切を廃して、年貢の増額を何度も企てたが、甲州領民は、

「甲州金、甲州枡、小切」

は三位《さんみ》一体、不可分なものとして幕府が明治維新で倒壊するまで頑強に存続させた。

今、総兵衛が見る舞鶴城は江戸幕府の威光を示して甲府盆地に独立する一条小山にそびえていた。

この堂々とした城に百二十余年ぶりに武田氏の血を引く柳沢氏を城主として迎えていた。

城代柳沢保格を中心とした行列は北に向かった。

だが、それを見る城下の領民はどこか戸惑いを感じていた。

領民は柳沢保格が入国のときに着ていた陣羽織の葵《あおい》の紋にこだわっていた。

武田一族の血が復活したというのに柳沢様は川越から、

（葵の御紋）

を押し立てて入ってきたのだ。その紋に、

「拝め、拝め！」

と強要する柳沢は武田氏の血筋ではなく、徳川家の一門として転封してきたのではないか。

それがどこかよそよそしくも戸惑いの因《もと》を作っていた。

武田氏の躑躅ヶ崎館跡は信虎神社として古府中町にあった。

保格の行列は粛然と信虎神社への道を辿《たど》っていた。

「総兵衛様」

おきぬが総兵衛のかたわらに姿を見せた。

「神社一帯は家臣団が取り囲んで、まったく入りこむ隙《すき》もございません」

総兵衛はおきぬの報告を聞くと輿を囲んで静々と遠ざかる行列を見て、

「輿の人物は何者であろうか」

と呟いた。

「信之助はどうしておる」

「総兵衛様の指示を待っておられます」

信之助は無理しても信虎神社近くに入りこむかどうかと訊いていた。

「おきぬ、無理は禁物と伝えよ。まあ、柳沢一族がなにを考えておるかじっくりと見せてもらおうではないか」

「はい」

と返答したおきぬの姿は総兵衛のもとから消えた。

信之助ら四人は、柳沢権太夫保格が信虎神社に参拝したのち、武川《むかわ》衆父祖の地、甲斐駒《こま》ヶ岳《たけ》を望む北巨摩《こま》郡武川筋柳沢之郷に向かうことを調べてきた。

「迂闊《うかつ》であったな。風布の里を出た武川衆がまず向かう先は、武川筋柳沢であったわ」

「われらも甲府城下を走りまわって、ついそのことに気が付きませんでした」

磯松と清吉が恥じ入った。

「よかろう、磯松、清吉、武川筋柳沢に走ってなにが起こっているか探ってこい。われらもあとから追いつくでな」

と先行させた。

昨日には城下から武川筋へ多くの荷駄が移送されていった。

深編笠《ふかあみがさ》を被った無腰の総兵衛はゆっくりと行列が去った大手町、屋形町の方角へと足を進めた。

総兵衛が歩く城下は柳沢吉保の入封で大きな変革がもたらされていた。

保格は甲斐一帯の物産の増産を督励し、城下にも江戸の商法から遊芸までが逸早《いちはや》く取りいれられて、奨励された。

城下の商人たちは、

「さすがに綱吉様のご信頼厚い吉保様だけのことはある。江戸におられても甲府のことをなにが不足か見通しておられる」

「なにより江戸からいろいろな品が入ってきますでな、商いにも活況が出てきましたぞ。これも偏《ひとえ》に大老格のご威光ですな」

と表面上は歓迎していた。

そんな刺激策のせいで、後に、

「棟に棟、門に門を並べ、作り並べし有様は、是《これ》ぞ甲府の花盛り……」

と言われる発展を見せることになる。
(城下が潤《うるお》い、領民が豊かに暮らせれば、それ以上のことはない)
と総兵衛は思いつつも、大老格にまで出世した柳沢吉保の考えに、
(一抹の不安)
を抱いていた。
総兵衛はちらりと深編笠の縁を片手で摑《つか》んで、
(ちよと梅吉はどこにおるか)
と辺りを見まわした。
二人の姉弟には頼み事をしていたのだ。
(間に合うか)
総兵衛は懸念《けねん》を見せながらも行列を追った。
そのとき、これまで何度か感じた監視の目を意識した。
(何者か、そのうちに正体を見せるときがあろう)
総兵衛はそのことを忘れることにした。

信之助はおきぬから総兵衛の命を受けたとき、

「入りこむほころびを見つけたところでしたよ」

と残念がった。

「ほう、入りこめますか」

「総兵衛様は無理は禁物と申されたのですね」

「そう、入るなとは申されませんでしたよ」

「ならば忍びこみます」

という信之助に、

「信之助様、一人より二人が安全でございますよ」

と笑いかけた。

「おきぬさんも」

「迷惑ですか」

「いえ、おきぬさんには危ない目をさせたくないと思うただけでございます」

「信之助様、私も鳶沢の女でございますよ」

「ほんにそうでしたな」

二人は連れだって信虎神社の裏手に回った。

北口には躑躅ヶ崎館だった時代の遺跡があった。堀への引き込み水路が空の溝となって残り、両側から枯れ草などが覆《おお》いかぶさっていた。

信之助はその空の水路を伝って、神社の境内に入りこもうといっていた。

二人は辺りを見まわした。

人影はない。

二人は枯れ草の下に入りこむと溝の中を背を丸めて走った。

普段は狸《たぬき》か狐《きつね》が通り道に使っているのか、生き物の小便の臭《にお》いが染《し》みていた。

一丁も続くと溝は縦穴に繋《つな》がって空堀へと落ちていた。

そこで足を止めた信之助は頭を出して、様子を窺《うかが》った。

どうやら拝殿の裏手の林に出たようだ。

「おきぬさん、入りこめました」

溝を這《は》いでた二人は拝殿の床下に走りこんだ。すると祝詞《のりと》が床上からかすかに流れて聞こえてきた。

二人は床下を祝詞の聞こえる方向へと進んだ。

拝殿の正面の床下から光が差しこんできた。

無数の馬の嘶《いなな》きが聞こえてきた。

柏手《かしわで》が聞こえた。

二礼二拍一礼の音であろうか。

ふいにその人の声がした。

「父松平美濃守《みののかみ》吉保に成り代わりて武田の祭神、信虎公、信玄公を始めとする八百万《やおよろず》の神に申しあぐる。われら武田氏武川衆の積年の望み、甲州の地に再び風林火山の旗印をかかげんとする移封の願い聞きとどけ頂き、ありがたき幸せに存じ候《そうろう》。われら柳沢の家臣団三千余名、いつの日にか徳川幕府を倒して、必ずや武田の天下統一を果たす所存に候。その折り、江戸より甲府に遷都《せんと》いたすは当然のこと、われらが偽りの生き方、しばらくご辛抱頂きたくお願い申し上げ候……」

柳沢吉保の子、吉里《よしさと》だ。

吉里が甲府の地にいた。

お神酒《みき》を飲み干す気配がして、床に素焼きの杯が投げ割られた。

「えいえいおう！」

雄叫《おたけ》びが上がり、拝殿から引きさがる気配がした。

馬に跨《また》がる音がして、

「父祖の地、武川筋柳沢まで早駆けいたす。者ども、遅れるでないぞ！」

と吉里が下命して、馬蹄《ばてい》が参道を遠ざかっていった。

「なんと吉保、吉里親子は綱吉様からあれほどの大恩を受けながら、倒幕の妄想を抱いておられますとは」

「呆《あき》れはてましたな」

おきぬと信之助は未《いま》だその言葉を信じられなかった。

「ともかくここは抜けて、総兵衛様にお知らせを」

「そういたしましょうか」

二人は静寂と変わった信虎神社の床下を這いでると、辺りには夕闇《ゆうやみ》が忍び寄っていた。

忍びこんできたと同じ溝から神社の北側に出た。

淡い月光が溝から上がった二人を照らしだした。

「待っておったぞ！」

大音が響いた。

二人は槍《やり》や袖《そで》がらみを保持した捕り方二十余人に囲まれていた。

柳沢吉里、柳沢保格らの信虎神社参拝の警護をしていた甲府藩の御番組だ。

指揮する者は陣笠を被《かぶ》った与力と思えた。

「怪しげな二人が境内に忍びこんだとの通報を受けて、待ち構えていたのじゃ。大方、江戸から入りこんだ鼠《ねずみ》であろう。もはや逃げられん、おとなしく縛につけえ！」

おきぬが隠し持っていた懐剣を片手にした。

信之助は素手だ。

「おきぬさん、無理させましたな」

その声に悔いがあった。

「信之助様、死ぬも生きるも一緒させてくださいな」

信之助がおきぬを見返した。

おきぬがにっこり笑って頷《うなず》いた。

「ようございますとも。おきぬさんと一緒なれば、地獄の果てまでもお供いたしますぞ」

張り切った信之助が頷き返し、

「甲府藩中の方々に申しあげます。私ども縄目の恥辱だけは受けたくはございませぬでな、どこからなりともかかって参られえ！」

と凜《りん》然と言い返した。

「おのれ、吐《ぬ》かしおったな！」

捕り方の輪が縮まった。

信之助はおきぬを背に回して、素手の手を構えた。

「それっ！」

と命じた与力の声が響いたとき、馬蹄が重なって響いた。

「わあっ！」

与力が馬に体当たりされて転がった。

捕り方の輪が崩れて、綻《ほころ》びができた。

空馬一頭を引いた総兵衛がもう一頭の栗毛《くりげ》に跨がって叫んでいた。

「信之助、おきぬ、馬に乗れえ！」

馬上の総兵衛が空馬を二人の前に放した。

「助かりましたぞ、総兵衛様！」

おきぬを先に乗らせた信之助がおきぬの背にぴったりと張りつくよう飛び乗った。

「はいよ！」

二頭の馬は慌《あわ》て騒ぐ捕り方を尻目《しりめ》に夕闇の中へと紛れこんで消えた。

総兵衛の命で馬を用意していた梅吉が林の中から見て、

「姉ちゃんの奉公先の旦那《だんな》は天狗《てんぐ》だか」

と聞き、ちよが、

「ああ、天狗様のように強いお方だ」

と胸を張った。

二

総兵衛とおきぬ、信之助を乗せた二頭の馬は釜無川《かまなし》の岸辺をゆっくりと進んでいた。

対岸の甲州道中には、おびただしい数の松明《たいまつ》が点《とも》され、柳沢吉里を守護した城代家老の柳沢権太夫ら狩衣《かりぎぬ》の武者、黒騎馬衆三百余騎が長い隊列を組んでいく。

望遠するにゆったりした歩調の行列は壮麗とも幻想ともとれた。

夜になった街道を往来する者は少なかった。それでも荷駄を次の宿場に運んでいった馬方と馬が松明を点した一団を見て、慌てて街道を外れた。

「吉里どのは徳川幕府を倒して武田氏の旗印を甲斐に翻《ひるがえ》すと誓われたのじゃな」

「私もおきぬさんもはっきりと聞きましてございます」

吉里の言葉は柳沢吉保の命でなければならない。が、

（その辺がどうも釈然としない）

と総兵衛は思った。

甲府城下の商人は別にして、領民の大半が柳沢吉保を、

（徳川綱吉様寵愛《ちょうあい》の大老格にして譜代の太守）

と考えるか、

（武田氏を復活させる武川衆の末裔《まつえい》）

と信じてよいのか迷っているふうに見えた。

総兵衛も決断がつきかねていた。

（まあよい、隠した尻尾《しっぽ》があるならば鎧《よろい》の下から見せようぞ）

韮崎《にらさき》の町並みが松明の明かりに浮かんだ。

釜無川と甲州道中が接近して、騎馬武者の様子がよく見えた。だが、対岸の行列からは総兵衛らの姿は闇に没して見えにくかった。

「総兵衛様」

と信之助が並んでいく主《あるじ》の名を呼んだ。

「柳沢様は、家禄《かろく》百六十石から加増を重ねられて甲府十五万石の宰相に昇りつ

められたお方でございますな。川越以来の家臣団三千二百余名を率いておられるとはいえ、大半が武田氏とは関わりなく新規に召し抱えられた家来衆、中核部隊の黒騎馬衆は徳川幕府に背信する行動をどう考えておるのでございましょうかな」

「吉里どのを囲む三百余騎だけが武田氏復活を狂信する一団ではあるまいか。おそらく三千余名の家臣団の大半は、努々《ゆめゆめ》徳川に弓を引くなど思うてもいまい」

「三千二百余のうちの三百人を多いと考えるべきか少ないと見るべきか」

信之助はおきぬの肌の温《ぬく》もりを心地好《よ》く感じながら、訊いた。

「信之助、一人の狂信者に引きずられて滅亡した例は数多《あまた》あるわ。もしあの三百余騎の黒騎馬衆が武田復活を妄想しているのなら、三千余人が従うやも知れぬ。そうなると幕府にとっても手強《てごわ》い相手になるぞ」

と答えた総兵衛が、

「おきぬ、神妙じゃな。信之助と相乗りはいかがじゃな」

と笑いかけた。

「な、なにを仰《おお》せでございますか。こうなったのは総兵衛様が一頭しか馬を用意されなかったせいにございますよ」

「そなたらに二頭を用意してみい。信之助に無粋者《ぶすいもの》と叱《しか》られるわ」

総兵衛が笑った。

おきぬはその様子を複雑な思いで見た。

一ツ谷、祖母石《うばいし》と三百余騎の行列は進んで、釜無川を穴山付近で総兵衛らがいく右岸へと渡ってきた。

夜の行軍はすでに九つ（深夜十二時頃）を迎えようとしていた。

総兵衛らは行列をやり過ごして、その後ろについた。

一行が甲州道中を外したのは武川筋に入ってすぐのところだ。

牧原から釜無川に流れこむ支流の一つ、大武川《おおむ》ぞいに道を変えた。

夜の闇が一段と濃くなり、松明の明かりがいよいよ力を得て、天を焦《こ》がした。

甲州道中を外れて十五、六丁を進んだか、人の気配がした。

「総兵衛様、お待ち申しておりました」

畔《あぜ》の闇から一つの影が浮かびあがった。

清吉の口調には抑えても抑えきれない興奮があった。

「風布の里を出た武川衆百余人、この柳沢の地に集結してございます」

「やはりな」

「柳沢の里には百余名を寝泊まりさせる余裕はございません。そこでさらに奥の諏訪《すわ》神社を囲む大坊の野に選び抜かれた馬たちと寄宿する仮宿が設けられてございます」

「甲府から来た三百余騎の総大将は柳沢吉里どのじゃ」

「吉里様にございましたか。武川衆が張り切るわけでございますな」

今、柳沢一族の出自の地で新旧の武田氏が対面しようとしていた。

行列がふいに止まった。

常連寺の前だ。

馬を下りた一行は出迎えた武川筋柳沢の者たちに湯茶の接待を受けるためか、進軍を止めた。そして、寺内に入った。

「磯松はどうしておるな」

「二日前より諏訪神社に潜んでおられます」

「諏訪神社は武川の祭神か」

「はい。磯松さんはなんぞあれば必ず祭神の前で行われるはずと推量されて、潜まれました」

四半刻《しはんとき》後、再び常連寺の門前に現われた柳沢吉里は赤小札縫朱糸威《あかこざねぬいしゅいとおどし》二枚具足に身を包み、真っ赤な頭巾《ずきん》を被った戦国の若武者に変わっていた。

かたわらの小姓が南蛮鉄の真っ赤な兜《かぶと》を両手に護持して従う。

三百余人もまた黒の南蛮具足、鉢金《はちがね》に身を固めて、背には旗差し物を背負い、長柄《ながえ》の槍《やり》をかいこんでいた。

松明は消された。

闇の中、真っ赤な鎧《よろい》武者の柳沢吉里を供奉《ぐぶ》して、三百余騎の黒具足の武田騎馬軍団が諏訪神社へと進む。

総兵衛らは清吉の案内で道を外れて先回りした。

行く手の諏訪神社には、妖気《ようき》が満ちていた。

真っ暗な闇の中からもがちゃがちゃという具足の音と馬の嘶《いなな》きが聞こえてき

た。

ほら貝の音が響いた。

総兵衛は闇に響くほら貝の音に武田信玄の無念を思うていた。

徳川家康がもっとも恐れた戦国武将がいたとすればそれは間違いなく、

「武田信玄」

ただ一人であったはずだ。

元亀《げんき》三年（一五七二）十二月、上洛《じょうらく》を目指した武田信玄とそれを阻止しようとする徳川家康の本隊と織田信長の援軍が三方ヶ原で対決した。

家康は巧妙な信玄の誘導策に引っ掛かり、浜松城から三方ヶ原の台地におびき出されて、一千余人の死傷者を出すという壊滅的な打撃を受け、自らも這《ほ》う這《ほ》うの体で浜松城に逃げ帰ったのである。

これほどの屈辱は他にない。

完膚《かんぷ》無きまでの敗北の中、これほど惨《みじ》めな死を覚悟した戦いもない。

家康は三方ヶ原の敗戦の折りの自画像を生涯座右において戒めにした。

常連寺で戦《いくさ》支度に変えた柳沢吉里らの一行が諏訪神社の石段下に到着した。

虚空《こくう》に光が一条走った。

すると石段上に戦旗が翻って浮かびあがった。

「疾如風」

うおおおっ！

という怒号とも喚声ともつかぬ雄叫《おたけ》びが上がった。

さらに二番目の、

「徐如林」

がはためいた。そして、

「侵掠如火」

と
「不動如山」

の染め抜いた四旗が揃《そろ》った。

孫子の旗は戦国武将武田氏の軍旗であった。

松明が諏訪神社一帯を照らしだした。

石段の下に真っ赤な二枚具足の若武者柳沢吉里がいた。

石段の左右には赤備えの騎馬軍団、武川衆百余人が並んで吉里を出迎えていた。

石段の上には武川衆の頭領柳沢幻斎と風布七人衆の残り六人が待機していた。

「うおおおっ！」

という雷鳴のような怒号がわき起こり、吉里が石段を昇り始めた。そのあとを黒の具足の柳沢権太夫保格と赤の兜を護持した小姓が従った。

赤備えの武川衆の槍の石突が石段を叩《たた》き、具足が鳴らされる中、総大将柳沢吉里は諏訪神社の境内に昇りつめた。

一転して静寂が支配した。

馬を下りた総兵衛らはその模様を諏訪神社の前を流れる滝道川の対岸の林から眺めていた。

総兵衛のかたわらには信之助、おきぬ、そして、清吉がいた。

磯松は諏訪神社に潜りこんでいるという。

「さてさて道三河岸《どうさんがし》の真意が知れぬわ」

鳶沢一族を率いて徳川幕府護持のために柳沢吉保の刺客と幾度も戦いを繰り

返してきた総兵衛は、

（こんどばかりは吉保の気持ちが読めない）

「考えてもみよ。柳沢吉保という男、綱吉様の寵愛《ちょうあい》を受けるために己を殺してもあらゆる手立てを用意し、計算に計算を重ねて大老格にまで昇りつめた男ではないか。徳川の御代《みよ》は百余年を重ねて盤石《ばんじゃく》じゃ。いくら赤備えの騎馬軍団、武川衆が頑張ったとて百余騎、それに柳沢の黒騎馬衆三百余騎を加えても総勢四百余騎、この数でどうしようというのか」

「吉保様の後ろ盾の綱吉様が病がち、後ろ盾を失ったときを考え、行動しておるのかとおっしゃられたのは総兵衛様ですぞ」

信之助が言った。

「そう考えた。それにしても無謀とは思えぬか」

いくら戦国の世を知らぬ武士団とはいえ、旗本八万騎と豪語する徳川の正規軍が江戸に控えていた。徳川御三家を始め、譜代の大名の家臣団も江戸にいた。

（どうも分からぬ）

総兵衛の正直な気持ちであった。

諏訪神社の杜《もり》は、荘厳《そうごん》とも思える静寂を守っていた。

それはおよそ一刻（二時間）も続いたか、再《また》び雄叫びが上がった。

下馬していた黒騎馬衆の武者が再び馬に跨がった。

神社の杜から馬蹄《ばてい》が響き渡った。

境内と里を結ぶ林の中の参道に赤備えの騎馬武者が現われた。

先陣を切るのは柳沢吉里だ。

かたわらに城代家老の柳沢権太夫保格が従い、さらに風布六人衆が囲んでいた。その後方を赤の母衣《ほろ》や旗差し物を背に靡《なび》かせた武川衆が続く。

松明に照らされた戦国武者は黒具足の間を駆け足で進む。

具足が鳴らされ、馬が嘶く。

赤備えの後ろに黒騎馬衆が続く。

吉里を大将とする四百余騎は、大武川ぞいに馬群を揃えて進軍していく。

それはまるで百余年前の戦国絵巻物を見るようであった。

「総兵衛様」

一昼夜、諏訪神社の天井裏に潜んでいた磯松が姿を見せた。

顔には無精髭《ぶしょうひげ》が生え、頬も殺《そ》げていた。だが、両眼がらんらんと輝き光っていた。

「苦労いたしたな、磯松」

総兵衛は磯松の労苦を労《ねぎら》った。

「柳沢吉里様は征夷《せいい》大将軍に就かれるそうにございます」

「なにっ」

征夷大将軍とは平安期、蝦夷《えぞ》鎮撫《ちんぶ》のために派遣される討伐隊の指揮官の称であった。が、鎌倉以降は幕府政権の長を意味した。

いうまでもなくただ今は綱吉が征夷大将軍である。

それを吉里が継承しようというのか。

「吉保様ではなく、お子の吉里どのがか」

「はい。武川衆は柳沢吉里様を武田氏の総大将として、諏訪祭神の前で新たに主従の誓いをしてございます」

「おかしい」

総兵衛は考えに落ちた。

「総兵衛様」

おきぬが言いだした。

「巷《ちまた》では吉里様は綱吉様のお子という噂《うわさ》が流れておりますな」

「まさかとは思うがな……」

綱吉と正室鷹司《たかつかさ》信子の間には子がない。

側室お伝の方との間に鶴姫、徳松の二子をもうけたが鶴姫は紀州藩主・徳川綱教《つなのり》に嫁し、長男徳松は四歳で夭折《ようせつ》していた。

そこで一昨年の宝永元年（一七〇四）に一門の徳川綱重の子、甥《おい》にあたる綱豊を世子に迎えていた。

綱豊は延宝六年（一六七八）から甲府藩主の座にあった。が、綱吉の世子と定められた後、江戸城西の丸に移っていた。

そのあとの甲府藩主に柳沢吉保が就いたのである。

「世子の綱豊様は四十五歳になられる。綱吉様がこの先もご存命なれば、将軍位に就かれるのはご高齢ということになる。そこで若い吉里様が万が一を考えて……」

可能性がないわけではない。

が、武田氏の復活やら、武川衆の暗躍などをどうとらえればよいのか。


総兵衛には分からぬことだらけだ。

「総兵衛様、また風布七人衆とは総兵衛様が斃《たお》された曲淵剛左衛門の他、古兵《ふるつわもの》の曾雌孫兵衛、飯坂一郎太《いいざかいちろうた》、若手の黒米弥衛七《くろごめやえしち》、節村端五郎《ふしむらたんごろう》、峰岸龍平《みねぎしりゅうへい》、市橋《いちはし》九郎三郎《くろうさぶろう》の六人にございます。また武川衆を率いられるは柳沢幻斎、小太郎《こたろう》親子にございます」

「よう調べた」

「どういたされますか」

信之助が行動を訊いた。

「おそらく吉里様らは甲府城に戻るとは思うがな、そなたらは吉里様と赤備えの武川衆、黒騎馬衆のあとを追え」

「総兵衛様はどうなされますな」

「ちと考えたいことがある。数日の時をくれぬか」

「畏《かしこ》まりました」

総兵衛の考え方や行動を飲みこんだ信之助が承知すると言った。

「ちよの家にてお待ち申しております」

「信之助、ちよの家は避けよ。どこぞに新たな隠れ家を求めたほうがよかろう」

総兵衛の勘がそう言わせた。

「ならばちよに新たな隠れ家を伝えておきます」

総兵衛が頷《うなず》いた。

一頭の馬に信之助とおきぬ、もう一頭に磯松と清吉が相乗りして、新武田騎馬軍団が去った甲州道中へ消えていった。

一日後の夕暮れ、総兵衛の姿は武川筋石空《いしうとろ》川渓谷のさらに最深部、精進ヶ滝を見あげる岩場にあった。

九千余尺（二七四〇メートル）の地蔵ヶ岳など高峰から落ちる水が滔々《とうとう》と流れこんで精進ヶ滝を作りだしていた。

総兵衛の腰には三池典太《みいけでんた》光世《みつよ》の一剣があるのみだ。

石空川の渓谷を這《は》いあがり、攀登《よじのぼ》り、激しく落下する沢の水に身をつけて、小袖《こそで》はぼろぼろにほつれていた。

総兵衛は一剣を鞘《さや》ごと抜き取り、小袖を脱いで岩場に置いた。

褌《ふんどし》一つの総兵衛は滝壺《たきつぼ》に足を入れ、滝の下に移動すると六尺の身を置いた。

寒さを通り越えた衝撃が走った。

脳天を突き刺す打撃が足裏まで抜けた。

全身を刺すような重い冷気が総兵衛を縮みあがらせた。

胸下に両手を組み、禅定印を結んだ。

「摩訶《まか》般若波羅蜜多《はんにゃはらみた》心経《しんぎょう》　般若波羅蜜多心経……」

般若心経を腹の底から絞りだしながら無念無想のときをただ待った。

寒さに総兵衛が倒れるか。

啓示を授かれるか。

いつ終わるとも知れぬ行に入った。

精進ヶ滝に夜の帳《とばり》が下りた。

総兵衛の五体から感覚が失われていった。

声を出しつづけることで気力を絞っていた。瀑布《ばくふ》の圧倒的な力に押しつぶされないようにただ両足を踏ん張って耐えていた。

頭の中が白くなり、時の感覚が無くなった。

朦朧《もうろう》として両眼を閉じようとする自分を叱咤《しった》した。

ふいに闇《やみ》の世界を彷徨《さまよ》い歩く己を見た。

ただとぼとぼと歩いていた。

歩くことが生きている証《あか》しのように一歩また一歩と足を推し進めていた。

遠くに小さな光を見たのはどれほど過ぎた刻限か。

無明長夜がふいに明けた。

（総兵衛、煩悩《ぼんのう》を背負うて歩いておるか）

（家康様が背負わせた闇にございますよ）

総兵衛が対話する相手は黄泉《よみ》の家康であった。

（信玄の亡霊に惑わされたか）

（三方ヶ原の戦い以来、徳川一門には武田軍に負い目がございますればな）

闇に浮かんだ家康が苦笑いした。

（綱吉は小姓上がりの吉保を溺愛《できあい》し過ぎるわ）

（お分かりで）

（分からいでか）

（こたびのこと、今ひとつ解《げ》せませぬ）

（吉里が行い、小童《こわっぱ》の遊びよ）

（とは申せ、四百余騎の騎馬軍団でなにをしようというのか）

（分からぬか）

（いささかも）

（鳶沢総兵衛勝頼ともあろう古兵《ふるつわもの》がなんとしたことじゃ）

（さてさて）

（迷うたときは綱吉の心を読むことよ）

（綱吉様の）

（綱吉は智《ち》を信じず、愚を偏愛す。情が分からず、妄《もう》に走る。いささか偏狭に過ぎ、落とし穴に嵌《はま》っておる）

（…………）

（総兵衛、さらばじゃ）

家康は闇に没し去った。

朝がそこまで到来して、滝上に微光が差しこもうとしていた。

滝の流れの下から出た総兵衛はそのとき岩場に立つ二つの小さな影を見た。

影は赤の南蛮甲冑《かっちゅう》を身につけ、頭に鉢金をいただいていた。

幻覚か。

総兵衛はおぼろにかすむ目で見た。

一人が三池典太光世を翳《かざ》して見せた。

「大黒屋総兵衛、そなたの死に場所は精進ヶ滝に決まった」

寄居村から風布の里まで磯松と清吉のことを知らせにいった墓守りを鎧《よろい》通しで無情にも刺し殺した武川衆の陣出種五郎と笹竹長太郎の二人だ。

「おれの行動を監視していたはそなたらか」

総兵衛の口から緩慢な問いが発せられた。

「武川衆が天下に出るためにはそなたは邪魔のようでな。風布のじい様が始末してくれよう」

総兵衛の体は左右に大きく揺らいでいた。

「殺すならこちらに参って殺せ」

じい様二人は顔を見合わせた。

褌一つの総兵衛は、一夜冷たい滝にうたれて体の自由を失っていた。

「種五郎、年寄りに冷たい水は禁物じゃ」

「入らねば相手は討てぬぞ、長太郎」

「この業物《わざもの》の代わりにちと水浴を致すか」

南蛮甲冑のじい様が次々に滝壺に飛んだ。

なんとも身軽な老人たちだ。

種五郎が鎧通しを抜いた。

長太郎は三池典太を抜いた。

総兵衛の体の揺れがさらに激しさを増した。

「寒さに無様に凍死するか、武士の体面を保って戦うか」

左右からじい様が総兵衛の下に迫ってきた。

総兵衛は両手を翳そうとしたが己の胸前にも上がらなかった。

「く、くくっ……」

呻《うめ》き声を上げた総兵衛の体が前のめりに傾き、踏みとどまろうとした。が、
そのまま頭から倒れこみ、水中に沈んでいった。

「種五郎、そちらに流れていくぞ。とどめを刺せ」

「お、心得た」

と応じた種五郎が上体をかがめると鎧通しを翳して水中を凝らし見た。

その瞬間、水の中から白い布が伸びてきて南蛮甲冑を着たじい様の首に巻き
つき、水中に引きこんだ。

「な、なんじゃ！」

揉《も》み合いが激しく水中で繰り広げられていた。

「種五郎！」

長太郎が大声で呼びながら流れを分けて走った。

ふいに揉み合いが収まり、水面にぷかりと南蛮甲冑の背が浮きあがってきた。

鉢金が脱げ落ちた首には総兵衛の褌が絡《から》まっていた。

「た、種五郎が……」

呆然《ぼうぜん》と竦《すく》む長太郎の背に人の気配がした。

振りむこうとした長太郎の盆の窪《くぼ》に鎧通しがぶすりと刺さりこんだ。

（なんと……）

手にした三池典太が真っ裸の総兵衛に奪い返され、

「年寄りの冷や水であったな」

という声を長太郎は死出の道を辿《たど》りながら聞いた。

三

その夜明け、甲府城大手門を八つ半（午前三時頃）に一丁の乗り物が出た。

供奉《ぐぶ》する一行の指揮は騎馬の城代家老柳沢権太夫保格がとり、赤の狩衣《かりぎぬ》の武川衆が乗り物の前後をかためた。

粛々と進む一行は笛吹川の幾つもの古戦場に立ち寄った後、甲州道中を石和《いさわ》、栗原、勝沼、横吹、鶴瀬へと進んだ。

緊張した関所役人が高張提灯《たかはりぢょうちん》を照らす中、駒飼《こまかい》の甘酒茶屋の前で乗り物は初めて止まった。

この先には甲州道中の難所笹子峠が待ち受けていた。

夜がようやく白み始め、乗り物の人物が見えた。

柳沢吉里の甲府訪問は幕府に極秘のことだ。

江戸に密行する吉里は茶屋で一休みしたのち、柳沢権太夫の見送りを受けて再び乗り物の人になった。

武川衆は武州境の小仏《こぼとけ》峠まで護衛していくようだ。

この模様を山陰から信之助とおきぬが望遠していた。

「さてさて江戸が慌《あわ》ただしくなりましょうな」

「富沢町に帰りたくなりましたか」

「いや……」

と信之助の問いを否定したおきぬが頬を染めた。

同じ刻限、かつが伍平を背負い、ちよと梅吉が介添えして湯村の湯まで運んでいった。

伍平は総兵衛と湯に入って以来、朝湯が日課になっていた。

「ちよ、湯に入り終えるころ、戻ってくるでな」

かつには朝餉《あさげ》の支度があった。

母親に梅吉が従って戻り、夜明け前の湯には伍平とちよの父と娘の二人だけになった。

伍平は気持ちよさそうに萎《な》えた体を湯につけていた。

ちよは、

(総兵衛様やおきぬ様はどこまで行かれたか)

と考えていた。

城下では赤備えの武川衆百余人が新たに家臣団に加わったという噂が流れていた。また御城修築のために新たな職人たちの徴募が行われるという風聞もあった。

事実、御城には毎日のように山から切りだされた石が運ばれていた。

職人はいくらいても足りなかった。だが、体の不自由な伍平のもとにはそんな話など来るわけもなかった。

湯の音がした。

ちよが伍平を振りむくと、伍平もちよを見ていた。

「どうしたの、お父つぁん」

「ち、ちよ……」

なんと伍平が口を利《き》いた。長いこと言葉を発しなかった父親が喋《しゃべ》った。

「お、お父つぁん」

「お父《とう》にもしものことあれば、作業場の神棚を見るんじゃ」

伍平はそれだけ伝えると口を噤《つぐ》んだ。

ちよは伍平が口を利いたことが信じられなかった。

ただ呆然と父を見た。すると伍平が、

「ちよ、よいところに奉公させてもらったな、主様《あるじ》にようお仕えせえよ」

と最後の言葉を絞りだした。

ちよは伍平が話したことをかつにも黙っていた。そうすることが伍平の願いのように思えたからだ。

伍平がかつにおぶわれて朝湯から戻った直後、甲府藩町奉行所与力宗沢伝兵衛に指揮された役人たちの一団がちよの家を襲った。そして、

「江戸の人間はどこに行ったか」

と母屋《おもや》から納屋《なや》、作業場まで探しまわった。

むろん総兵衛たちの姿はない。

「江戸に帰られました」

「虚言を申すでない！」

「嘘《うそ》ではございません」

「ならば伍平を引っ立てえ！」

と宗沢は体の不自由な伍平に縄を打って連れていこうとした。

「お役人様、お待ちくだされ。お父は腰が萎えております。連れていくなら、このかつにしてくだせえ」

「いや、おっ母さんはだめだ。娘の私を代わりに」

と親子が哀願した。

が、宗沢は非情にも伍平を役人たちに捕らえさせた。

伍平はいつものように口を噤んだまま、ちよの目を見て訴えた。

（ちよ、忘れるでないぞ）

「よいな、江戸の者たちが戻ってきたら、奉行所に出頭せよと伝えよ。そうなれば伍平は戻してつかわすぞ」

と言い残して宗沢らは引きあげていった。

（総兵衛様、お父つぁんを助けてください）

暴風雨が過ぎ去ったような家に立ち竦んだちよは真剣に祈った。

清吉はちよの家を見通すことのできる湯谷神社の森から伍平が捕り方に担《かつ》がれて連れていかれるのを無念の思いで見ていた。


甲府城下から東に離れた愛宕《あたご》山陰に東光寺はあった。この寺中の一つが数丁も離れた竹藪《たけやぶ》の中にぽつんと廃寺になって忘れられていた。

この寺に人が住み始めた。

武川村から甲府に戻った信之助ら四人が破《や》れ寺《でら》を隠れ家に選んだのだ。

（ちよ、総兵衛様が戻ってこられるまで我慢してくれえ）

清吉は辺りの様子を改めた後、破れ寺に走って急を告げた。

「しまった！」

信之助がほぞを噛《か》んだ。

「まさか体の不自由な伍平さんまで引っ立てようとは考えもしませんでしたよ」

おきぬが悔やんだ。

「一番番頭さん、どうしたもので」

清吉が指示を仰いだ。

「ちよの家にはまだ奉行所の見張りは残されておるか」

「はい、今も宗沢の支配下にございます」

「ちよと連絡をつけたいが夜を待つしかないか」

「日中は私が代わろう。清吉、少し休め」

磯松が徹夜の見張りをした清吉に代わってちよの家の見張りにいくことになった。

その日、信之助らはじっと我慢して破れ寺でときを待った。

ちよはその日、かつを伴い、丸ノ内の町奉行所を訪ねると伍平に会わせてくださいと嘆願した。だが、門番たちが、

「ここにはそのような者はおらぬ」

とか、

「ならぬならぬ、まだ調べがついておらぬ」

とか言を左右にして、伍平がどこにいるのかさえ教えてくれなかった。

門前払いされたかつとちよは悄然《しょうぜん》と湯村に戻った。

「おっ母さん、総兵衛様が戻られたらな、お父つぁんを助けて下さるよ」

「ちよ……」

かつは娘を不安そうに見たが、それ以上はなにも言おうとはしなかった。

その夜、ちよは作業場に入っていった。

「お父《とう》にもしものことあれば、作業場の神棚を見るんじゃ」

といった父親の言葉を思い出したからだ。

神棚には古府中町の信虎神社と湯谷神社の御札が納めてあった。

ちよは神棚の前で二礼二拍一礼をすると神棚を探した。

それは神棚の背後に隠されてあった。

四つ折りにされた紙は伍平が新しい仕事にかかるときに必ず用意する絵図面であった。

ちよは手燭《てしょく》の明かりに見つけた紙片を広げてみた。すると美濃《みの》紙を縦二尺横三尺ほどに貼《は》り合わせた仕様図二枚にはびっしりと書き込みがあった。

（これをどうせよというのか）

ちよは考えこんだ。

（ひょっとしたら、お父つぁんは総兵衛様に見せよ）

と命じたのではないか。

手燭の明かりが風に揺らいだ。

ちよが顔を上げると頬が殺《そ》げた総兵衛が立っていた。

「総兵衛様」

「ちよ、苦労をかけたな」

ちよはその声を聞くと総兵衛の胸に飛びこんで泣きだした。

「泣け、好きなだけ泣け」

「お父つぁんが、お父つぁんが……」

「捕《つか》まったのだな」

「は、はい」

「ちよ、なんとしてもこの総兵衛が助けだす。しばらく辛抱してくれえ」

「はい」

と答えたちよは手にしていた絵図面を総兵衛に見せ、父親がちよだけに言い残したことを告げた。

「なにっ、お父つぁんが神棚を見よと申したか」

「私に総兵衛様にお渡しせよと命じたような気がします」

「見てよいか」

ちよがこっくり頷《うなず》き、手燭の明かりの下に再び広げた。

「これは舞鶴城の修築図ではないか」

総兵衛は食い入るように石工の頭領が描きおこした絵図面に見入った。

天正十一年（一五八三）、豊臣秀吉の時代、家康から命を受けた平岩親吉は、一条小山に新たな築城を始めた。が、土台を造りあげたところで、徳川氏が関東に移封された。

そのあとに秀吉の養子、秀勝が入り、加藤光泰も甲斐を領有して甲府城の築城を継続しようとしたが、朝鮮出兵で中断された。

関ヶ原の合戦の後、甲斐は再び徳川氏の下に戻ってきた。

慶長八年（一六〇三）、家康の第九子、義直が封ぜられたが四歳の幼児、城代として平岩親吉が預かることになった。

甲府は甲斐国のほぼ中央に位置し、江戸に通ずる甲州道中、秩父《ちちぶ》に通ずる秩父往還、伊豆《いず》・相模《さがみ》を結ぶ沼津往還、駿河《するが》へ出る富士身延《みのぶ》街道、信越に通じる信州街道の交差する要衝であった。

それだけに城は重要と言えた。

が、徳川の御代《みよ》になって城は戦闘拠点としてよりも徳川の威光を示す象徴としてもっぱら使われていた。そのほうが幕府に睨《にら》まれないということもあった。一門、譜代もそれに倣《なら》った。

総兵衛は絵図面を改めて見た。

舞鶴城と呼ばれる甲府城は西側を底辺とする三角形をなしていた。

一条小山の高台に東西三十間（約五四メートル）、南北二十五間（約四五メートル）の本丸を置き、二ノ丸は東西二十間、南北三十間、稲荷曲輪《いなりくるわ》は東西七十間、南北四十間であった。

本丸付近は石垣で固め、山下には濠《ほり》が掘り抜かれてあった。

総構えは南と北に分かれ、南郭東西三丁十八間、南北三丁五十余間、北郭は東西五丁五十間、南北約八丁二十間あった。

この総構えに本丸櫓《やぐら》、月見櫓、八方正面櫓、稲荷櫓、辰巳《たつみ》櫓などが点在し、城の内外を結ぶ稲荷門、梅林門、山ノ手門、松蔭《しょういん》門、柳門、追手門があった。

伍平の絵図面は舞鶴城の概観を描き、さらに改築すべき石垣、堀などが細密に描きこまれていた。また書き込みは石工の職分を離れて、改築全般にわたっていた。

それだけに絵図面は、柳沢権太夫が指揮して進行する城修築が修築の域を脱して、防備に強く、攻撃拠点として騎馬軍団の出し入れが自在にいくように設計し直されていることを如実《にょじつ》に物語っていた。

「総兵衛様、絵図面がお役に立ちますか」

「ちよ、絵図面をこの私に役に立てろというのか」

「お父つぁんはきっとそう考えて口を利いたように思えます」

「役に立てる、立てておくものか」

柳沢一族は綱吉後を見据えて武川衆を集め、新たな武田騎馬軍団を編制し、舞鶴城を大きく改造して戦《いくさ》に備えていた。

（柳沢吉保、吉里親子の野心、このまま放置しておくものか）

と心に命じていた。

この夜、忍び装束の信之助、おきぬ、磯松、清吉の四人は、隠れ家の破れ寺を出ると城下に向かって闇《やみ》を伝い走った。

信之助は槍《やり》を小脇《こわき》に抱えていた。

四人が足を止めたのは丸ノ内にある町奉行所である。

伍平が囚《とら》われている場所は町奉行所しかないとこれまでの調べで判断がつい

たからだ。

九つ（深夜十二時頃）の時鐘が鳴った。

四人が裏口へと回りこんだ。

磯松が懐《ふところ》から駒吉仕込みの手鉤《てかぎ》のついた縄を取り出し、虚空《こくう》に回そうとしたとき、裏戸の向こうに人の気配がした。

磯松が縄を手繰《たぐ》り、懐にしまうと信之助らがすでに隠れ潜んだ闇に身を没した。

ぎいっという音とともに通用口が開いて、まず頬被《ほおかぶ》りした役人が姿を見せた。

辺りを窺《うかが》った男は、

「よし」

と戸の奥に声をかけた。

すると二人の小者が持籠《もっこ》を担ぎだした。持籠の粗布には丸まったものが包まれてあった。今一人、役人が出てきた。

「参るぞ」

声の主は町奉行所与力宗沢伝兵衛だ。

声をかけられたのは宗沢の部下の同心だ。

二人が警護する持籠は、深夜、人の往来の絶えた通りを南に向かった。

信之助は無言でひたひたと進む一団を尾行することを三人に告げた。

心得た磯松と清吉が先行した。

それから一丁ばかりあとを信之助とおきぬが尾行した。

「信之助様」

おきぬの声は不安にまぶされていた。

「私もそのことを懸念《けねん》しておりますよ」

信之助も同じことを考えていた。

明かりも点《つ》けない一団は荒川の河原に下りていった。

信之助とおきぬが河原の土手に辿《たど》りついたとき、磯松と清吉は河原の闇に姿を隠していた。

半月を雲が覆《おお》っていた。

小者二人は流れの縁に立って持籠を下ろした。

「もそっと流れが急で深いところはないか」

宗沢伝兵衛の不快そうな声が注文をつけた。

小者たちは再び持籠を担ぎなおし、下流へと半丁ばかり移動した。

荒川が緩く蛇行して、流れが岸辺を抉《えぐ》っている場所だった。

「ここなればよかろう」

同心が言い、小者たちが持籠ごと流れに投げ落とした。

「よし、今晩のことはだれにも話すでないぞ」

宗沢が言い、小者二人は早々に河原から姿を消した。

残ったのは宗沢と同心だけだ。

「ああ、あっさり死ぬとはな」

「宗沢様、責めがきつうございましたかな」

「もうよい、忘れよ」

二人は河原から土手に歩み去っていった。

磯松が闇から浮かびでるように姿を見せた。

「信之助様、責め殺された伍平様の死体でございます」

「分かった。伍平さんの亡骸《なきがら》を頼む」

と答えた信之助とおきぬが土手に走った。

宗沢と同心の二人は土手から畑地の間の道に下ろうとしていた。

気配を感じた宗沢が後ろを振りむき、凍《い》てついたように立ちどまった。

「そなたら、死んでもらう」

「大黒屋一味か」

宗沢伝兵衛と腹心の同心が同時に草履をはね飛ばした。足袋はだしになった二人は刀を抜いた。

信之助はまだ槍を小脇に構えたままだ。

おきぬは小太刀を構え、同心を牽制《けんせい》するように対峙《たいじ》した。

宗沢は、信之助が槍を構える前に先制攻撃をしかけた。

飛び込みざまに信之助の胴を抜こうとした。

信之助はその動きを読んでいた。

小脇に軽く抱えていた穂先で宗沢の抜き打ちを払うと、足下を鎌《かま》で刈りこむように払った。

その素早い反撃に宗沢が思わず飛びのいた。

一間の間が開いた。
三段突きの信之助が槍の穂先をぴたりと宗沢の胸板につけた。
宗沢は八双に構え直すと、槍の間の内側にどう入りこむか考えた。
同心は女のおきぬの腕前を見くびっていた。
悠然と上段にとった剣を細かく振って威圧しながら、自らも前後に飛び動いて、
「女、どうした、竦《すく》んだか」
と怒鳴った。
おきぬは鳶沢一族の中でも一、二を争う小太刀の遣い手だった。
小太刀を少し寝せて構えながら、若い同心の足の運びに注目していた。
「そおれ、参るぞ！」
と叫んだ同心が半歩踏みこみ、後退しようとした。
その一瞬の隙《すき》をついて、おきぬが俊敏に懐に入りこんだ。
飛び下がろうとした動きの間をつかれた同心は、刀を闇雲に振りおろした。
おきぬは大きな動きの懐に飛び入っていた。

小太刀が一閃《いっせん》、喉元《のどもと》を掻《か》き斬《き》った。

「うっ！」

血飛沫《しぶき》を避けて、おきぬは飛び下がった。

そのとき、信之助の槍がするすると伸びて、宗沢が払った。

「伍平さんの敵、思い知れ！」

いったん手元に繰りこんだ槍が二段、三段と伸びて、宗沢を串刺《くしざ》しにしたのをおきぬは目に止めた。

「信之助様、お見事にございます」

「なんの、おきぬさんの方こそ」

二人は互いの手並みを褒めると固い笑みを交わした。

四

体じゅうに痛々しくも拷問《ごうもん》の跡を残した伍平の亡骸が磯松と清吉の手で湯村の家に運びこまれてきたとき、総兵衛は作業場の二階に独りいた。

「なんと伍平さんが……」

総兵衛は、呆然《ぼうぜん》と立ち竦むかつやちよらの前にがばっと平伏した。

「かつ、ちよ、われらと知り合いになったばかりに」

総兵衛は慟哭《どうこく》した。

「許してくれ」

それを見たちよが、

「総兵衛様、お父《とう》の敵を討ってくだされ」

と迫った。

「必ず……」

と言いかけた総兵衛らの前に信之助とおきぬが姿を見せた。

「ちよちゃん」

おきぬが懐から二つの髷《まげ》を差しだした。

「お父つぁんを殺した宗沢伝兵衛と同心の髷です。伍平さんの無念、いくらかでも晴らしてもらいとうございます」

「おきぬ」

「おきぬ様、ありがとうございました」

総兵衛とちよが同時に言った。

二つの髷は伍平の枕辺《まくらべ》におかれた。

家族と総兵衛らだけの通夜《つや》が行われた。

総兵衛は気丈にも涙一つ見せずに耐えるちよを一人庭に呼んだ。

「ちよ、そなたはおれにお父の敵を討てと申したな」

「総兵衛様、すでに信之助様とおきぬ様が討ち果たして下さいましたよ」

いや、と総兵衛は答えた。

「ちよ、よく聞け。おまえのお父つぁんを殺した者はすでにこの世にない。だがな、体の不自由な伍平さんを町奉行所に引っ張るように命じた者は、まだ城中にのうのうとしておるわ。お父つぁんは藩主柳沢吉保様の野心の犠牲になった、分かるか」

ちよが頷《うなず》いた。

「そなたは賢い娘じゃ。すでにわれらの隠された使命にも気づいておる、それを知りながら知らぬ振りを通してくれておる。ちよ、吉保様の野望、思いのままにさせぬ」

「総兵衛様、ご藩主柳沢吉保様は悪いお方ですか」

「さてな、人間の見方は、立場によって異なるものよ。だがな、ちよ、吉保様が武川衆を使って野心を成し遂げようと突っ走られれば、天下に騒乱が必ず起きる。甲府の地に戦乱の時代が戻り、民百姓衆は塗炭《とたん》の苦しみをうけねばならぬ。お父つぁんが残された城の絵図面を思い出してみよ。あれは戦のための城改築じゃ、伍平さんはそのことを危ぶんでおられた。そのことを話さないために口を噤《つぐ》まれたのかもしれぬ」

ちよが頷《うなず》いた。

「ちよ、われらを助けてはくれぬか」

ちよの両手が両眼を、両耳を、そして、最後に口を塞《ふさ》いだ。

「総兵衛様、ちよは大黒屋の奉公人にございます」

「よう、言うた。ちよ、そなたはわれらと同じ血を持つ者じゃ」

「お父つぁんは自分が死ぬことを悟っておりました」

「な、なんと」

ちよは弘法《こうぼう》ノ湯で伍平が言い残した遺言を総兵衛に告げた。

総兵衛は重い沈黙ののちに独白した。

「おれはちよ、そなたに取り返しのつかぬ借りを負うたな」

「ちよの命を救ってくれたのは総兵衛様、あなた様にございます」

「ちよ、そなた一家がしばらく身を隠す知り合いはないか」

「お城から役人がまた見えられますか」

「そのことを心配しておる」

「おっ母さんは身延山久遠寺《みのぶさんくおんじ》の宿坊の娘にございます。お父つぁんが久遠寺の石段造りに行ったときに知り合って、親には内緒で所帯を持ったのでございます、これまで付き合いはございませんでしたが、お父つぁんの亡《な》くなった今、じい様も無理は申されますまい」

ちよはそこになら一家が身を寄せられるかもしれないと言った。

総兵衛は懐《ふところ》から包金（二十五両）を出すと、

「ちよ、お父つぁんの弔いを済ませたら、密《ひそ》かに身延に移れ。これはな、当座の費《つい》えじゃ」

と差しだした。

「このような大金、一家が何年も暮らせます」

「お父つぁんの供養料《くようりょう》と思うて、受け取ってはくれぬか」

はい、とちよがようやく受け取った。

「清吉を身延までつける。われらは甲府の仕事が終わり次第に身延に立ち寄って、江戸に戻ることになろう」

「ちよもご一緒に富沢町に戻るのですね」

「ちよ、そなたは大黒屋の大事な奉公人よ」

翌日、湯村の松元寺で伍平の弔いが密やかに行われた。

野辺の送りに集まったのはわずかな村人に総兵衛であった。

その夜、忽然《こつぜん》とかつの一家が湯村から姿を消した。

総兵衛は弘法ノ湯に独り浸《つ》かっていた。

地蔵ヶ岳の精進ヶ滝で考えたことを今一度確かめていた。

城代家老の柳沢権太夫保格が年末年始と江戸に滞在し、持ち帰ったもののことだ。

このものが柳沢吉里をして綱吉亡きあと、

「征夷《せいい》大将軍」

に就くことを決心させていた。

それがなにかおぼろに総兵衛の頭にはあった。

「総兵衛様」

信之助の声がした。

「ご一緒させて頂いてようございますか」

「入れ」

信之助が入ってきた。

「城代家老のご寝所は、本丸の一角にある藩主吉保様の書院をお使いになっておられるそうにございます」

信之助ら四人は危険も顧みず、城下を走りまわり、改築に携わる大工や左官たちの口から情報を集めていた。

そのために伍平の弔いにも参列できなかった。

総兵衛は伍平が残した絵図面を思い浮かべておよその見当をつけた。

「武川衆の屋敷はどうか」

「川越以来の家臣方からの反対もあって、鍛冶《かじ》曲輪《くるわ》、数寄屋《すきや》曲輪に入ったそうにございます」

城代家老の柳沢権太夫の住む本丸からはだいぶ離れていた。

「何刻《なんどき》か」

「四つ半（午後十一時頃）過ぎかと」

「一刻後、城中に忍び入る」

「はい」

信之助は平静な声で承知した。

「目指すは城代家老どのの寝所」

「柳沢権太夫様のお命にございますか」

「いや、江戸から運ばれてきて、城中深くに保管されてあるべきもの」

総兵衛はそれ以上信之助にも告げなかった。

「お供いたします」

「信之助、おきぬ、磯松、それにおれの四人しか手はない。生きて城から出られると思うな」

「はっ」

短く応じた信之助は、

「お先に失礼いたしますな」

と弘法ノ湯を上がると荒川の流れに身を浸して、気を引き締めなおした。

丑《うし》の刻（午前二時頃）、海老茶《えびちゃ》の戦支度《いくさ》に身を固めた四つの影が舞鶴城の作事場から作事場を伝って本丸に近づきつつあった。

城に潜入するのに、伍平の絵図面が役に立った。

前方の櫓《やぐら》門下から鉄砲、槍《やり》で武装した夜回りの一隊が姿を見せた。

総兵衛らは植え込みの背後に身を伏せて通り過ぎさせた。

「城代家老どのの屋敷に入りこむにはこの石垣を昇るしかないな」

総兵衛は高さ五十尺（約一五メートル）余の石垣を見あげた。

下部はきちんと石積みがされていた。

が、闇《やみ》を透かすと上方の十五尺はまだ工事中で、足場があった。

「私が参ります」

大黒屋の持船明神丸で上方や九州への商い旅を数多く経験してきた磯松は、雑多な布の目利《めき》きであると同時に嵐《あらし》の海の上でも飛びまわる敏捷《びんしょう》さを身につけていた。

縄を肩に担《かつ》いだ磯松は複雑に石組みされた石垣の隙間に鉄楔《くさび》を差しこみながら、三十五尺を昇り切った。

無言のうちに手を振った磯松は、工事の足場に身を確保し、縄を総兵衛らの足下に投げ落とした。

総兵衛、おきぬ、信之助の順で石垣を乗り越え、本丸の中庭に出た。

ここでも夜回りの一隊をやり過ごした。

柳沢権太夫の寝所近くは柳沢家臣団の中核、一騎当千の黒騎馬衆によって警護がなされていた。

それだけに潜入が見つかれば、すべてがそこで終わった。

「よし、行くぞ」

すべて絵図面を頭にたたき込んだ総兵衛が案内に立った。

大老格として江戸を離れられぬ柳沢吉保の代理藩主、城代家老の寝所は一条小山の高台に聳《そび》える本丸の西の一角にあった。

雲間から差しこんだ月光に甲府城下が眺められた。

四人が手入れの最中の庭を伝っていくと、池を配した離れの書院の建物が現われた。

「これじゃな」

総兵衛が囁《ささや》いた。

さほど大きなものではないが夜目にも造りが豪奢《ごうしゃ》なことが分かった。

閉《た》て切られた戸の隙間《すきま》から明かりが洩《も》れてきた。

「しばらくお待ちくだされ」

磯松が総兵衛らに言い残すと闇に紛れた。

四半刻（三十分）も待った頃合、磯松が忽然と姿を現わした。

「総兵衛様、離れの主は書見をなさる城代家老様のように見受けられます」

「ほう、この刻限までな。して、見張りの書院番は何人か」

「離れ書院の座敷を囲む廊下の四隅に屈強な家臣が一人ずつ控えております。また四半刻に一度の割りで夜回りが声をかけていきます」

「よし、次の夜回りが通り過ぎた後、われら一人ひとりが四隅の書院番をそれぞれ倒して潜入いたす」

「はっ」

「潜入が見つかり騒ぎになった折りは、われら四人ともどもに城外に脱出する。もし離れ離れになったときには、城下を離れた富士川街道の甲州三河岸《が し》の一つ鰍沢《かじかざわ》宿を集結の場にいたす、そこで一日待つ。つなぎは古着屋の増富《ますとみ》屋とせよ」

鰍沢は富士川水運の拠点、甲州一円の物産が集結する土地で大黒屋の付き合いのある古着屋、増富屋があった。

「さらに第二の集結の場は身延の宿坊、窪之坊《くぼのぼう》とする」

ここまで出れば富士川を一気に下り、東海道は吉原と蒲原《かんばら》宿の中間にある宿の岩淵《いわぶち》河岸まで下れる。

総兵衛は甲府藩の追跡を考え、甲州道中、青梅《おうめ》往還を避け、第三の途《みち》を選ん岩淵河岸からは清水湊《しみずみなと》への便船も出ていれば、馬も駕籠《かご》もつかまえられた。となれば鳶沢村へ逃げこめると考えたからだ。

身延の宿坊、窪之坊はかつの実家でちよらが先行しており、清吉もいた。

「はっ」

信之助らが短く応じて、離れ書院の四隅に散った。

おきぬは床下を伝い、母屋《おもや》と結ぶ御成廊下に音もなく這《は》いあがった。

離れ書院の東角だ。

御成廊下と離れ書院の境には引戸が閉め切られていた。

おきぬは引戸の前にしゃがむと持ちあげるように引き開け、するりと身を入れた。

廊下に控える書院番士が吹きこんだ風に振りむいた。

若い書院番《かんば》は女の芳しい匂《にお》いを嗅《か》いだと思った。

その瞬間には、小太刀の鐺《こじり》を鳩尾《みぞおち》に突きこまれて気を失っていた。

おきぬは意識を失った若侍の体を抱き留めると廊下の左右を見た。

左に磯松が、右手の奥に信之助がすでに仕事を済ませていた。

柳沢権太夫保格は、机の四周に立てた行灯《あんどん》の明かりが揺らぐのを感じて顔を上げた。

海老茶の装束を身に纏《まと》い、刀を一本差した大男が隣座敷に立っていた。

男は二間続きの上座の間に広げられた、膨大な絵図面や仕様書きをゆったりと見おろしていた。

二人の視線が合った。

「大黒屋総兵衛か」

「いかにも」

「なんの用か」

「そなたが江戸から持ち運んできたものが気になってな、まかりこした」

総兵衛が答え、三人の男女が無言のうちに忍び入ってきた。

総兵衛が片手を小さく振った。すると三人の手下たちが離れ書院の上座の間、付書院、納戸《なんど》部屋に散って探し始めた。

「大黒屋、何を探しておるのか知らぬが、そのようなものがなかった暁にはどうする所存じゃな」

「さてな」

総兵衛は絵図面の一枚を手に取り、

「権太夫、そなたが陣頭指揮する城改築、ちと大仰じゃな」

と聞いた。

「それもこれも徳川幕府ご安泰のため」

「綱吉様はすでに御齢《おんとし》六十一になられた。近ごろでは病がちとも聞く。そなたの主どのは綱吉様の後ろ盾を失うたとき、いかになすな」

「ただ綱吉様のご冥福《めいふく》を祈って、六義園《りくぎえん》に隠棲《いんせい》なさる所存……」

「とも思えぬ。風布の里に温存した赤備えの武川衆を家臣団に入れ、新たな武田騎馬軍団を編制しておる。さらにはこの城改築……素直に引退話など受け止められようか」

「古着問屋の主が心配することでもあるまいて」

信之助らの捜索は続いていた。

が、これぞと思うものは見つからない様子で焦《あせ》りの色が動きに見えた。

「ないようじゃのう」

次の間の権太夫が含み笑いして、総兵衛を見た。

総兵衛は権太夫の傲慢《ごうまん》とも思える顔の表情を追った。

目玉が動いて総兵衛の背後を見たように思えた。

それはほんの一瞬のことだった。

総兵衛は背後を振り返った。

上座の間には床、付書院、違い棚が闇に沈んでいた。

総兵衛は床の間にかけられた茶掛けに目をやった。

「柳里　江の岸より　甲斐《かい》の淵《ふち》」

宝永三年丙戌《ひのえいぬ》正月元日に詠《よ》まれた綱吉の御句だ。

が、総兵衛には綱吉の詠んだ御句とは確信は持てなかった。

「おきぬ、この茶掛け、気に入ったぞ」

総兵衛は権太夫が狼狽《ろうばい》して立ちあがるのを背に感じた。

が、振りむこうともしなかった。

呻《うめ》き声が聞こえた。

ようやく振りむくと信之助が城代家老の首筋を手刀で打って意識を失わせたところだった。

「とどめを刺しますか」

「伍平の仇《あだ》と思うたが、まだ利用することもあろう」

そう言って止めた総兵衛におきぬが巻きこまれた茶掛け一幅を、

「この茶掛けにはなんぞ別の紙が封じこめられておるように思えます」

と渡した。

「それは楽しみなことよ」

と言いさした総兵衛が、引き上げじゃと三人に命じた。

黒騎馬衆の夜回りと総兵衛らが偶然にもぶつかったのは、追手門近くの隠し曲輪《くるわ》だった。警護の一隊はふいに外からは見わけがつかないように設けられた

曲輪の鉤形口《かぎがた》から現われた。一瞬、立ち竦《すく》んだ一団の一人が、

「何奴《なにやつ》か！」

と誰何《すいか》して、いきなりの乱戦となった。

「かたまれ！」

総兵衛は三池典太光世を揮《ふる》って行手を塞《ふさ》ぐ警護隊を斬《き》り破り、

「脱出するぞ！」

と叫んでいた。

だが、相手も黒騎馬衆の手練《てだ》れ、それに多勢に無勢だ。

総兵衛らは四人が散り散りになった。

「囲んで突き殺せ！」

「糞《くそ》っ！」

追いすがる敵方と斬りむすんでは、闇に紛れて走った。

城内が大騒ぎになったとき、ようやく総兵衛は舞鶴城の外に抜けでていた。

信之助たちがどうなったか、気遣う余裕はない。

総兵衛の全身にはいくつもの刀傷が残っていた。

城の天守閣を今一度見あげた総兵衛は三人の無事を願いつつ夜の城下を抜けて、富士川街道鰍沢宿へと走りだした。

第五章　逃　走

一

信之助とおきぬは乱戦の中、いったん散り散りになった。

信之助は黒騎馬衆三人に囲まれて空濠《からぼり》へと追い詰められていくおきぬを必死で目で追った。自らも敵方と斬りむすび、斬り払いしながら心の中で、

（おきぬさん……）

と叫びつづけていた。

信之助は二人の黒騎馬衆にようよう傷を負わせると、作事場の建物の陰に逃げこみ、追っ手をなんとかまいた。そこでおきぬが追い立てられた空濠へと走

った。

「女一人じゃ、幹八《かんぱち》、早う始末せえ」

「じっくりとなぶり殺しにしてやるのが楽しみじゃぞ」

全身に傷を負ったおきぬは水を抜いた空濠の縁《ふち》に追い立てられていた。

前方には三人の黒騎馬衆、背後は高さ七、八丈（二十数メートル）はありそうな空濠だ。落ちれば死ぬのは目に見えていた。

太股《ふともも》に深手を負っていた。

出血が足を滴《したた》るのが分かった。

おきぬは構えた小太刀の切っ先を自分の喉《のど》にあてようとした。

そのとき、黒騎馬衆の背後に海老茶《えびちゃ》の竜巻が起こった。

信之助の憤怒《ふんぬ》の剣が黒騎馬衆、幹八の背を貫き通すと引き抜きざまに振りむいた仲間の喉首を刎《は》ね斬った。

「うっ！」

「げえっ！」

残った一人が信之助に打ちかけようとおきぬに背を向けた。

おきぬは喉にあてようとした小太刀によろめく身を託して突っこんでいった。

「うわあっ！」

脇腹《わきばら》に刺さりこんだ小太刀の柄《つか》に寄りかかるようにして、おきぬは荒い息をついた。

信之助がもがく黒騎馬衆に止《とど》めを刺すと、

「おきぬさん、死ぬも生きるも一緒と約束しましたぞ」

と言い、崩れ落ちようとするおきぬに肩をかした。

「し、信之助様」

二人は寄り添ってよろよろと歩きだした。

一刻《とき》（二時間）後、信之助とおきぬは幸運にも荒川の岸辺に立っていた。

城中から町家《まちや》へどこをどう抜けたか、信之助にも分からない。城中が大工事をやっていたことと伍平の描いた絵図面が頭に残っていたことが幸いした。

おきぬは南郭の堀端を町家の暗がりに紛れこんだところで気を失った。

信之助は袖《そで》をちぎっておきぬの太股の深手を止血すると背負った。

二人は城中から繰りだされる捜索隊の明かりを逃れるようにして荒川の河原

に辿《たど》りついたのだ。

だが、二人の行く手には橋はない。

闇《やみ》の中、滔々《とうとう》と流れる川が広がっているばかりだ。

背後の土手に提灯《ちょうちん》の明かりがきらめいた。それは横一列になって河原に下りてこようとしていた。

「おきぬさん、ここが踏ん張りどころじゃ」

信之助はぐったりと気を失ったおきぬのやわらかな体を抱えると水に入っていった。

寒さにおきぬが意識を取り戻した。

「信之助様」

「なんとしても生き抜きますぞ」

「はい」

「そしてなあ……」

信之助はその先の言葉を口の中に飲みこみ、おきぬを横抱きにすると、たまたま流れてきた流木に縋《すが》りつき、身を任せた。

荒川の流れはゆるやかに蛇行しながら南に向かい、流木に縋った二人の男女を笛吹川との合流部まで運んでいった。

その上流部で何本かの支流を飲みこんだ笛吹川は水かさを増し、流れも急になった。

信之助は再び意識が途切れようとするおきぬを片手に抱いて、もう一方の手で必死に流木に縋っていた。が、ついには激流に木から手を引きはがされた。

あとは自力で岸に泳ぎつくしかない。

信之助は、ふと考えていた。

このまま流れていけば富士川に入り、駿河《するが》湾へと辿りつく。

二人が生まれ育った駿州鳶沢《すんしゅうとびさわ》村はすぐそこだ。

力を抜けばその地に戻れるのだ。

（おきぬさん、鳶沢村に帰ろうぞ）

信之助は死を覚悟した。

おきぬを抱く腕の力が抜けていく。

（放してなるものか）

はっと我にかえった信之助は歯を食いしばって流れに乗ろうとした。

荒い瀬に二人は揉《も》まれた。

(もう駄目か)

その瞬間、突然流れがゆるやかなものとなり、信之助の足がふいに川底に触れた。

「おきぬさん、しっかりしなされよ」

信之助はおきぬの体を引きずるようにして岸辺に這《は》いあがった。

うっすらと夜が明けようとしていた。

信之助は笛吹川の左岸の河原によろめき立つと最後の力を振り絞って、おきぬの体を肩に抱きあげた。

二人の腰から小太刀も剣も抜け落ちていた。

わずかに帯に固く紐《ひも》を巻いていた懐中物だけは残っていた。こうなるとそれが頼りだ。

おきぬの体から急速に体温が奪われていこうとしていた。

(早く体を温めなければ)

その思いが信之助に足を運ばせていた。

土手に上がった。

畑地の中、朝靄《あさもや》に雑木林が見えて、寺の屋根がかすかに望めた。

信之助はそこへ向かって歩いていった。

八代《やつしろ》郡浅利村の竜心院は老和尚《おしょう》に小坊主《こぼうず》が一人という小さな寺だ。

信之助が庫裏《くり》におきぬを担《かつ》ぎこむと、竈《かまど》の前で座りこみ、朝粥《あさがゆ》を炊《た》いていた小坊主《こぼうず》が両眼を丸くした。

「小坊主さん、驚かせてすまない。私らは江戸からの旅の者だが笛吹川に足を踏み外して、連れが怪我《けが》をした」

「はっ、はい」

と返答した小坊主珍念《ちんねん》が奥へ飛んでいき、和尚の往願《おうがん》を連れて戻ってきた。

一目で信之助らの難儀を見た和尚が、

「まず濡《ぬ》れた着物を脱がせなされ。珍念、奥から浴衣《ゆかた》と手拭《てぬぐ》いを持ってこよ。ついでに布団《ふとん》も敷きなされ」

と矢継ぎ早に命じた。

珍念は奥に走ると和尚の命に即座に応じ、

「和尚様、浴衣と手拭いにございますぞ」

と差しだした。

「怪我をしておられるな」

おきぬの左の太股《ふともも》の深手を見た往願和尚は、一瞬のうちに刀傷と見てとった。

が、それにはなにも言わず、

「珍念、王塚に走って、唯安《ゆいあん》先生を連れてこい」

「はい」

新たな命に珍念が庫裏から走りだしていった。

信之助は庫裏の上がりかまちでおきぬを裸にすると珍念が持ってきた手拭いで体を拭《ふ》き、洗いさらした浴衣を着せかけた。

「こちらにな、運びなされ」

と和尚がおきぬを抱いた信之助を慌《あわ》ただしく寺房の一室に案内した。そこには珍念が大急ぎで敷きのべた布団があった。

往願和尚は焼酎《しょうちゅう》と晒《さらし》を持ってきた。

「なんでも屋の唯安先生がこられる、頑張れるとよいがな」

おきぬは弱々しい呼吸をしていた。

体温も下がっていた。

「今、湯で蒸した手拭いを用意するでな、体を温めることじゃ」

そう言いおいた往願が再び去り、信之助は焼酎を口に含むとおきぬに口移しで飲ませた。

無意識のうちにおきぬが焼酎を飲みこんで、むせた。

それを何度か繰り返した。そうしておいて信之助は自分の肌の温《ぬく》もりでおきぬの冷えた体を暖めた。

おきぬの太股の傷はなんとか血が止まっていた。

他に四か所の傷を負っていた。

どれも浅手だった。

(おきぬさん、生きてくれよ)

信之助はおきぬの顔を凝視しながらそう祈っていた。

「怪我人はこちらか」

珍念に薬箱を担がせた大男がのそのそと部屋に入ってきた。

酒と動物の匂《にお》いが医者の体から漂ってきた。

「先生、お願いいたします」

唯安が頷《うなず》くと手早くたすき掛けにして、

「小坊主さん、湯をどんどん沸かせ」

と命じるとおきぬの太股の傷を見た。

「刀傷か……」

呟《つぶや》いた唯安はおきぬの口に手拭いを噛《か》ませた。

「ちと痛いが生きておる証拠じゃ」

焼酎を口に含み、いきなりおきぬの傷口に吹きかけて、唯安の治療が始まった。荒っぽいようでなかなか壺《つぼ》を心得た腕前だった。

脂汗《あぶらあせ》を流しながらもおきぬは縫合手術の痛みに耐えた。

一刻半（三時間）後、庫裏の囲炉裏端《いろりばた》に唯安がどっかと座った。

往願が徳利を下げてきて唯安に差しだした。

「ご苦労でしたな」

「やることはやった。あとは怪我人の運次第、峠は今晩じゃな」

唯安は徳利を片手に持つと茶碗《ちゃわん》になみなみと酒を注ぎ、一気にくうっと飲み干した。

「うまい」

珍念は朝餉《あさげ》の支度に忙しく立ち働いていた。

そこへ信之助が姿を見せて二人の前に正座した。

「お世話をかけましてございます」

「出血がひどいでな、気にはなるが若いうえに鍛えた体じゃ。なんとか持ち堪《こた》えてくれよう」

唯安が希望を口にした。

「さすがになんでも屋の唯安先生、縫合の手際《てぎわ》のよいこと」

和尚が奇妙な褒め方をした。

「なんでも屋とは先生の異名にございますか」

「元来牛馬の先生として村にこられたがな、そのうち人間の方も診るようになってしもうた」

信之助は獣医におきぬの生死を任せたかと言葉を失った。

「なあに心配なさるな、独学で人を診る勉学は一通りした。それに医者のいない村じゃ、本道（内科）から怪我治療まで病人には事欠かぬ。すっかり腕を上げてな、今ではこの辺り屈指の名医でござる」

「さようさよう」

本人がぬけぬけと自慢し、往願が応じた。

「怪我人も病人も医者が治すのではないわ。最後は天命、おかみさんの運に望みを託しなされ」

唯安はおきぬと信之助が夫婦と勘違いしていた。

信之助は追っ手のことを考え、そのままにしておくことにした。

「遅くなりましてございます。私どもは江戸は日本橋の古着問屋の奉公人で信之助とおきぬと申します。身延《みのぶ》参りを兼ねまして、生まれ故郷の駿州久能山《くのうざん》に戻る途中にございました」

「駿府の方か、おかみさんの傷は刀傷じゃな」

「はい、ちょいと急ぎの用事もありまして、夜旅をしてきました。昨夜、笛吹川の下曾根《しもそね》の橋に差しかかりますといきなり夜盗の群れに襲われまして逃げ場を失い、流れに落ちたのでございます」

「それは危難であったな」

唯安も往願も信之助の説明を納得したかどうか、それ以上のことは聞かなかった。

「ともあれ、和尚様と唯安先生に出会って助けられました。これは治療代とお布施《ふせ》にございます」

信之助は用意していた五両ずつを唯安と往願に差しだした。五両には口止めの意味も込められていた。

「これは過分な治療代じゃな」

「いえ、おきぬの命は金には代えられませぬ」

信之助がきっぱりと答えたとき、

「和尚様、朝餉の支度ができましたよ」

と珍念が朝粥に味噌汁《みそしる》、梅干しの朝餉の盆を三人の前に運んできた。

慶長十二年（一六〇七）、徳川家康は駿府城の修築を全国の諸大名に命じ、同年中に完成させ駿府に移り住んだ。

また同年、家康は角倉了以《すみのくらりょうい》に天竜川と富士川の水運開削を指示していた。これは家康の信濃《しなの》、甲斐《かい》二国と東海道筋、つまりは江戸を結びつける長年の懸案事業であった。

了以は天竜川については失敗したものの、富士川の整備には成功をおさめ、その結果、水運を利用しての物資の大量輸送が可能になった。

富士川水運の東海道側起点は、吉原と蒲原《かんばら》の間宿《あいのしゅく》、岩淵河岸《いわぶちがし》、そこから北へ沼久保、南部、身延、飯富などの河岸を経て、鰍沢《かじかざわ》、青柳、黒沢河岸の甲州三河岸まで十八里（約七二キロ）の舟運となる。

長さ七間二尺、幅十六尺、深さが二尺八寸の高瀬舟を利用して、上りは足中《あしなか》草履を履いた船頭たちが四日の時間を要して甲州三河岸の鰍沢まで引きあげ、下りは一気に半日で岩淵河岸に到着した。

この水運は、俗に〝上り塩〟、〝下り米〟といわれた。

下りは甲斐、信濃の年貢米《ねんぐまい》が富士川の舟運で岩淵河岸に下り、そこから陸路、清水湊《みなと》に運ばれた。そして、便船に積み替えられ江戸へ送られた。

上り舟は、久能海岸で採れる塩を始め、干物、瀬戸物、茶などが内陸へと運ばれていった。

甲州三河岸の中でも鰍沢は信濃、甲斐の米が集まり、米相場が立つほどの賑《にぎ》わいを見せた河岸だ。

総兵衛は、甲府城下を抜けたあと富士川街道を辿《たど》って、鰍沢へと下った。

途中、古着屋で縞《しま》の袷《あわせ》に半合羽《はんがっぱ》、菅笠《すげがさ》、足元は脚絆《きゃはん》を買い求め、地味な旅人のなりに扮装《ふんそう》していた。

甲府城中で奪った茶掛けと三池典太光世《みいけでんたみつよ》は布に包んで、背の風呂敷《ふろしき》包みと一緒に背負った。

昼には富士川街道を早馬が往来して、街道の取り締まりが厳しくなった。

そこで櫛形宿《くしがた》で街道を外し、山道やら河原を伝って一昼夜かけて鰍沢河岸に到着した。

ここにも甲府藩の役人たちが臨時の関所を設けて、河岸に出入りする者たちをきびしく調べていた。

総兵衛は、河岸に近づくこともできない。

(どうしたものか)

高瀬舟が忙しく荷積みし、荷揚げする様子を対岸の林から見ていると、

「総兵衛様」

という声が掛かった。

身延参りの講中の者の扮装をして、杖《つえ》をついた磯松であった。

「おお、無事であったか」

「うまいこと舟に乗せてもらうことができましてね、今朝には鰍沢に辿りついておりましたが、私が到着したあとにえらく警備が厳しくなりましてございます」

「城下より街道の四方八方に早馬が走って、国境は封鎖されたようだな」

「総兵衛様の背にあるものを取り戻そうとする追っ手でしょうね」

「その他にあるものか。いくら綱吉様の信頼厚い吉保様とはいえ、無事には済むまい。老中は黙らせても、御三家が騒ぎだすわ」

そう言った総兵衛は、

「信之助、おきぬはまだか」

と聞いた。

「あちらこちらと役人の目を盗んで鰍沢宿を歩いてみましたが、まだのようにございます」

「待つしかあるまい」

総兵衛と磯松は、日が落ちるまで対岸の林で過ごし、夕刻になって鰍沢宿に入るために川を渡った。

まずは宿場外れの一膳《ぜん》飯屋に入り、総兵衛は酒を、磯松は飯を注文した。

富士川の上り舟で運ばれた駿府の酒であった。

久し振りに飲む酒は胃の腑《ふ》に染《し》み渡った。

磯松は駿河湾で採れた鰺《あじ》の干物《ひもの》に里芋の煮付けで三杯飯を掻《か》きこみ、

「増富屋を訪ねてきます」

と総兵衛を残して出ていった。

総兵衛はゆるゆると酒を口に含んで、磯松が信之助とおきぬを連れてくるのを待った。

磯松は総兵衛が二合の酒を飲み、飯を食い終えた時分に戻ってきた。

「総兵衛様、さらに宿場が騒がしくなりました」

「どうした」

「甲府城下から黒騎馬衆が到着しました」

「よし、出よう」

磯松が支払いを済ませると早々に飯屋を出た。

「信之助もおきぬの姿もないか」

「増富屋にも姿を見せておりませぬ」

「これだけ警戒が厳しいと宿場の中にも入れぬな」

はい、と答えた磯松が、

「われらのことがすでに噂《うわさ》になっております」

「ほう、どのような噂か」

「甲府城の御金蔵に四人組の押し込みが入り、甲府金を二千両ほど盗みだしたというものにございます」

「われらは御金蔵破りか」

「総兵衛様、一味の一人の女が深手を負って逃走に及んだという噂がございます」

「なにっ！」

（おきぬが怪我《けが》を）

「気にいらぬな」

「はい、大いに気掛かりにございます」

総兵衛は宿場外れで足を止め、後ろを振り見た。

「磯松、万が一ということもある。身延の窪之坊《くぼのぼう》まで夜道を走らぬか。信之助が鰍沢に立ち寄らず、身延に先行しているともかぎらぬ。あちらの様子を見たうえで動きを決めようではないか」

「それがようございます」

考えが一致した二人は、鰍沢から身延道を富士川ぞいに五里（約二〇キロ）ほど駆け下った。

身延に着いたのは夜明け前の刻限だ。

二

文永十一年(一二七四)、三年におよぶ佐渡の流謫《るたく》を終えた日蓮上人《にちれんしょうにん》は、甲斐の波木井《はきい》郷の地頭南部六郎実長《なんぶろくろうさねなが》の頼みを入れて、身延に入山、西谷に草庵《そうあん》をむすんだ。

それが日蓮宗の総本山身延山久遠寺《くおんじ》の始まりであった。

日蓮上人は八年後、病気療養のために常陸《ひたち》に向かう道中、武蔵《むさし》国池上宗仲《いけがみむねなか》方に滞在していたが、この地で命を全うした。

火葬に付された日蓮の遺骨は久遠寺に送られ、亡《な》くなった地が池上本門寺となり、久遠寺は日蓮宗の総本山となった。

その後、久遠寺は武田氏など戦国武将の信仰の下に大伽藍《がらん》を造営するほどに大きくなり、江戸時代に入ると徳川幕府も庇護《ひご》した。

総兵衛と磯松は身延川ぞいに入っていった。すると参詣人《さんけいにん》のための講中宿《こうじゅうやど》や茶店が軒を連ねていたが、むろんまだ表戸を閉ざしていた。

二人の前に三十余尺の総門が見えてきた。

この総門、寛文五年（一六六五）に建立《こんりゅう》され、総欅《けやき》造りのもので、この門から境内が始まり、二十七万坪の広大な寺域に山内宿坊百三十三が点在していた。

総兵衛と磯松は三門は潜《くぐ》らず、さらに身延川に沿って中谷の方角へ進んだ。

するとかつの実家の講中宿の窪之坊が現われた。

総兵衛と磯松は裏口に回ってみた。

竈《かまど》にはすでに火が入っているとみえて、煙が薄く明け始めた空に立ちのぼっているのが見分けられた。

薄暗い井戸端では男衆《おとこし》が野菜を洗っていた。

「ごめん」

磯松が声をかけると男衆の一人が顔を上げた。老人だった。

「朝早くから申しわけございません。こちらに湯村のかつさんのご一家が滞在しておられますな」

「…………」

「私どもは湯村で世話になった大黒屋の者にございます」

「清吉さんの仲間か」

と言った老人が、待ちなされと言い残すと台所に入っていった。

二人が待つまでもなく、

「旦那様《だんな》」

「総兵衛様！」

と清吉とちよが飛びだしてきた。

「おおっ、清吉、ちよ」

四人は再会を喜び合った。

総兵衛は二人に気掛かりなことを訊《たず》ねた。

「信之助とおきぬはまだ到着していませんな」

「いえ、まだにございますがなにか」

と清吉が不安な顔をした。ちよが、

「総兵衛様も磯松さんもまずは中に入ってくだされよ」

と二人の手を引くように裏口から宿に入れた。

さすがに講中宿、台所も広々としたもので、すでに男衆や女衆が忙しそうに立ち働いていた。

「おっ母さん、総兵衛様じゃぞ」

ちよが奥に声をかけるとかつと老人が出てきた。

「おお、大黒屋様にはかつらが世話になったそうですな」

老人はかつの父親、ちよの祖父の喜之助《きのすけ》だった。

「おじいちゃん、ゆっくりした挨拶《あいさつ》はあとでね、総兵衛様らは清吉さんにお話があるの。座敷にお上げするわよ」

と二人をてきぱきと台所の脇《わき》の囲炉裏の側《そば》に招き上げた。

「なんぞ起こりましたか」

清吉が訊《き》く。

その場には総兵衛主従の四人がいるだけ、ちよはお茶を淹《い》れていた。

「甲府から散り散りになって逃げる羽目になった。落ち合う先を鰍沢の河岸としていたのだが、信之助とおきぬが姿を見せぬ。磯松が聞きこんだところによると、おきぬが手傷を負って逃げているらしい」

「おきぬ様が」

ちよが怯《おび》えた声を出した。

「おきぬのことだ。そう簡単に捕まるとも思えないところに望みを託して夜道を駆けてきたのだが……」

「おきぬ様には一番番頭さんがついておられるので」

「清吉、それも分からぬ」

座がしばし沈黙に落ちた。

ちよが淹れ立ての茶をまず総兵衛と磯松に供した。

それを無意識のうちに飲んだ総兵衛が、

「甲府に戻る」

と決断した。

「私も参ります」

磯松と清吉がすぐに応じた。ちよも、
と言いだした。

「待て、ちよ」

「どうしてでございますか」

ちよが憤然とした。

「そなたには大事な頼みがある。やってくれるか」

「はい」

ちよがきっぱりと言った。

「身延の河岸から高瀬舟に乗せてもらい、岩淵河岸まで走ってくれぬか、清水までは駕籠《かご》を使え。久能山《くのうざん》裏の鳶沢村の次郎兵衛どのにおれの手紙とこの包みを急ぎ届けてほしいのだ。清吉や磯松では国境を越えるのも難しかろう。そなたならなんとかなろう」

「やりとげてみせます」

ときっぱり言い切ったちよが、

「鳶沢村の次郎兵衛様にでございますな」

と念を押した。

「信之助の父親じゃ」

そう答えた総兵衛はちよに硯《すずり》、筆、巻紙を借り受けた。

清吉は部屋に戻ってすぐに旅支度を始めた。

その間にちよは総兵衛らの朝餉《あさげ》の支度をさせた。

総兵衛が手紙を書き終えたとき、朝粥《あさがゆ》の膳が出ていた。

「ちよ、これが次郎兵衛どのへの手紙、それにこれを届けてくれ」

総兵衛は甲府城の城代家老の目の前から奪い取ってきた茶掛けの包みをちよに託した。

「よいな、これは大黒屋の命運を分ける品だ。ちよ、御用ができるな」

「やりとげてご覧にいれます」

「これは路銀じゃ、惜しみなく使え」

一分金や二朱金や銭を混ぜて五両ほどをちよに渡した。

「死にもの狂いで鳶沢村に走ります」

ちよはきっぱりと言い切った。

「頼む。清水湊《みなと》までいけば、鳶沢村の次郎兵衛どのを知らぬ者はおらぬわ」

「はい」

総兵衛らは慌《あわ》ただしく朝餉を馳走《ちそう》になった。

「お引き止めしたいのじゃがお連れが怪我をなされていてはな、見つけたら身延に連れてきてくだせえよ」

という喜之助やかつに送られて、総兵衛ら三人がまず身延道を甲府へと引き返していった。

そのすぐあとに茶掛けと総兵衛の手紙を背負ったちよが喜之助に連れられて身延の河岸に姿を見せ、

「うちの孫娘じゃ。清水に使いにいくのじゃがな、おまえさんの高瀬舟に乗せてくれんか」

と知り合いの船頭に頼んだ。

「喜之助さんの孫かえ。いいともよ、岩淵で清水までの道案内も見つけてやろうぞ」

「ならば、知り合いの駕籠を頼んでくれまいか。大事な使いでな」

「よしよし、心配しなさんなよ」

船頭が請け合って、ちよが高瀬舟に乗りこんだ。

総兵衛、磯松、清吉は、宿場の入口に設けられた甲府藩の見張り所を避けるために街道から山道へと追いこまれていた。道なき道をひたすら富士川を目印にしながら北上した。

総兵衛が鰍沢に戻ってきたのは九つ半（午後一時頃）の刻限だ。

「私が宿場の様子を見て参ります」

身延山参りの格好をした清吉が総兵衛と磯松を対岸の河原に残して姿を消した。そこは昨日、総兵衛と磯松が出会った場所だ。

おきぬの身を心配する二人には、その一昼夜が取り返しのつかない時間に思えた。

「総兵衛様、この間に昼食を」

と二人でかつが気を利《き》かせて持たせてくれた握り飯を大根の古漬けで食べた。

一刻《とき》（二時間）後、とろとろと松の幹に身を寄せて眠る二人のもとに清吉が戻ってきた。

「おきぬ様はまだ甲府藩の手の者に捕まってはおられぬ様子にございます」

「そうか、まずは少し安心した」

「街道は騎馬の巡邏隊《じゅんらたい》がひっきりなしに往来してとても近づけません」

総兵衛は、

「おれは富士川の左岸をいく。磯松は右岸を上れ。清吉は富士川街道を辿《たど》るのじゃ」

と命じた。

「日が落ちるまでせいぜい一刻か。今晩の落ち合い先は、笛吹川左岸の上野村の河原じゃ」

三人は再び散開した。

総兵衛は土手内の畑地に点在する百姓家や寺社に注意しながら遡《さかのぼ》っていった。

もしおきぬに信之助がついているならば、目じるしをどこか目につく場所に残していると考えたからだ。

だが、その気配はなかった。

鰍沢の上流で韮崎《にらさき》から流れくる釜無《かまなし》川と笛吹川が合流していた。

総兵衛は笛吹川を遡っていった。

笛吹川の左岸は甲府藩の領地外だ。

それだけに信之助とおきぬが逃げこんだ可能性が高い。

笛吹川に流れこむ芦川《あしかわ》辺りで日が暮れ始め、三人が合流を約した上野村では真っ暗になっていた。

総兵衛は河原で拾った竹竿《たけざお》に菅笠《すげがさ》の端を結びつけて吊《つ》るした。すると風に菅笠があたってばたばたと鳴った。さらに流木を集めて苦労して火を熾《おこ》した。その火に引かれるように四半刻（三十分）後、磯松が現われた。

「おきぬの行方が知れそうな話を拾えたか」

磯松が力なく顔を振った。

「ただ総兵衛様、甲府藩の巡邏に動きがございます。向こう岸の者たちは甲府を目指して引きあげております」

「おきぬらが城下近くで捕まったのであろうか」

「それはなんとも言えません。ですが、巡邏の者たちの顔の険しさが消えておらぬところを見ると未《いま》だ信之助様もおきぬ様も逃げおおせておるように思えます」

磯松は願いをこめた言葉で報告を締めくくった。

清吉はなかなか姿を見せなかった。

広い、真っ暗な河原では小さな火も近くに寄らなければ見えなかった。大きくすれば甲府藩の捜索隊に見つかる恐れがあった。

磯松が姿を見せて半刻、一刻が過ぎた。

ふいに人の気配がして、総兵衛と磯松は身構えた。

味噌《みそ》の匂《にお》いがぷーんと漂ってきた。

「総兵衛様、遅くなりましてございます」

清吉は手にした包みを差しだした。

「河原を歩かれたのでは夕餉はまだにございましょう」

街道を探り歩いてきた清吉が田舎田楽と握り飯を出した。

「おお、これはよう気がついた」

「私は先に食べましてございます。総兵衛様と磯松さん、ささ、どうぞ」

「馳走になろうか」

二人が食べ始めたのを確かめた清吉は、

「おきぬ様はどうやらこの上流の浅利村辺りに潜んでおいでのようです。甲府藩の捜索隊の大半が密《ひそ》かに川を越えて浅利村に移動させられました」

「ほう、おもしろいな」

「寺や神社などを虱潰《しらみつぶ》しに探し始めたところです」

「よし、われらも浅利村に潜入しようか」

総兵衛と磯松は清吉が機転を利かせた田楽と握り飯で腹を満たした。

火を消し、土手を浅利村へと小走りに走りだした。

一里ほども上ったか、松明《たいまつ》の明かりがあちらこちらに動いていた。

「奴《やつ》らがおきぬを探しだすか、われらが救いだすか。争いになったな」

笛吹川の河原には甲府藩の舟が何艘《そう》も止まっていた。

「総兵衛様、ちょいとお待ちを……」

磯松が清吉を連れて河原に走った。

しばらくすると戻ってきた磯松が、

「一隻《そう》を葦原《あしはら》に移して隠し、残りは竿も櫓《ろ》も流れに放りこみましてございます」

と報告した。磯松はおきぬを救いだしたあとの、逃走手段を確保したのだ。

「よう気がついたな」

松明の火が一か所に集まっていこうとしていた。

総兵衛は三池典太光世を腰に差した。

磯松も清吉も仕込み杖《づえ》や剣を手にした。

「急ごうぞ」

松明の輪に向かって走りだした。


信之助は竜心院が大きく囲まれたことを知った。

その昼間、笛吹川を渡って甲府藩の巡邏隊が浅利村に入りこみ、竜心院にも聞き込みにきた。だが、往願和尚《おしょう》は、

「さような方々はうちにはおられませぬな」

と顔を横に振り、

「ところでお手前方は柳沢様のご家中の方々ですな。国境は笛吹川の中洲《なかす》、こちらまで遠征してこられるとは、ちとお珍しい」

と皮肉とともに追い返していた。

甲府藩はどこから目を付けたか、藩士たちを越境させてこちら岸に集めようとしていた。

「おきぬさん」

信之助は、高熱を発して眠りこむおきぬを揺り起こした。

おきぬがうっすらと目を開けた。

「どうやら追っ手に囲まれた。また私の背中におぶわれてくだされ」

「信之助様、私をおいて逃げてください」

「死ぬも生きるも一緒と約束しましたぞ」

信之助は強引におきぬを起こすとどてらにくるんだまま、背に帯でしっかりと結わえつけた。

台所には往願和尚が待ち受けていて、

「いかれるか、気をつけてな」

と別れの挨拶《あいさつ》をくれた。

「和尚、縁あらばどこぞでお会いしましょうぞ」

信之助は心張棒を貰《もら》いうけて、それを杖代わりに裏の竹藪《たけやぶ》へと逃げこんだ。

総兵衛は雑木林の端で足を止め、磯松と清吉の二人に知らせた。

半丁ばかりの田圃《たんぼ》の畔道《あぜみち》を松明《とも》を点した一団がこちらにやってくる。

関所役人らしく陣笠《じんがさ》の武士に六尺棒を手にした小者が三人従っていた。

「磯松、木に登れ。清吉は藪陰に潜め」

総兵衛は手配りした。

捜索隊は何の迷いもなく総兵衛らが潜む雑木林に入りこもうとした。

ふいに総兵衛の長身が現われて、先頭の小者の鳩尾《みぞおち》に三池典太の鐺《こじり》を突っこんだ。

悲鳴を上げる暇もなく倒れた。

「な、何奴！」

と叫ぼうとした関所役人の首筋に総兵衛の手刀が打ちこまれた。

残る二人は慌てて逃げだそうとしたが虚空《こくう》から、藪陰から黒い影に襲われてたちまち気絶させられた。

松明は地面に落ちて燃えていた。そいつを拾った総兵衛が地面に突き刺し、

「よかろう。こやつらの身ぐるみ剝《は》いで、着替えじゃ」

と命じた。

陣笠の役人は中背で磯松に体型が似ていた。そこで磯松が陣笠、陣羽織、

野袴《のばかま》姿に変わった。

総兵衛と清吉は小者に変わった。

裸にされた四人は自分たちの帯で後ろ手に縛られた。

「磯松、役人を問うてみよ」

畏《かしこ》まった磯松が褌《ふんどし》一つの役人の背に活を入れて、息を吹き返させた。きょろきょろと目玉を動かす役人に恐怖の色が浮かんだ。

「どこに行こうとしていたか答えよ、ならば命は助けよう」

磯松は抜き身を相手の首筋にあてて脅迫した。

「し、死にとうはござらぬ。命ばかりは」

「話せ」

「上司の命でこの先の竜心院に参るところ、盗人の男女が潜んでおるそうな」

磯松が総兵衛の顔を見た。

総兵衛が頷《うなず》き、再び手刀を首筋に打ちこんだ。

信之助とおきぬは竹林に建つ小屋の中で松明の明かりに取り巻かれ、身動きできなかった。

筍《たけのこ》掘りの季節、鍬《くわ》や籠《かご》など農具をしまう小屋のようだ。

調べられれば隠れようもない。

捜索隊はまだ信之助らが寺に潜んでいると思っているようで、明かりは寺を目指していた。

小屋から抜けでようにもすぐ近くにいくつもの松明の明かりがあった。

戦おうにも手傷を負ったおきぬを連れて、小刀の一つもなかった。心張棒は天井が低い小屋では使えない。

松明の明かりが小屋を目指してきた。

(もはやこれまでか)

一人でも多く道連れにしてやる。

信之助はおきぬを小屋の床に下ろした。するとおきぬの手が信之助を握った。

「一人なら逃げられます。信之助様、逃げてくだされ」

おきぬの声は涙にくれていた。

「おきぬさん、私はそなたを嫁にしようとな、勝手に心に決めました」

「まあ、かようなときになんということを」

「女房どのをおいて鳶沢の男が逃げだせるものですか。三途《さんず》の川は一緒に渡りますぞ、おきぬさん」

「はっ、はい、信之助さん」

二人は暗がりで手を取り合った。

総兵衛は隣の捜索隊が竹藪の中の小屋に接近しようとしているのを見て、磯松に合図した。すぐに飲みこんだ磯松が、

「おい！」

と声をかけ、

「ご城代家老柳沢様が寺の本堂に参られたそうな、急ぎ参集せよとの命だ。小屋はわれらが調べていこうぞ」

と叫んだ。

黒騎馬衆の一団はしばし考えこむように沈黙したが、

「ご城代の出馬では仕方ない」

と竹藪から走りだした。

磯松は小屋に走った。

総兵衛と清吉も走った。

信之助は小屋の戸口の前で心張棒を突きだそうと身構えた。

扉が押し開けられ、陣笠の役人が立った。

「死ね！」

棒を突きだした信之助に、

「い、一番番頭さん」

と磯松が叫んで、棒をなんとか避けた。

「な、なんと磯松か」

「はい、総兵衛様もおられますぞ」

小屋の中に三人が入ってきた。

「おきぬ、生きておったか」

「はっ、はい、総兵衛様」

おきぬが泣きだした。

「おきぬ、泣くのは早い。甲府藩の捜索隊の輪の中から、なんとしても抜けださねばならぬわ」

「総兵衛様と一緒なら心強うございます」

よし、と応じた総兵衛が、

「磯松、清吉、先ほどの河原まで先導せえ」

と命じ、

「それ、おきぬ、総兵衛の背におぶされよ」

と言い足した。

三

総兵衛におぶわれたおきぬは痛みを必死に耐えていた。熱が出たようで全身が重くだるい。

明かりも点さずに総兵衛らは葦原に隠した舟のところまで戻った。

「総兵衛様、おきぬさんをここに寝せてくだされ」

磯松と清吉が舟の真ん中におきぬの床を造り、どてらにくるまれたおきぬを寝かせて前後は信之助と総兵衛が固めた。

舳先《へさき》で清吉が竿《さお》を川底につく。磯松が艫《とも》を流れに押しだすとひらりと飛び乗って、櫓《ろ》を握った。

夜の舟下りである。

危険に満ちているのは分かっていた。が、怪我人《けがにん》を抱えての脱出、それしか方策がなかった。

舳先の清吉は竿を使いながら前方を注視していた。

磯松は舟の速度が上がらぬように夜目にも白波を立てる急流を避けていた。岸に寄りすぎても、岩場や浅瀬にぶつかって転覆する恐れがあった。

気を使う舟下りはふいに終わった。

「総兵衛様、磯松さん!」

と舳先に立つ清吉が叫んだ。

「鰍沢口は舟で塞《ふさ》がれてますぞ」

明かりが天を焦《こ》がしていた。

甲府藩では川にも目を光らせていた。舟を並べて、闇《やみ》に乗じて下ってくる舟を見張っていた。

磯松が岸辺に舟を寄せた。

「楽には国境を越させてくれぬか」

磯松が立ち枯れた葦原に舳先を突っこませ、清吉が水に飛びおりると舟を素早く葦原へと引きこんだ。

総兵衛は再びおきぬを背負い、信之助が先に立って、河原に向かった。

磯松と清吉は四人の足跡が辿《たど》られぬように舟を葦原に隠した。

四人は富士川の流れから遠ざかると市川大門から下ってくる脇《わき》街道に出た。

この道は富士川の左岸を並行して身延へと下っていた。

おきぬは夜風にあたったせいで高熱を発していた。

総兵衛の背で荒い息をついていた。

「おきぬ、頑張れよ。もうすぐ生まれ故郷の鳶沢村に連れ戻ってやるでな」

総兵衛はそうおきぬを勇気づけながら、夜の街道をひたひたと進んだ。

「私が代わります」

信之助が総兵衛に代わった。

先頭を清吉が、しんがりを磯松が務めていた。

身軽になった総兵衛は、清吉と並んで進んだ。

二人の足が止まったのは、富士川に注ぎこむ新川が瀬音を立てる谷間だった。

街道はこれから山道に差しかかろうとしていた。

その峠口の地蔵堂の前に焚《た》き火が燃え、数人の影が立ち塞がっていた。

おきぬを抱え、街道を外して夜の山に入るのは無謀だ。

「信之助はおきぬと少しあとから参れ」

総兵衛は正面突破する決心を固めた。

磯松は関所役人の格好、総兵衛と清吉は小者の姿だ。

三人はいかにも伝令にきたという歩調で焚き火に近づいていった。

地蔵堂のかたわらの路傍に馬一頭が繋《つな》がれ、焚き火を囲んで甲府藩士二人と小者三人がいた。

総兵衛の足音に気がついた陣笠が、

「新たな命が下りましたかな」

と声をかけてきた。

「下りましたぞ」

磯松が応じると同時に焚き火を囲む五人に飛びかかった。

「な、なにをするか！」

総兵衛は三池典太を峰に返すと慌《あわ》てふためいて刀の柄《つか》に手をかけようとした陣笠と鉢巻きの小者の脇腹と肩口を叩《たた》いて、一瞬のうちに倒した。

磯松も一人目を倒して、二人目と刃《やいば》を交えていた。

清吉は敏捷《びんしょう》にも素手で相手の首を締めあげて締め落としていた。

磯松が残る二人目を片付け、

「手こずりました」

と苦笑いした。

「残った者がおらぬか調べよ」

総兵衛の命に二人が焚き火を手に辺りを調べまわった。

「これ以上はおらぬようです」

磯松が報告した。

総兵衛らは気絶させた五人を地蔵堂に押しこめた。

「総兵衛様、いいものが見つかりました」

清吉が地蔵堂の床に置かれてあった五人の持ち物、竹皮包みと竹筒と弓張提灯《ゆみはりぢょうちん》を見つけた。握り飯に酒のようだ。

「なによりなにより」

総兵衛は竹筒の酒を口に含んだ。

おきぬを背負った信之助もやってきた。

「信之助、おきぬをしばらく火のそばで休ませよ。なんにしても馬が手に入ったのは重畳《ちょうじょう》だな」

馬の支度を磯松と清吉がした。

「総兵衛様、おきぬさんを見ててくだされ」

信之助は手拭《てぬぐ》いを新川の流れに浸しに走った。

「おきぬ、どうじゃな」

熱っぽい顔を総兵衛に向けた。

「だ、大丈夫ですよ、信之助さん」

おきぬが総兵衛を信之助と取り違えたのは熱のせいもあるが、なにより危難が信之助とおきぬの二人の心を通わせている、と総兵衛は思った。

(なんとしても生き抜いてくれ)

信之助が流れに濡《ぬ》らした手拭いをおきぬの額にあて、竹筒に汲《く》んできた谷川の水を飲ませた。おきぬはごくりごくりと喉《のど》を鳴らして飲んだ。

「馬の用意ができましてございます」

清吉が馬を引いてきた。

「信之助はおきぬを介護せえ」

総兵衛は馬におきぬと信之助を同乗させて、熱にうかされたおきぬが落馬せぬようにした。手綱《たづな》は総兵衛自身がとった。

清吉は地蔵堂に立てかけてあった槍《やり》を担《かつ》いだ。

「よし、山越えじゃぞ」

磯松が弓張提灯に明かりを点《とも》して先頭に立った。

両側の山がのしかかるように迫り、坂道が急になった。

夜道に馬は不安がった。

磯松が馬の行く手が見えるように提灯の明かりを差しかけた。それでも馬は時折り、立ちどまった。

「どうじゃな」

「歩くよりも随分と楽でございますよ」

信之助がすまなさそうにいった。

黒沢と落居《おちい》境の峠にかかったのが丑《うし》の刻（午前二時頃）過ぎか。人家とてない坂道は下りになった。

街道に両側から重しのように覆《おお》いかぶさっていた木の枝が消えて、開けた台地に出た。

右側の湿地からは水が湧《わ》くのか、小さな沼になり、白み始めた朝の光に靄《もや》が街道に流れでるのが分かった。

手綱をとる総兵衛と磯松の足が同時に止まった。

馬上で信之助も小さく叫び声を上げていた。

前方の街道上に赤柄の薙刀《なぎなた》を小脇に抱えた騎馬武者がいた。

赤の鉢金《はちがね》に南蛮具足の武者は、赤備えの武川衆だ。

背の旗差し物には、

「風林火山」

の四文字があった。

「磯松、手綱を持て」

総兵衛は磯松に渡すと独り歩を進めた。

騎馬武者は動かない。

総兵衛は三十数間と迫っていた。

「風布七人衆とお見受けしたが」

「異な格好じゃな、大黒屋総兵衛」

「ちと城中を騒がせて逃げる道中、姿形にかまっておれぬわ」

いかにもと笑った騎馬武者が、

「風布七人衆曾雌《そし》孫兵衛《まごべえ》」

「うーむ」

「曲淵《まがりぶち》剛左衛門《ごうざえもん》の仇《かたき》、江戸に一緒に参ったそれがしが討つ」

「おれの店の大戸に赤矢を射かけたはそなたか」

「いかにも」

と大声で答えた孫兵衛が、

「総兵衛、城代家老のお屋敷から盗みだしたもの、持っておるか」

「どうかな」

「ならばこの手で調べるまで」

「曾雌孫兵衛、そなたの死に場所は決まった」

「吐《ぬ》かすな」

孫兵衛が小脇の薙刀を両手に構えた。手綱は南蛮具足の前帯にしっかりとはさみこまれていた。

「はいよ！」

武川衆の赤備えが一騎突進を始めた。

孫兵衛の体が馬上から横に傾き、薙刀が地面を這《は》うように保持されていた。

なんとも巧みな馬の乗りこなしであり、薙刀の構えだ。

路傍に半身に構えた総兵衛は三池典太光世二尺三寸四分を右の肩に立てて構

えた。
赤武者は見る見る接近してきた。
薙刀の反りの強い刃が今しも顔を覗《のぞ》かせた朝の光にきらきらと反射した。
間合いが一気に切られた。
総兵衛は腰を沈めた。
薙刀が草を刈るように迅速に総兵衛の足元を掬《すく》いとった。
「おおうっ！」
総兵衛が虚空《こくう》に飛びあがった。
足の下一寸のところを薙刀が掬いあげて、馬が疾走していった。
総兵衛はふわりと地面に下り立った。
一撃目は避けえたが反撃の暇はなかった。
曾雌孫兵衛は十六、七間先で見事に馬を停止させると反転した。
今度は薙刀が振りかぶられた。
「大黒屋総兵衛、そなたの命、途切れたわ！」
赤武者が大音声《だいおんじょう》に叫ぶと走りだした。

総兵衛はせまい脇街道の真ん中に両手を横にして立った。
右手に持たれた三池典太を舞扇のように斜めに翳《かざ》した。
瑞雲《ずいうん》がたなびくように朝靄が総兵衛の足元に流れてきた。
馬蹄《ばてい》が朝靄を蹴散《けち》らして突進してきた。
間合いが切られ、曾雌孫兵衛の薙刀が虚空から振りおろされた。
馬の前脚が行く手を阻《はば》む総兵衛を蹴り倒そうとした。
その瞬間、ふわりとその場で舞い動いた。
馬体と薙刀の落ちてくる狭間《はざま》に総兵衛の体が滑り入って、三池典太が横手に払われた。
信之助も磯松も清吉も総兵衛の体が馬体に押し揉《も》まれたと思った。
馬と人が離合した。
前進を続ける風布七人衆の騎馬武者曾雌孫兵衛の首筋から、
「ぴゅっ！」
と血飛沫《しぶき》が飛び、風林火山の旗差し物の竿が両断されて虚空に舞った。
赤備えの武者は薙刀を振りおろした姿勢のまま走りつづけ、ゆっくりと赤鉢金を下に地面に転がり落ちていった。

市川大門からの脇街道は鴨狩《かもがり》の里で富士川に接し、対岸に身延道を見ることになる。

総兵衛らは流れをはさんで二つの街道が合流するところで甲府藩の厳しい防衛線に阻まれた。

そこで城山神社の祭具を入れる小屋に入りこみ、ひとまず夜を待つことにした。

清吉が馬を神社裏の草地に繋《つな》ぎとめてきた。

高熱を発したおきぬの意識が混濁していた。

信之助が山に入り、大番頭の笠蔵仕込みの漢方の知恵を思い出して薬草を何種類か採取してきた。それを自らの口で潰《つぶ》して手拭いに塗布し、患部にあてて高熱を取ろうと試みた。

「総兵衛様、ちよちゃんは無事鳶沢村に辿りつきましたかな」

磯松がちよの身を案じた。

「賢い子じゃ、必ずや次郎兵衛どののもとに手紙を届けておろうぞ」

「富士川さえ下り切れば駿府《すんぷ》にございますからな」

清吉が自分たちの境遇を鼓舞するようにいう。

「そう身延からなら半日で岩淵河岸じゃぞ」

総兵衛も答える。

「どこぞで食べ物を探して参ります」

清吉が立った。

「いや、日中は目にもつく。昨日の握り飯を食して我慢しようか」

総兵衛が清吉を止めた。

握り飯は竹皮包み五つに二つずつ入っていた。

総兵衛らは一つずつ食べて残りは取っておくことにした。

「少しでも休めるときに体を休めておこう」

大黒屋主従はおきぬを囲むように身を寄せ合って仮眠した。

異変に目を覚ましたのはおきぬだ。

おきぬにはどこにいるのか、夕暮れなのか夜明けなのか刻限も分からなかった。

なにか大勢の者たちがぞろぞろと接近してくる気配があった。

小屋の中は薄暗く総兵衛たちは疲れ切って眠りこんでいた。

「信之助さん、総兵衛様……」

おきぬは熱っぽい声を出した。

「うっ」

という声を漏らして起きた信之助が外の物音に気がついた。がばっと身を起こして、戸の隙間《すきま》から外を窺《うかが》った信之助が、

「総兵衛様、境内に大勢の甲府藩士が……」

と呻《うめ》いた。

清吉も信之助のかたわらから外の様子を窺った。

本殿の内外を捜索している様子だ。いずれこの小屋にも捜索の手が伸びるのは確かだった。

「迂闊《うかつ》にも気がつかなかったか」

総兵衛が呻き、清吉が振りむいた。

「総兵衛様、私だけならなんとか外に出られます。馬に乗ってやつらを引きまわします。その間に神社の裏手に逃れて下さい」

総兵衛は瞬時に決断した。

「清吉、やつらの注意をわずかな刻限逸《そ》らすだけでよい、無理をするでない。われらは川の封鎖を遠回りに避けたら、再び川ぞいに岩淵河岸に下る考えじゃ。ちよが呼んだ援軍が甲州に入っているやもしれぬ。そなたは身延の窪之坊《くぼのぼう》に先行して、様子を探れ」

「はい」

と畏《かしこ》まった清吉が手早く身支度をすると小屋の戸をわずかに開けて、夕暮れの薄闇《うすやみ》に紛れて裏山に走った。

総兵衛はおきぬを背負うと三池典太光世を腰に差した。

境内を捜索する甲府藩士の松明《たいまつ》の明かりが本殿の下に集まった。脇《わき》社殿から小屋に捜索の手が広がるのは時間の問題だ。

松明が小屋に向かって動きだした。

そのとき、馬蹄《ばてい》と一緒に、

「甲府藩の方々に物申す。鴨狩の里は甲府藩領地にあらず！」

と叫ぶ清吉と馬が境内を突っ切って走っていった。

「いたぞ、それ追え！」

「村に駆け下ったぞ！」

と捜索隊の面々は叫び合いながら、石段を走りおりていった。

「よし、今じゃ」

総兵衛たちは清吉が作ってくれた隙に裏山へと這い上っていった。

ちよは美雪の腹に両手を回して、馬の背に揺られながら歯を食いしばっていた。

「ちよちゃん、大丈夫ですか」

美雪が馬を進めながら聞いた。

「大丈夫ですよ」

あの朝、ちよは一気に岩淵河岸まで下った。

船頭は約束したとおりに知り合いの駕籠屋《かごや》に頼んでくれた。舟を駕籠に乗り換えたちよは東海道を蒲原《かんばら》、由比、興津《おきつ》、清水湊《みなと》と進み、さらに鳶沢村まで辿《たど》りついた。それはまだ陽がある刻限だった。

見ず知らずの少女が総兵衛の手紙を預かってきたというので、次郎兵衛はすぐに面会した。同席したのは、忠太郎に美雪だ。

手紙を読んだ次郎兵衛はすぐに忠太郎に回した。さらに美雪に……その美雪が手紙を読んだことを確かめた次郎兵衛が、

「ちよ、ようしてのけてくれましたな」

とちよを労《ねぎら》い、忠太郎に視線を移した。

「忠太郎、そなたが援軍を指揮せえ」

「はい」

と畏まった忠太郎のかたわらから、美雪が、

「養父《ちち》上様《うえ》、私も一員に加えてください」

と願った。

「総兵衛様の危難じゃ。美雪も存分に働け」

と同行を許した。

「同行する者はわしが決める。そなたらは直《す》ぐさまに旅支度にかかれ」

「あのう、お願いが……」

とちよが口をはさんだ。

「私も道案内で戻りとうございます」

「そなたもか。体はきつうないか」

「はい、大丈夫にございます。なによりおきぬ様のことが心配で……」

次郎兵衛が美雪の顔を見た。

「次郎兵衛様、私がちよちゃんと行動をともに致します」

ちよも再び身延道を戻ることが決まった。

鳶沢村に半鐘が鳴らされ、男たちが畑や屋敷からおっとり刀で次郎兵衛屋敷に駆けつけてきた。

出陣が告げられ、二十余騎の同行者たちが次郎兵衛に指名された。

村は一気に慌《あわ》ただしくなり、夜の中《うち》に忠太郎を長とする遠征部隊が東海道の裏道伝いに興津に向かって出立した。

忠太郎は興津から小河内川ぞいに富士川の南部河岸に通じる山道に騎馬隊を入れた。

久能山の神廟《しんびょう》を護衛する隠れ旗本の鳶沢一族ならではの夜の山行だ。

美雪は、

（総兵衛様が無事であることを……）

祈りながら、険しい山道に馬を進めていた。

四

総兵衛らはおきぬの傷口の悪化とも戦っていた。

一刻も早くちゃんとした治療をせねば、高熱と化膿《かのう》がおきぬの命をさらに危うくするだろう。

総兵衛らは城山の山麓《さんろく》の鴨狩津向《かもがりつむぎ》の藪《やぶ》と雑木林を強引に突っ切り、富士川に出た。

夜明け前のことだ。

対岸の切石には甲府藩の非常線か、篝火《かがりび》が見えた。

「総兵衛様、おきぬさんをお願いします」

と言い残した信之助と磯松が朝靄《あさもや》に身を隠して、舟を探しにいった。

おきぬはぐったりとして、息も弱々しい。

相変わらず高熱が続いていた。

総兵衛はどてらにくるんだおきぬを松の幹に寝かせかけると水音を頼りに流れを探し出し、手拭《てぬぐ》いを浸して絞った。

おきぬの額に手拭いをあてたとき、おきぬが目を覚ました。

「そ、総兵衛様」

「信之助は舟を探しにいっておるわ」

「おきぬのせいで申しわけありません」

「われらは一族の者同士、助け合うのは当然なことじゃ」

と言葉を切った総兵衛がずばりと、

「こたびばかりは、おきぬ、信之助に助けられたな」

「はっ、はい」

「よい機会であったか」

おきぬが黙って総兵衛を見た。

「生きてわれらが富沢町に戻ることができたら、おきぬ、信之助と祝言《しゅうげん》をせぬか」

おきぬが小さく頷《うなず》いた。

「よし、ならばこの危難なんとしても抜けだすぞ」

おきぬが疲れたように両眼を閉じた。

この数日の逃避行でおきぬの頬は殺《そ》げ落ちていた。

靄が動いて、信之助が姿を見せた。

「四、五丁下流で釣舟を見つけました。近くの小屋に櫓《ろ》も竿《さお》もございました。なんとか浮かべることはできましょう」

「岩淵河岸まで一気に下りたいものじゃな」

おきぬを信之助がおぶって舟のところまで走った。

朝がすぐそこに迫っていた。

「総兵衛様、こちらにございますぞ」

磯松がすでに支度を終えていた。

釣舟は幅もせまく、小さかった。四人はなんとか乗りこんだ。

舳先《へさき》に竿を握った信之助、艫《とも》で櫓を操るのは船に慣れた磯松だ。

おきぬは茣蓙《ござ》が敷かれた胴ノ間に寝かされ、総兵衛がそのかたわらに座った。

男たち三人の手にあるのはそれぞれの剣と奪い取ってきた槍《やり》一筋だけだ。

舟が流れに乗った。

四人が乗った小舟の喫水はぎりぎりだ。

総兵衛が舟縁《ふなべり》から手を差しだすとすぐに流れに触れることができた。

身延道とも富士川街道とも呼ばれる街道が右手に眺めあげられた。

ごつごつと波に突き上げられるたびに、おきぬが小さな呻き声を上げた。

「半里も下れば身延道は川から遠のくんですがね」

磯松が祈るように呟《つぶや》く。

幼き折り、磯松はばば様に連れられて身延に何度か参り、この辺の地理を承知していた。

四半刻《しはんとき》（三十分）も走った頃合、叫び声が上がった。

「いたぞ！」

富士川を覗《のぞ》きこむ甲府藩の巡邏隊《じゅんらたい》がこちらをさして叫び合っていた。

「仕方あるまい、流れに身を任そうか」

もはや陸地に上がって時を浪費してもおきぬを死の淵《ふち》に追いやるばかりだ。

街道を三、四頭の騎馬が総兵衛らの舟を追いかけて走ってきた。が、すぐに街道は川の流れから離れていって見えなくなった。

「早川と合流する河原下に先行されると厄介です」

磯松の話では川幅が狭くなり、左岸から本栖《もとす》道が延びてきて富士川街道と合流するため、木橋が架かっているという。

信之助が河原の右岸をさした。

街道から山道を抜けた騎馬が河原に下りてくるのが見えた。

三騎は流れに向かって鞭《むち》を入れた。が、河原の石に脚をとられて馬はなかなか走ることはできなかった。

「さて、どちらが先か」

流れが急になり、釣舟の速度が上がった。

その分、騎馬武者たちを河原においてきぼりにして先行できた。

再び富士川街道が見えてきた。

釣舟は無事に富士川を渡る本栖道の木橋を潜《くぐ》った。

「な、なんと」

信之助が呻《うめ》いた。

富士川街道を数十騎の黒騎馬衆が下っていた。

身延河岸を封鎖するためか。

しばらくの間、総兵衛たちの人数を確かめるように並走していたが、先陣を切る騎馬武者が鞭を振りあげて、早駆けに移った。たちまち速度を速めた一団は、おそらく身延河岸に先行するために姿を消した。

「これで身延の窪之坊に駆けこむことは駄目になったな」

「なんとしても国境を越えて岩淵河岸まで」

総兵衛と信之助が言い合い、腹を固めた。

釣舟がもつかどうか、総兵衛には確信が持てなかった。

水面から上る靄が消え、日差しが四人を乗せた釣舟を照らしつけた。

両岸から人の気配は消えていた。

嵐《あらし》の前の静寂が小舟の乗客を孤独に陥《おとしい》れた。

舟は富士川の流れにぽつねんと下っていた。


黒騎馬衆を指揮する甲府藩御手廻組組頭佐々木春平《ささきしゅんぺい》は、

（赤備えの武川衆をなんとしても出し抜く）

決心で馬を走らせていた。

川越から甲府に転封になると同時に武田氏の末裔《まつえい》と称する武川衆が領内に移り住み、ついには家臣団の一員に加わってしまった。

川越以来、御手廻組が藩主柳沢吉保を護衛する名誉を負ってきた。

それが先頃、柳沢吉里様を護持して武川村に行って以来、赤備えの武川衆が藩主親子護持の任務を奪い取ってしまったのだ。

（新参者はどちらか、思い知らせてやる）

城代家老柳沢権太夫様が狼狽《ろうばい》なさるほどの茶掛けを盗んでいった一味を手捕りにして、赤備えの武川衆の鼻をあかす、その思いに燃えていた。

富士川街道は、川に沿って蛇行していた。

左手は数丈余の崖《がけ》が切り立ち、富士川の河原が樹間に見え隠れしていた。

右手は身延山三千八百余尺（一一五三メートル）の東麓《とうろく》の林が街道に生い茂っていた。

「うあっ！」

黒駒馬衆の後方で悲鳴が上がって一騎が落馬した様子だ。

（未熟者が）

佐々木は早駆けに追いつけずに落馬した部下を心の内で罵《ののし》った。

再び悲鳴が上がって、列の後尾が乱れたのが分かった。

「道を開けろ、どけ！」

後ろから腹心の後藤田《ごとうだ》継《つぐ》右衛《え》門《もん》が馬を飛ばして佐々木のそばにやってきた。

「組頭、何者かが山中より弓を射かけておりますぞ！」

「な、なんと！　あやつらに別働隊がいるとも思えぬ。まさか武川衆ではあるまいな」

疑心暗鬼になった佐々木が聞いた。

「まさか」

三度、悲鳴が上がった。

「よし、一気に身延河岸まで突っ走るぞ。そやつらの始末は身延宿でいたす」

そう命じた佐々木は馬腹を蹴《け》って、鞭を入れた。

黒騎馬衆は富士川街道を猛然と走りだした。

身延の宿が曲がりくねる林の向こうに見えた。

「それ、もうすぐじゃぞ！」

佐々木春平の視界に道が流れにそって左へ曲がり下がっているのが見えた。

乗馬に自信のある佐々木は速さを加減することなく猛然と馬腹を蹴った。

右手の斜面から杉の大木が倒れかかってきた。

それも一本だけではない、二本、三本と倒れて街道を塞《ふさ》いだ。

「ああっ！」

悲鳴を上げて、倒木に佐々木春平らは突っこんでいった。

林の中では鳶沢一族の者たちが平然と仕事を終えて、再び身延へと山道を戻っていった。案内役は清吉だ。

甲府藩の捜索隊を引きつけて総兵衛らの逃げる間を稼いだ清吉は、そのまま一気に山道を伝って本栖道に出た。迂回《うかい》したあと、身延道に入り、窪之坊へ駆けこんだのだ。

ちょうどそこにはちよに案内された忠太郎や美雪ら鳶沢一族の二十余騎が到着したばかりのところで、一同は再会を喜び合った。

清吉から事情を聞かされた忠太郎はもはや一刻の猶予《ゆうよ》もないことを知った。

そこで救出部隊を二組に分け、ただちに鳶沢一族の者たちは散っていった。

清吉は富士川街道を下ってくる甲府藩の援軍を阻止する班に入れられ、見事に仕事をし終えた。

総兵衛らの釣舟は浸水を始めていた。

おきぬが横たわる莫蓙が濡《ぬ》れて、ぴしゃぴしゃと舟底に水が浸《し》みこんで溜《た》まった。

「岩淵河岸まではもたぬな」

総兵衛が言ったとき、舳先に立つ信之助が、

「身延河岸には両岸から縄が張られて、われらをからめとる算段のようにございますぞ」

と叫んだ。

「もはやなんともしようがないわ。一気に切り抜けるしかあるまいて」

総兵衛は信之助の近くに這《は》い寄っていった。

信之助は槍を抱え、仁王立ちになっていた。

総兵衛の目にも両岸から張られた何本もの縄が見えて、こちらの接近に気がついた様子で、鉄砲隊を乗せた御用船が出された。

多勢に無勢は最初から承知だが、なんとも足場が悪かった。

すでに縄が張られた非常線まで数丁のところに接近していた。

「高瀬舟二隻《せき》が河岸を離れましたが、どうしたことでございましょうな」

「藩が借りあげた高瀬舟ではないか」

「とも思えませぬ」

富士川の往来は甲府藩によって禁止されていた。

が、二隻の高瀬舟が米俵のように荷をこんもり積んで非常線にゆっくりと接近していた。

見張りの藩士や役人たちが、

「通行禁止の沙汰《さた》が分からぬか！」

「戻れ！」

と叫ぶ声まで聞こえてきた。

高瀬舟の船頭は頬被《ほおかぶ》りして菅笠《すげがさ》を被っていた。

役人たちの制止の声が聞こえぬ顔で流れの中央に出た。そこで二隻は分かれた。一隻は縄の張られた非常線に接近し、もう一隻は御用船の行く手を塞ぐように進んでいく。

「止まれ、戻れ！」

「戻らぬと撃つぞ！」

火縄銃が構えられた。

そのとき、御用船と高瀬舟はおよそ二十間（約三六メートル）余と近づいていた。

「撃ち方、用意！」

御用船に乗った陣笠が命を発した。

鉄砲手が構えた。

そのとき、荷にかけられていた筵《むしろ》がはぎ取られた。片膝《かたひざ》をついた鳶沢一族の男たちが半弓を構えていた。

驚く鉄砲隊を尻目《しりめ》に忠太郎に指揮された弓隊の弦《つる》が鳴った。

半弓から放たれた矢は水上を飛んで、鉄砲手の胸や船頭の首筋に突き立った。

「わああっ！」

思わぬ急襲に見舞われた御用船はたちまち混乱に陥った。

慌《あわ》ててあらぬ方向に鉄砲を発射した者もいた。

高瀬舟の舳先が御用船の船腹にぶつかって、忠太郎ら斬込み隊が襲いかかった。

もう一隻の高瀬舟は川に張られた縄を刀や鉈《なた》で切り払い、総兵衛らが乗る釣舟の通り道を確保した。

「総兵衛様！」

若衆姿も凛々《りり》しい美雪が総兵衛に呼びかけた。

「おおっ、美雪か。よう来てくれたな！」

釣舟は二隻の高瀬舟に助けられて身延河岸の非常線を切り抜けた。

三隻がいったん岸辺に着けられると、総兵衛たち四人は沈みかけた釣舟を捨て、高瀬舟に分乗した。

信之助とおきぬは兄の忠太郎が乗る舟に移された。

「おきぬさん、しっかりしなせえよ。もう大丈夫じゃからのう」

鳶沢村で薬草に一番詳しい依平《よりへい》が用意してきた熱冷ましを直《す》ぐさま飲ませた。さらに太股《ふともも》の炎症を起こした刀傷は消毒され、化膿《かのう》止めの薬草が塗られた。しばらくするとおきぬの荒い息は幾分鎮《しず》まった。

総兵衛と磯松はもう一隻の舟に乗った。そこには美雪とちよが乗り移ってきた。

「ちよ、ようしてのけてくれたな」

総兵衛はまずちよに礼を述べた。

「はい」

ちようれしそうに返事をした。笑顔に任務を成し遂げた満足があった。

総兵衛の視線が美雪を見た。

「美雪、よう来た」

「間に合ってようございました」

美雪は恥じらいを見せてほほ笑んだ。

それだけで総兵衛と美雪は心を通わせることができた。

二隻の高瀬舟は岸を離れた。鳶沢主従はしばし平穏な舟下りを得た。だが、まだ甲府藩内にいることに変わりない。

「次は南部河岸か」

総兵衛らは再び戦《いくさ》の支度に入った。

だが、南部河岸は船止めこそ行われていたが、非常線は見られなかった。

「総兵衛様、どうしたことで。われらの追跡を諦《あきら》めましたかな」

隣の高瀬舟から信之助が訊いてきた。

綱吉直筆《じきひつ》と思える茶掛けを総兵衛によって強奪された甲府藩ではただちに国境に非常線を張った。

だが、甲府は甲州道中、青梅往還、秩父往還、鎌倉往還、富士川街道、本栖道と何本もの街道が交差する要衝の上に富士川の水運まで発達していた。その国境に武川衆、黒騎馬衆、家臣団を分散して急派しなければならなかった。それだけにどこも手薄になった。

だが、途中から総兵衛らが富士川筋を駿府に下っていることが分かって、他の国境に急派した者たちを富士川へと集めていた。

その者たちが甲斐と駿府との国境に集結しているとしたら、鳶沢一族との死闘となるのは必定だった。

「信之助、そう楽にはいくまいて。最後の最後まで息を抜くでないぞ」

「おおっ！」

総兵衛が一族の者の気を改めて引き締め、一族の男たちが呼応した。

身延道がまた富士川に寄ってきた。

すると六人の馬上の男たちが空馬を引きながら、高瀬舟を見守っているのが分かった。

清吉に案内されて黒騎馬衆の行く手を阻《はば》んだ鳶沢一族の別働隊だ。

「総兵衛様！」

陸から頭領の名が呼ばれた。

「礼を言うぞ！」

総兵衛も大声を上げた。

二隻の舟と陸路を行く別働隊は心を一つにして駿府へ逃げこもうとしていた。

「総兵衛様」

かたわらから小さな声がかかり、徳利が差しだされた。

若武者の顔を見た総兵衛が、

「栄次《えいじ》ではないか」

「はい」

駒吉の弟の栄次が緊張の顔を向けて、

「おっ母さんが総兵衛様は酒好きじゃからと持たせてくれましたよ」

「なにっ、万《まん》がそのような心遣いをな。なによりの馳走《ちそう》、頂こう」

徳利に口をつけた総兵衛はごくりごくりと喉《のど》を鳴らして飲んだ。

「なんと酒のうまいことよ」

徳利は磯松に回された。

「栄次、いくつになった」

「十六にございます」

駒吉よりも背丈は大きそうだ。それに不敵な面魂《つらだましい》をしていた。

「しっかり働け」

「富沢町に呼んでくださいますか」

「おおっ、機会をみて次郎兵衛どのに頼んでみようか」

はい、とうれしそうに栄次が答えた。

一口ずつ鳶沢の男たちが酒を飲み終えたとき、富士川は蛇行を始めた。

それは甲斐と駿府の国境線の万沢《まんざわ》が近いことを示していた。

「十島《としま》にございますれば国境はすぐそこですぞ」

磯松が言ったとき、蛇行する川の中洲《なかす》に赤備えの騎馬衆が、赤の鉢金《はちがね》、南蛮具足、背には風林火山の旗差し物を押し立てて、待ち受けているのが目に入った。

右岸から川に突きだした河原にも本隊がいた。

その数はおよそ四十余騎。

赤備えの騎馬本隊の前に一際華《ひときわ》やかな鎧兜《よろいかぶと》、小《こ》札緋威《ざねひおどし》二枚具足を身につけた騎馬武者が一丈（約三メートル）にも及ぼうという赤柄の槍《やり》を抱えて立っていた。

「舟を河原に着けよ」

総兵衛の命に船頭が問い直した。

「よいので」

「着けよ」

二隻の高瀬舟はゆっくりと岸辺に寄った。

中洲の赤備えが本隊と合流して横陣形をとった。

清吉ら別働騎馬隊が駆けつけてきた。

舟から下りた鳶沢一族の者たちもそれぞれ騎乗した。

美雪も総兵衛に一頭の栗毛《くりげ》を引いてきた。

「だれも手出しをするでない」

そう言って制止した総兵衛は、風林火山の旗印のもと、不動の陣を敷く武川衆の前に独り歩いていった。

総兵衛は鎧兜の騎馬武者に数間のところまで近寄った。

「それがし、神君家康公縁《ゆかり》の一族、鳶沢総兵衛勝頼にござる。御訊《おたず》ね申す、どなたにござるか」

総兵衛の言葉は騎馬武者だけに聞こえるように発せられた。

「武田氏の末裔《まつえい》、武川衆の頭領柳沢幻斎惟親《これちか》」

「幻斎どのに申しあぐる。そなたらが追い求めるものはすでにわが手にはない」

「言い逃れか」

「武士に二言はござらぬ」

「ならば武川衆の面目にかけて鳶沢一族を押し潰《つぶ》すまで」

「幻斎どの、この河原で武川衆と鳶沢一族が死闘を交えたとせば、どちらも死力を尽くして、双方が全滅するは必定」

武川衆は四十余騎と鳶沢一族の二倍の勢力を持っていた。

だが、鳶沢一族も一騎当千の面々、簡単には押し潰されぬ気概を見せて、粛然とその時を待っていた。

その様子を子細に見た幻斎が、

「なにが所望か」

と総兵衛に訊いた。

総兵衛が朗々と声を張りあげた。

「柳沢幻斎どのとこの総兵衛の一騎打ちにてこの場の決着をつけとうござる。負けるも勝つも時の運、天命にござれば、勝負決着の後は双方が潔《いさぎよ》く手勢を引く。この申し出、いかがでござるか」

鳶沢一族の者たちの武具が鳴らされた。

武川衆の具足ががちゃがちゃと鳴らされた。

幻斎はしばし返答を逡巡《しゅんじゅん》した後、

「承《うけたまわ》った！」

と大声で返答した。

「約定しかと両軍の兵、聞き取ったか！」

総兵衛が念を押した。

「おうっ！」

「承知にござる！」

双方から怒号が返ってきた。

総兵衛が一族のもとに戻りながら叫んだ。

「美雪、馬を引け！」

総兵衛は三池典太《みいけでんた》光世《みつよ》一剣を腰に美雪から手綱を受け取った。

「総兵衛様」

「生きて再び相見《あいまみ》えるとき、美雪、おれの嫁にならぬか」

そう言い残した総兵衛はひらりと馬の背に跨《また》がった。

美雪がほほ笑むと、

「ご武運をお祈りいたしております」

という言葉を答えに変えた。

「うーむ」

赤の鎧兜の武者と甲府藩の汗じみた小者の衣装の大男は、富士川河原に三十余間（約五五メートル）の間を置いて対峙《たいじ》した。

柳沢幻斎は長柄の赤槍を右小脇に抱《か》いこんだ。

総兵衛は手綱を口に銜《くわ》えた。

三池典太光世二尺三寸四分はまだ鞘《さや》の中だ。

「尋常の勝負、いざ参る！」

「武川衆の覚悟を見よ！」

双方が同時に馬腹を蹴《け》った。

徳川と武田の決着がついて百二十余年の後、その一門の末裔たちが甲斐と駿府の国境の富士川で再び対決しようとしていた。

柳沢幻斎の槍の穂先が水平に上がり、ぴたりと馬上の総兵衛の胸板に狙い付けられると一気に突進してきた。

総兵衛は馬を走らせながら三池典太光世を抜き放ち、両手に高々と保持して八双の構えをとった。

「うおおおう！」

見る見る双方の間が縮まった。

八間、七間……。

きらめく穂先に身を晒《さら》すように総兵衛が馬の鐙《あぶみ》に立ちあがったのは、まさにその瞬間だ。

「おっ！」

「なんと！」

……四間、三間。

両軍からどよめきが起こった。

穂先が迷いなく総兵衛の腹部を貫こうとした。

八双の三池典太が一閃《いっせん》した。

それは鎧武者の想像を絶した速さで雪崩《なだれ》落ちてきた。

白い光が胸板を貫こうとしたけら首を叩《たた》くと両断し、返す刀が柳沢幻斎の首筋へ翻《ひるがえ》った。

虚空《こくう》に血飛沫《しぶき》が、兜首が舞いあがった。

「うおおおっ！」

河原に名状し難い声が渦巻いた。

総兵衛はそんなどよめきの中、ただ駆け抜けた。

どさり！

武川衆の頭領の首が河原に落ちた。

総兵衛の馬はようやく停止した。

そこは赤備えの軍団の眼前であった。

「おのれ！」

わずか数間の先に馬を停止させた総兵衛に赤備えの騎馬軍団が突進して、押し包もうとした。

「待て！　武川衆の矜持《きょうじ》を忘れたか」

武川衆の一騎が騎馬軍団の前に立ち塞《ふさ》がり、叫んだ。

赤備えがなんとかとどまった。

若武者が総兵衛を振り見た。

「それがし、柳沢幻斎の一子、小太郎宣元《のぶもと》。総兵衛どの、見事な武者ぶりにござった」

「うーむ」

総兵衛は受けた。

「父の仇《かたき》はこの小太郎が後日果たし申す」

「よき言葉かな、小太郎どの。いつなんどきにても総兵衛立ち合いいたそう」

そう約した総兵衛はゆっくりと馬首を巡らした。

第六章　継　戦

一

江戸は富沢町の大黒屋の庭ではいつの間にか桜の季節を迎えて、庭全体が淡紅色にまぶされて眩《まばゆ》いほどであった。

朝の稽古《けいこ》を終えた総兵衛が水風呂《ぶろ》に浸《つ》かって、脱衣場に揃《そろ》えてあった下帯を身につけ、長襦袢《じゅばん》に小袖《こそで》をゆったりと着た。

座敷に戻ろうとして庭の桜に目をやった。

（おきぬは回復したか）

総兵衛は駿府《すんぷ》鳶沢《とびさわ》村に残したおきぬと信之助のことを思い出した。

富士川の苦難の逃走の後、総兵衛らは鳶沢村に戻った。

次郎兵衛と残った一族の者たちが鳶沢一族の頭領の無事帰還を出迎えた。

まず医者が呼ばれ、おきぬの治療が行われた。

太股《ふともも》に負った刀傷は化膿《かのう》していた。完治するには数カ月の時を要することも分かった。

そこで総兵衛と次郎兵衛が話し合い、おきぬと信之助をしばらく故郷の村に滞在させて治療と休養をさせることにした。

「富沢町では一番番頭が欠けて、支障はございませぬか」

次男の村滞在を喜びながらも、次郎兵衛が大黒屋のことを懸念《けねん》した。

「そのことよ。こたびの争い、まだ終わってはおらぬ。甲府には武川の騎馬軍団も残っておれば、黒騎馬衆も温存されておる。それに風布《ふうぷ》七人衆は、おれに頭領の柳沢幻斎をはじめ曲淵《まがりぶち》剛左衛門、曾雌《そし》孫兵衛の二人を討たれて、仇《かたき》とばかりに反撃の機会を狙《ねら》ってくるは必定じゃ」

「そこにございますよ」

「次郎兵衛どの、信之助の代わりに忠太郎をしばらく江戸に遣わしてくれぬか」

「忠太郎は大喜びしましょうな」

「店の手も足らぬが大黒丸の完成も間近い。そろそろな、試しの航海が始まる。忠太郎に操船に慣れてもらわぬとな」

「るりも江戸に出たがっておりますれば、こちらの説得が大変にございましょうぞ」

次郎兵衛は孫娘のことを案じた。

「るりのことか。江戸での奉公よりは嫁のほうが先と思えるがな」

「私も忠太郎もそうは思いますが、当人がなかなかうんとは申しませぬでな」

「おれもなんぞ思案しようか」

総兵衛はそう答えると、

「次郎兵衛どの、甲府城下の動きを当分見張っていたい。甲府に潜入させたいのじゃが、だれかおらぬか。できれば石工か大工ができる者がよかろう」

「城の改築の作事場に潜りこませるのですな、すぐにも手配りいたします」

次郎兵衛が請け合った。

分家の嫡男《ちゃくなん》の忠太郎は江戸行きの命を、

「弟信之助の代わりになれるかどうか、しっかりと務めます」

と満足そうな顔で受けた。

信之助は十三歳の時から富沢町に出て、古着商いのいろはを学んだ。だが、嫡男の忠太郎は分家の跡取りとして村に残り、実践で商いに携わったことがなかった。

そのことを忠太郎は心配したのだ。

総兵衛は鳶沢村に戻ってきた翌日の昼下がり、美雪を連れておきぬの家を見舞いに訪ねた。

おきぬの顔は未《ま》だ熱を発して赤かったが、安堵《あんど》の色も漂っていた。

美雪を見ると緊張して、起きあがろうとした。

「おきぬ、そのままでよい」

総兵衛が止めた。

「美雪様、このたびは世話をかけましたな」

おきぬがまず礼を述べた。

「なんのなんの、鳶沢の衆のしんがりについて行っただけのこと。何のお役にも立てませんでした」

美雪が苦笑いした。

「私は甲府城中から逃げたあとは夢の中を旅していたようで、よくは覚えておりませぬ」

「ひどい夢があったものだ。富士川をあちらこちらと溝鼠《どぶねずみ》のように逃げまわり、おれなぞはおきぬに信之助と呼びかけられたぞ」

総兵衛が愚痴をこぼし、

「まあ、そんなことがあるわけもございませんよ」

「熱に浮かされてのことであろうが確かにあったあった」

おきぬが困惑の表情を見せた。

「悪夢であったかもしれませぬ。でも、おきぬ様は大切な方を得られたようにございますな」

美雪がほほ笑んだ。

おきぬが頷《うなず》いた。

「よいよい、それでよい。おきぬ、元気になったらな、美雪の話し相手になってくれ」

「総兵衛様、ご心配なく」

おきぬが請け合った。

「どうじゃ、おきぬ。おっ母さんのそばで過ごすのは」

おきぬがそれには答えず、

「江戸にお戻りですか」

とそのことを案じた。

「まだ戦《いくさ》は終わってはおらぬでな」

「大切なときにお役に立てずに申しわけなく思います」

「おきぬ、ときに体を休めることも大事なことよ」

「体が治り次第に富沢町に戻ります」

「いや、ならぬ。よい機会じゃ、鳶沢村でゆっくりと養生せえ」

おきぬが悲しげな顔をした。

「美雪相手では退屈もしよう、信之助を残す」

おきぬの顔に一瞬喜びが走った。

そこへるりが姿を見せた。

「おお、るりも見舞いか」

枕元《まくらもと》が急に賑《にぎ》やかになった。

「総兵衛様、父様《ととさま》が江戸に参られるというのは、ほんとのことにございますか」

るりは総兵衛のかたわらに詰め寄るといきなり訊《たず》ねた。

「切り口上じゃな、るり」

「私も父様と一緒に江戸に出て、おきぬ様のように奉公がしとうございます」

「るり、そなたは奉公がしたいのか、それとも江戸見物がしたいのか」

総兵衛に問い返されて、言葉に詰まったるりは、

「そ、それはまだ江戸を見たことがございませんので見物もしとうございますし、おきぬ様の代わりに奉公も……」

「るり、おきぬの代わりなどそう簡単にできるものではないわ」

総兵衛に決めつけられたるりはしゅんとなった。

「るり、おきぬの介抱をしっかりせえ。そしてな、おきぬから富沢町の奉公がどんなものかとくと教わるのじゃ、その暁には総兵衛も考えようか」

「ほんとにございますか」

るりの顔が喜びに弾《はじ》けた。

「まずはおきぬが一日も早く治るようにるりは務めよ。江戸行きはその後のことじゃあ」

「はい、介護を務めます」

床に臥《ふ》せったおきぬも笑った。

「だがな、おきぬ、その前にそなたに京まで旅してもらわねばならぬ」

「京にございますか」

おきぬが思いがけない命に首を捻《ひね》った。

「本庄家の姫、絵津《えつ》様の花嫁衣装を見立ててきてくれぬか」

「忘れておりました。傷さえ癒《い》えれば京の往復などどなんともありませぬ」

「おきぬ様、供は私が致しますぞ」

るりが言い、

「美雪もいかぬか。女三人旅なれば心強かろう」

と総兵衛が唆《そそのか》すように言った。

その翌朝、忠太郎を伴った総兵衛は、磯松、清吉、ちよの三人を供に東海道を江戸に向かったのであった。


「総兵衛様、お茶にございます」

廊下に佇《たたず》む総兵衛に声をかけたのはちよだ。

稽古のあとの熱い茶はいつもおきぬが淹《い》れる役目であった。が、今ではちよがその代わりを務めていた。

廊下に座した総兵衛のかたわらに茶碗《ちゃわん》と梅干しが運ばれてきた。

一服した総兵衛が、

「ちよ、うまいな」

と褒めた。

勘のいい娘で総兵衛の好みをすぐに覚えた。

「駒吉さんが総兵衛様にお会いしたいと言っておられます」

「駒吉が」

と応じた総兵衛が後ろを見ずに、

「障子の陰にへばりついておらんで出てきなされ」

と言いかけた。

「はっ、はい」

手代の駒吉がのそのそと姿を見せ、廊下に座った。

「駒吉、なんぞ不満か」

この度の甲府潜入に駒吉は加えられず、鬱々《うつうつ》とした日々を送っていたことは大番頭の笠蔵から聞かずとも、総兵衛には察しがついていた。

「いえ、不満なんぞはございません」

「ならばなんじゃ、その仏頂面《ぶっちょうづら》は」

「旦那様《だんな》、仏頂面なんぞしていませんよ」

駒吉の困惑顔にちょがくすくすと笑った。

「栄次がな、江戸に出たがっておったぞ。どうじゃ、弟と代わって鳶沢村に戻るか」

泣き顔になった。

「そ、そんな……」

「駒吉、手代になって小僧に範を垂れねばならぬ身だぞ。そのように甘えたことでは奉公は務まりません。店に戻りなされ」

総兵衛に怒られて、駒吉はすごすごと渡り廊下を下がっていった。

「朝餉《あさげ》にございます」

台所頭のおよねが女たちを従えて、三つの膳《ぜん》を運んできた。

おきぬの給仕もなくなって、朝食は笠蔵と忠太郎と一緒に食べることが多かった。

「駒吉がしょぼくれて店に戻ってきましたぞ」

笠蔵が笑って報告した。

「あやつ、総兵衛様の供は自分とばかり思うておりましたからな。甲府行きを外されてしょげ返って、飯も満足に食べぬ有様にございますよ」

「おうおう、それは重症じゃな。今もなんぞ訴えに参ったからな、栄次と奉公を代わるかと威《おど》しつけたところだ」

「それで……」

　と合点した笠蔵が、

「旦那様、ただ申しあげておかねばならぬことは、駒吉がしょげながらも、店の仕事も朝稽古もいつもより精を出して怠けなかったことにございますよ」

「そうか、それを聞いて安心した」

　二人の会話を忠太郎は静かに聞いていた。

「忠太郎、大黒丸をそなたに見せたい。朝餉のあとに付き合ってはくれぬか」

「畏《かしこ》まりました」

「ならば猪牙舟《ちょきぶね》を用意しておきましょうかな」

　と言った笠蔵は、

「船頭替わりの供は駒吉でようございますかな」

　とさらりと言い、

「かまわぬ」

　と総兵衛が応じた。

「なんとまあ……」

大川の猪牙舟の上から造船中の大黒丸を見あげた忠太郎は、言葉を失った。

「忠太郎、そなたがこの大船を指揮して大海原を走ることになる」

「できましょうかな」

無意識のうちにそう答えた忠太郎は、猛然と頭の中で思案している様子があった。

しばらく見ぬまに大黒丸の外観はほとんど完成し、船室の内部の艤装《ぎそう》の工事が行われていた。

船長八十三尺（約二五メートル）、船幅三十三尺（約一〇メートル）、二本の主帆柱に張られる帆は三十反で三段計六枚もあり、さらに補助帆が三枚あった。全長となれば百三十七余尺（約四二メートル）もあった。

和船の帆柱の天辺《てっぺん》には蟬《せみ》と称する木製の滑車が装着されるが、大黒丸のそれは鍛冶《かじ》に特注させた鉄製で、その滑車にかかる何本もの綱で帆を巻き上げることになる。

むろんまだ装帆されていなかったが、帆柱の天辺が虚空《こくう》を切り裂いて高々と聳《そび》えていた。

「忠太郎、大黒丸を造り始めるときから一族の幸吉《こうきち》と貫三郎《かんざぶろう》を棟梁《とうりょう》の統五郎のところに寄宿させてある。幸吉には操船を、貫三郎には造船のいろはから学ばせた。そなたの役に立とう」

「なんとそこまで総兵衛様は考えておられましたか」

この大船を自在に動かす、その緊張が忠太郎に呻《うめ》き声を上げさせた。

「駒吉、猪牙を岸につけえ」

「はい」

駒吉は総兵衛の供を命じられて、急に元気になっていた。

「おや、しばらくぶりにございますな」

統五郎が総兵衛らを出迎えた。

「棟梁、分家の嫡男忠太郎だ、この船の初代の主船頭だ」

「それはそれはようういらっしゃいました、忠太郎さん」

総兵衛の訪問を知った貫三郎が舷側《げんそく》にかけられた梯子《はしご》段を身軽に下りてきた。

「総兵衛様、忠太郎様、久し振りにございますな」

「進捗《しんちょく》具合はどうか」

「親方はあと一月後には船下ろし、川に船を浮かべるといわれて、おれたちは叱咤《しった》のされ通しでさあ」

貫三郎は船大工そのものだ。

「お約束どおり、秋口には江戸の海にこいつを走らせますぜ」

「楽しみなことよ」

統五郎と貫三郎の案内で船の内外を一刻《とき》余りも見てまわった。

その帰路、総兵衛は猪牙を富岡八幡宮《とみおかはちまんぐう》の船着場につけさせた。

忠太郎に八幡様を見物させ、お参りさせたかった。それとちよを助けた日、偶然に上がった店の魚料理が美味《おい》しかったことを思い出したからだ。

「駒吉……」

呼びかけられただけで駒吉が飲み込み顔にあとを引き取った。

「旦那様、川甚《かわじん》でございますな。私が先に参って部屋をとっておきます」

苦笑いした総兵衛が駒吉に命じた。

「駒吉、女将《おかみ》と相談してな、なんぞ旬《しゅん》の旨《うま》いものを頼んでおきなさい。忠太郎を八幡様に案内してそちらに行くでな」

「はい」

猪牙を舫《もや》うのもそこそこに駒吉は船着場の石段を走り上っていった。

総兵衛は富岡八幡宮は初めてという忠太郎を広い境内に案内して歩き、本殿に参詣《さんけい》すると大黒丸の無事完成と安全な就航を祈願した。

川甚の門を潜《くぐ》ると一度寄っただけの女将が、

「大黒屋の旦那様、ようこそお出《い》でなされました」

と満面の笑みで迎えた。

「春に寄せてもらうと約束したでな、今日も美味しいものを食べさせてくだされよ」

座敷には三人の席が設けられ、総兵衛らが座る刻限を見計らったように料理と酒が運ばれてきた。

「おおっ、これは春告魚《はるつげうお》ですか」

ぎやまんの器に白魚が躍っていた。

ぴちぴち跳ねる白魚を小鉢の二杯酢で泳がせて食べるとき、江戸の人間は春を感じた。

「こちらは桜鯛《さくらだい》か」

皮造りにした鯛の味がなんとも言えなかった。

「忠太郎、伊勢以来じゃな、ゆっくり飲もうか」

総兵衛が従兄弟《いとこ》でもある忠太郎の杯に酒器を傾けた。

忠太郎は大黒丸を見たときから、物思いにふけって、言葉が少なくなっていた。

「おお、主様《あるじ》に酌などさせて相すまぬことでございます」

と言いながらも杯に受け、代わって総兵衛の杯を満たした。

「駒吉、そなたは手酌でな」

駒吉にはそう言い置いて、総兵衛と忠太郎はゆっくりとやったりとったり、昼酒を楽しんだ。

「総兵衛様、ちと相談がございます」

「そなたと私の仲、遠慮がいるものか」

「私が江戸に出て参ったのは信之助の代役にございます。ですが、十三の折りから商いを学んだ弟の代わりが務まるわけもなし。見れば、お店《たな》の隅々まで笠蔵様のかなつぼ眼《まなこ》がしっかりと光って、小揺るぎもしておりませぬ。私が帳場に座ったところで、邪魔になるのがおち……」

総兵衛は忠太郎に好きなだけ話させた。

「どうでございましょうな。せっかく江戸におるのでございます、私も統五郎棟梁のもとで少しでも大黒丸の仕組みを知りとうございます。それがこの先、大黒屋のため、ひいては鳶沢一族のためになると考えましたが、いかがにございますか」

総兵衛は頷《うなず》くとしばらく考えた。

「そなたが申すことにも一理ある。好きにせえ」

「ようございますか」

「あれだけの大船じゃ、だれも動かしたことがない。知るべきことはたくさんあろう。忠太郎、明日から統五郎のもとに通え」

「いえ、時間がいくらあっても足りますまい。貫三郎らと寝食をともにしとうございます」

鳶沢村の長老の後継者は、船大工たちの小屋に寝起きして学ぶという。

「好きにせえ。ただな、忠太郎、無理は禁物じゃぞ。そなたは水主《かこ》になるのでもなく、船大工になるのでもない。人を動かす腹づもりと船の道理を学ぶのじゃ、ゆったり構えよ、よいな」

「はい」

「ならば今日はゆっくりと飲もうではないか」

従兄弟同士の二人は、久し振りにのんびりした時を過ごした。

愛想のいい女将に見送られて、駒吉の漕《こ》ぐ猪牙舟に乗った。

春の夕暮れ、川面《かわも》に桜の花びらが浮かんで流れてきた。

「忠太郎、おきぬの怪我《けが》が癒《い》えたら、信之助との祝言《しゅうげん》を考えねばならぬな」

「その前に」

と忠太郎が総兵衛の顔を見た。

「こちらか」

と応じた総兵衛は、

「鳶沢村で今しばらく村の暮らしになじませたほうがよかろう。無理をすると一族にしこりを残すでな」

と答えた。

「女衆《おんなし》のことでございますな」

「うーむ」

「思わぬ怪我でおきぬが村にしばらく滞在することになりました。これがよい結果を引きだすような気がしております」

おきぬは鳶沢村でも富沢町に上った出世頭、女たちのあこがれの存在であった。

忠太郎は、おきぬが女たちの心を解きほぐすといっていた。

「そうであればよいが」

鳶沢一族の頭領はその話題に蓋《ふた》をした。

二

深夜、東叡山寛永寺東照大権現宮《とうえいざんかんえいじとうしょうだいごんげんきゅう》の拝殿前に鳶沢総兵衛勝頼は座していた。

〝影〟からの呼び出しを得たからだ。

甲府に潜入する前に総兵衛の方から〝影〟に面会を求めていた。

その別れ際《ぎわ》、〝影〟は総兵衛の動静に気を配っていようと言い残したものだ。

総兵衛らが江戸に戻って旬日を経ずして呼び出しがあった。ということは〝影〟によって、大黒屋が見張られていたことに他ならぬ。

闇《やみ》に鈴の音が二つ呼応して鳴った。

〝影〟の持つ水呼鈴《すいこれい》と総兵衛が持参した火呼鈴《ひこれい》が鳴き合ったのだ。

家康が〝影〟に下げ渡した二つの鈴は、近づければ二つが呼応して鳴くことで互いの身分を証明し合う力を持っていた。

総兵衛は平伏した。

〝影〟が御簾《みす》の奥に座した気配があって、ぼうっとした明かりが点《とも》った。

「総兵衛、そちの推量、いかがであったか」

「これを」

総兵衛は御簾ににじり寄ると茶掛け一幅と茶掛けの中に封じこめられていた

書き付けを差しだした。

総兵衛は御簾から遠くへ身を引いた。

茶掛けを手にした〝影〟がかすかな明かりの下に移動した。

総兵衛には老いた背を向けることになった。

丸まった背の人物が、

「柳里　江の岸より　甲斐《かい》の淵《ふち》……」

と呟《つぶや》く声が漏れた。

総兵衛が甲府城の城代家老の起居する書院から奪い取ってきたものだ。

その書院は元来柳沢吉保が甲府在府の折りに起居する部屋として用意されたものだ。

「綱吉様の御手になる御句と見ましたがいかに」

〝影〟の答えはない。

無言のままに〝影〟は茶掛けから出てきた朱印を長いこと凝視していた。

徳川中期、朱印とは征夷《せいい》大将軍である将軍が花押《かおう》の代わりに朱色の印を押して与える公式の書き付けを意味した。

そこには、

「御朱印
甲府藩主松平美濃守《みののかみ》吉保嫡男《ちゃくなん》吉里を第六代征夷大将軍に任ずることを遺言す
宝永三年丙戌《ひのえいぬ》正月元日　内府源綱吉」

とあった。

〝影〟の背が慄《ふる》え、

「綱吉様はこれほどまでに呆《ほう》けられたか」

と嘆きの言葉が漏れた。

〝影〟は綱吉の御側《おそば》近くに奉仕しており、綱吉の御筆跡《て》もすべて承知していた。驚きの様子が偽物《にせもの》か真実の書き付けかを物語っていた。

「総兵衛、これをどこから得たか」

「甲府城中、藩主御書院の床の間から、城代家老柳沢権太夫保格の目の前で奪い取って参りました」

「うーむ」

〝影〟が茶掛けと朱印を手にこちらに向き直った。

「勝頼、綱吉様の御後継は前の甲府藩主綱豊様に決まり、西の丸に入っておられるわ」

「その事にございます。柳沢吉保様は最初、紀州綱教《つなのり》様を後継に推しておられましたな」

水戸光圀《みつくに》を筆頭に何人かが甲府藩主綱豊を将軍家に推薦していた。

その決着がつかない元禄《げんろく》十三年（一七〇〇）に水戸の老公光圀が死亡して、吉保の推す綱教が最有力になった。ところが綱教は流行病《はやりやまい》に斃《たお》れてしまった。

「この折りの吉保様の変節は今も柳営の語り草にございますそうな」

「いかにも」

「吉保様はにわかに甲府宰相綱豊様を推され始め、それが弾みになって綱豊様が西の丸に入られることになられました」

「そして、己自身が徳川一門の甲府城に入りおったわ」

「道三河岸《どうさんがし》の真意は、綱教様にも綱豊様にもなかったとは思われませぬか」

「つまりは吉里か」

総兵衛は甲府城下で見聞したことをつぶさに報告した。

〝影〟は総兵衛が語る言葉を熱心に聞き取っていた。

報告が終わったとき、

「吉保は甲斐に新たな武田騎馬軍団を誕生させおったか」

「ただ今のところ、武川衆、黒騎馬衆を合わせて四百余騎にございますれば、江戸の脅威とはなり得ませぬ」

「総兵衛、戦《いくさ》が遠のいて九十余年、旗本も大名も武人の技も覚悟も忘れておる。もし戦国以来の武田騎馬衆が復活し、最新の飛道具を得たとせい。そなたが申すほど江戸が安泰とも思えぬ」

「いかにも」

「金山開発の一件はどうか」

「甲府領内で新しい金鉱脈の探査が行われているのは事実、ですが未《いま》だ新鉱脈は見つかってはおりませぬ」

「新金山開発は新武田騎馬軍を支え、甲府城を大規模に改築する資金か」

「まずは確かなところ」

「道三河岸め、図に乗りおって」

〝影〟の口から初めて罵《のの》りの言葉が漏れた。

そのあと、長い沈黙があった。

「鳶沢総兵衛勝頼、松平美濃（柳沢吉保）を始末するか」

〝影〟の言葉には迷いがあった。

「恐れながらお訊《たず》ねいたします。これまでも吉保様暗殺の機会はございました。が、先々代の〝影〟様はそれを戒めてこられました」

「綱吉様との密接な関わりがあるからのう」

「それは今も変わってはおりませぬ。いえ、これまで以上の、吉里様を六代将軍に遺言なさるほど溺愛《できあい》の関係がございます〟」

十六歳で綱吉の小姓組番衆に上がった美貌《びぼう》の吉保に男色趣味の綱吉はすぐに目をつけた。

寵童《ちょうどう》の時代から大老格にまで登りつめた吉保を盲愛する綱吉の態度に変わりはなかった。いや、死期が近づいた分、偏愛の傾向は深まっていた。

綱吉の生母、桂昌院は無学な女であった。

隆光《りゅうこう》という売僧《まいす》を偏執に信頼して、綱吉の世継誕生のためと称して、天下の悪法、生類憐《しょうるいあわ》れみの令を綱吉に発布させた女だ。

吉保はこの桂昌院に取り入るためにも吉里を利用した。

吉里に面会した桂昌院は、

「おお、そなたは死んだ孫の徳松にそっくりじゃな」

と可愛《かわい》がった。

死んだ徳松とは綱吉のただ一人の世継、側室お伝の方に生ませた子だ。

その徳松に瓜《うり》二つという、半ば惚《ぼ》けた老女の言葉は、

「吉里様は綱吉様の隠し子……」

となり、大奥で一人歩きした。

「綱吉様のお怒りはいかばかりか」

〝影〟は吉保が暗殺されたあとの綱吉の心情を察して危惧《きぐ》した。

「勝頼、なんぞ考えはないか」

「もはや御三家様の御手を煩《わずら》わすしか方策はございますまい」

「御三家の御当主から綱吉様に御進言申しあげるか」

「綱吉様は御三家のお言葉すらお聞き止めになりますまい」

「ならばどうする」

「御三家御当主と柳沢吉保様の面会の機会を密《ひそ》かに作ってもらうわけには参りませぬか」

「勝頼、それがどれほど大変なことか」

「承知しております。ですが、もはやこの策しか茶掛けと朱印を有効に利する途《みち》はございません」

〝影〟が沈思した。

一本だけ炎が立つ蠟燭《ろうそく》がどこから入ってきたか、風に揺らいだ。

長い刻限が過ぎた。

「勝頼、命を待て」

その言葉には決断した者の潔《いさぎよ》さがあった。

「その日限と場所を知らせる」

「はっ」

〝影〟が立ちあがり、よろけた。

「そなたは老人を小者のように使いおるわ」

〝影〟が繰り言を残して消えた。


この日、大黒屋に上方から借受け船で荷が入った。

佃島《つくだじま》沖に停泊した千石船から入堀の大黒屋の船着場へと荷船に積みかえられた荷が何度も運ばれてきて、男衆が全員で店に運びこんだ。

それを大番頭の笠蔵が陣頭指揮して、女衆が選り分けた。

大黒屋の奥座敷の縁側でのんびりと黒猫のひなを膝《ひざ》に抱いて、風に吹き落ちる桜を見ているのは主の総兵衛一人だけだ。

「総兵衛様、おきぬが手紙を船に言付けておりましたぞ」

と笠蔵が忙しげに渡り廊下を渡ってきた。

「手紙が書けるということは元気になった証拠にございますな」

大番頭はぺたりと総兵衛のかたわらに座りこんだ。

総兵衛はおきぬの手紙の封を切った。

〈総兵衛様　お陰様にて熱も下がり、傷口も日一日と回復に向かっております。

昨日より少しずつ美雪様やるり様の付き添いで村中を散策できるようになりました。

医師どのも十日もすれば傷は完治しよう、あとは体力の回復のみとの診断にございます。

さすれば、京へもそう遠くない日に出立できるかと、美雪様、るり様と話し合っております。

総兵衛様に申しあげます。

思わぬ機会にて美雪様と過ごす時を得て、美雪様の人柄に深く感じ入りましてございます。

総兵衛様の、また次郎兵衛様のご決断を僭越《せんえつ》ながらおきぬも支持いたしたく思います。また鳶沢村の女衆もすでに美雪様のことは一族の者同様に思うておりますゆえ、ご安心のほど願います。

さて信之助様の事にございますが私が元気を回復した事に安心なされたか、江戸への帰心を募らせておられる様子にございました。が、ついに一昨日手紙を残されて、再び甲斐国に潜入を計られてございます……〉

「なんと信之助めが」

総兵衛は手紙を笠蔵に渡した。

信之助は、おきぬのそばにいたいという思いと同時に、鳶沢一族の危難になんとしても役に立ちたいという考えに苛《さいな》まれていた。おきぬが回復する兆候を見せたところで甲斐への潜入を計ったようだ。

「いつも慎重な信之助の行動とも思えませぬな」

笠蔵が手紙から顔を上げて言った。

「江戸に戻るにしてもなんぞ手土産をと思うたのであろうな」

「総兵衛様の気持ちを無にしおって」

と言いながらも、笠蔵はうれしそうであった。

顔にはそれでこそ鳶沢の男だと書いてある。

「甲斐の動きはどうしても摑《つか》んでおきたいことだ。次郎兵衛どのが甲府城の大工と石工として一族の市兵衛《いちべえ》と佐古丞《さこのじょう》を潜入させてくれたがな、信之助が入ったとなれば、さらに確かじゃ」

笠蔵が頷《うなず》き、

「おきぬも京へ行く気力が出たほどに回復、美雪様も鳶沢村に慣れたとあればまずあちらは一安心……」

と肩を撫《な》で下ろした。

総兵衛が、

「あとは道三河岸の主《あるじ》どのの動きか」

というところへ三番番頭の又三郎が姿を見せた。

「統五郎どのが総兵衛様にお目にかかりたいと店においでにございます」

「なにっ、棟梁《とうりょう》が」

忠太郎が住み込みで統五郎のところに入ったばかりだ。

「すぐにこちらにお通ししなされ」

又三郎が店に戻っていった。

総兵衛と笠蔵が顔を見合わせた。

「思いあたることがございますか」

「また悪戯《いたずら》がなされたか」

緊張を漂わせた統五郎が又三郎に案内されてきた。

「棟梁、どうなされたな」

笠蔵が挨拶《あいさつ》もなしに訊いた。

「へえ、ちょうどお知らせがございまして」

統五郎は胸の悩みを鎮《しず》めるように庭の桜に目をやった。

「総兵衛様、今朝方、北町奉行所の年番方与力玉村直虎《たまむらなおとら》様が捕り方を率いてお見えになりました。そして、大黒丸を巡察され、軍船転用の恐れありとして、造船中止を申し渡されてございます」

「なんじゃと、今ごろになって」

笠蔵が唸《うな》った。

「玉村様ご支配のお役人が造船場を封鎖しておりまして、私どもは一切大黒丸に触れられないのでございますよ」

「北町といわれたか。松野河内守助義《まつのかわちのかみすけよし》様が御奉行ですな」

笠蔵が念を入れた。

大黒屋と北町の松野奉行の仲はそう悪いものではない。

「へえ」

と答えた統五郎が総兵衛の顔を見た。

「どうしたもので」

「棟梁、よい機会です。職人衆は骨休めなされよ」

「よいので」

「作業が遅れるのは困りましたが、これにはわけがありそうです。こちらで調べよう。しばらく待ってくれますか」

総兵衛の返事に統五郎がちょっと安堵《あんど》の顔をした。

「いえ、船に入らなくてもやることはいくらもございますんで」

「中止が解けるまで何日かかるかしれませんが、必ず作業は再開させてみせます。忠太郎らにもこの際に航海術の勉強をしろと伝えてくだされ」

「へえ」

統五郎が憂《うれ》いを消した顔で立ちあがり、

「桜がよう咲きましたな」

と言い残すと総兵衛らのそばから店へと去っていった。

「道三河岸の指図にございますな」

「間違いあるまい。あちらとこちらの鍔競《つばぜ》り合いに大黒丸がとばっちりを受けたということよ」

総兵衛はそう言い放った。

その夕暮れ、駒吉を連れた総兵衛が四軒町の大目付本庄豊後守《ぶんごのかみ》勝寛の屋敷を訪ねた。

折りから勝寛は書院で調べものをしていたが川崎用人にそのことを告げられて、すぐに総兵衛を書院に通した。

「総兵衛、甲府はいかがであったな」

勝寛は気さくに声をかけた。

総兵衛と勝寛は表向きの身分を超えて深い交わりがあり、互いに全幅の信頼を寄せていた。

「ちと厄介が」

「孫兵衛、この場は総兵衛と二人にしてくれ」

用人を去らせた勝寛に甲府で見聞したことの始終を話した。

「なんと柳沢吉保様はそこまで考えておられたか」

大目付の顔が緊迫に引きつった。

「総兵衛、そなたが手に入れた朱印と茶掛け、いかにするつもりか」

「すでにさる方に預けてございます」

勝寛は頷き、

「まずはそなたが朱印を手に入れたのは重畳《ちょうじょう》であった」

と安堵した。

「いえ、綱吉様と吉保様の深い関わりを考えるとき、このまま終わるとは思われませぬ」

「総兵衛、わしがなんぞ動くことがあるか」

「勝寛様には子細を知っておかれることが大事……」

「城中には柳沢様の横暴に目を背けておられる幕閣の方々もある。その中にはわしに意を通じた何人かの信頼できる方もおられる、そのときのために密なるつながりをつけておこう」

総兵衛はただ頷いた。

大目付という職分からいけば当然なことだ。

「そなたの周りに異変はないか」

「異変とは、造船中の船のことにございますか」

総兵衛は北町の手が統五郎の造船場に入ったことを伝えた。

「やはりきたか」

「こちらは大黒屋に降りかかった災難ゆえ、お耳に入れるのを遠慮しておりました」

「総兵衛、根は一緒じゃや。近ごろ、柳沢様が北町奉行の松野どのをしばしば屋敷に呼びつけておられるゆえ、なんぞ起こるとは思うていた」

「そうでしたか」

「松野どのは柳沢様の股肱《ここう》の臣ではない。ただ大老格の言われること、老中職の下僚としては、致し方のないことじゃや。分かってくれ」

「それを聞いて安心いたしました」

「総兵衛、こちらも朱印と茶掛けが事を決しよう」

「私もそう思うております」

総兵衛は首肯《しゅこう》すると、

「おきぬが京へ参ります」

「おきぬは療養中と申さなかったか」

「怪我《けが》が癒《い》えたら、足慣らしに京へ向かわせ、絵津様の花嫁衣装を見立てますのでな、奥方様と絵津様に楽しみに待っておられるようにお伝えくださりませ」

「なんと」

しばし絶句した勝寛が、

「今、奥が酒を用意して参ろう」

「いや、それはこの次の楽しみに、今日はこれにて失礼いたしましょう」

と総兵衛は立ちあがった。

三

御三家水戸藩は常陸《ひたち》国と下野《しもつけ》国の一部馬頭《ばとう》地方を領有して、元禄《げんろく》の高直しによって三十五万石になった。

紀州藩の五十五万石、尾張の六十二万石に比べて、石高は低い。それに位階も中納言《ちゅうなごん》と低かった。

だが、他の二藩が持ち得ない特権を水戸は有していた。

水戸だけに江戸定府が許され、藩主が小石川の藩邸に常住して、出費のかかる参勤交代を免除されていた。

このこともあって水戸はいつしか〝天下の副将軍〟と呼ばれるようになった。

つまり表向き幕政には関与せず、幕府に緊急の事態が生じたときのみ、将軍から意見を求められ、具申する立場を有していたのだ。

この特権は二代藩主光圀の人格と識見によって重さを増したといわれる。

藩主が定府する小石川藩邸は十万一千余坪、光圀が儒者朱舜水《しゅしゅんすい》の意見を取りいれて、中国趣味を織りまぜた庭園を造り、後楽園と称した。

この「後楽」は、宋《そう》の范仲淹《はんちゅうえん》が為政者の心構えを説いた言葉、

「士はまさに天下の憂に先んじて憂え、天下の楽に後れて楽しむべし」

から取ったものだという。

この日、水戸藩邸は緊張に包まれた。藩主綱条《つなえだ》が主人となって茶会が開かれた。

招待されたのは元禄十二年（一六九九）、藩主に襲封した尾張の吉通、前年の宝永二年に紀伊藩主に上ったばかりの吉宗、そして、正客《しょうきゃく》は大老格に就任した甲府藩主柳沢吉保であった。

柳沢吉保は水戸綱条からの大老格就任祝いの茶会の招きを快諾した。小姓から大老格にまで成り上がった吉保に御三家はそれまで冷ややかな目を向けてきた。

それが丁重なる招きである。

相伴する二人は尾張と紀伊の当主、これ以上の顔触れはない。

吉保は春の宵の道三河岸から小石川の水戸家まで笑みを浮かべた顔で乗り物に揺られてきた。

茶掛けと朱印が大黒屋総兵衛に奪われたという憤怒《ふんぬ》させる知らせが甲府からきていた。それを忘れさせる招きであった。

広大な後楽園の一角に深山幽谷が設けられ、流れを配した窪地《くぼち》にその茶室はあった。

吉保が到着したとき、すでに尾張公も紀州公も控えの間に来ていた。

「吉通様も吉宗様もすでにご着到とは、恐縮の至りにございます」

「なんのなんの、吉保どのは柳営の公務多忙の身。われら呑気者《のんきもの》とはちがうでな、お気を遣われることなどないわ」

尾張公が受け流し、正客の吉保から茶席に入った。

扇子を片手に入室した吉保は春めいた茶掛けを前に扇子を前におき、掛物に一礼をなして感嘆しきりの体で拝見した。さらに花入れに向きをかえ、白梅が生けられた花入れを見た。

正客の作法の床拝見を御三家の主が凝視していた。

主人の綱条が出て挨拶した。

「吉保どの、この綱条、茶会の主を引き受けたはよいが、いたって無調法にござる。そこでな、本日は、茶に詳しい高家《こうけ》肝煎《きもいり》六角朝純《ろっかくともずみ》老を助《すけ》っ人《と》に頼んである。ご老人、よしなに頼みますぞ」

隣室に控えていた六角朝純が会釈《えしゃく》して亭主の座に着いた。

高家は禄高五千石を超えることはなかった。

だが、宮中への使節、勅使接待、日光代参、柳営礼式の掌典などに携わる高家肝煎は朝廷の位階は高く、御三家や大大名などを除けば、大半の大名の行列と擦れ違っても、乗り物を下りる要がなかった。

この日、六角朝純は、御三家の当主三人を前に、大老格柳沢吉保を正客として見事なお点前《てまえ》を見せた。

吉保は内心得意満面たるものがあった。

それはそうであろう。

天下の御三家の当主を脇役《わきやく》にして主役の扱いを受けたのだ。

「朝純どの、お見事なお点前にござった」

主の綱条が朝純を労《ねぎら》い、

「無粋ながら別室に酒肴《しゅこう》の用意もござる。このような五人が集まるのもまた珍しきこと、今宵は桜など愛《め》でながら、ゆったりとしてくだされよ」

と言った。

綱条、吉通、吉宗の三人はその後、将軍職を巡って複雑な暗闘を繰り広げることになる。が、この宵ばかりは呉越同舟の趣で茶会に同席していた。

「いやはや、それがし、紀州の山猿にござれば、緊張に身が竦《すく》みました」

若冠二十三歳の吉宗がほっとした声を漏らした。

紀州の四男坊、それも生母も定かではない妾《めかけ》の子として生まれた吉宗は、次々に兄たちが亡《な》くなったことで、思いがけなくも紀州の太守に就任した若者だ。そして、ついには八代将軍に昇りつめることになるが、ここではそれが主眼ではない。

「吉宗どの、正直なお言葉よのう。よいよい、もはや堅苦しきことはぬきにしてな、甲斐の藩主になられた吉保どののお祝いなとしようか」

綱条が言い、

「それがよかろうな」

と吉通も上機嫌で言った。

それまで寡黙《かもく》に綱条の代わりの亭主を務めた六角朝純が、

「綱条様、それがしからも礼を述べとうござる。このように御立派な正客を相手に拙《つたな》き点前をご披露できたは偏《ひとえ》に綱条様のお計らい、よき冥土《めいど》の土産になり申した」

「なんのなんの、ご老人がおられたで綱条、恥をかかずに済みました」

と再び朝純を労った。

「綱条様、主人どのにお尋ねいたしたき一事がござるがよろしいか」

「むろん、そなたとわしの仲ではござらぬか。なんなりと遠慮のう、お尋ねあれ」

ならば、と朝純老人が、別室の床の間の茶掛けに視線をやった。

「最前から不思議な茶掛けと思うておりました。柳里　江の岸より　甲斐《かい》の淵《ふち》……」

茶室では作法どおりの所作を見せた柳沢吉保だが、別室に移り緊張を解いていた。そこへ朝純の言葉が聞えた。柳沢吉保の全身から血の気がさっと引いた。だれもが気がつかない振りをした。

「水戸どの、どのような意味にござろうか」

若い吉宗が綱条に訊《き》いた。

「いったいどんな意味かなと老人も思うておりましたところでな」

六角朝純も首を捻《ひね》った。

「柳里 江の岸より 甲斐の淵……」

と呟《つぶや》いた尾張の吉通が、

「江戸から甲斐になんぞが移るということにございますかな。待てよ、柳里とは何の意か」

「この御筆跡に見覚えがござってな」

六角朝純が言いだした。

吉通も吉宗も老人を見た。

「綱吉様の御筆跡ではござらぬか」

「ご老人、ようあてられた」

綱条がにこにこ顔で褒めた。

「やはりな、となると」

「まさか」

朝純と吉通が言い合い、柳沢吉保を見た。

「吉保どの、どこぞ御加減がお悪いか」

「お顔の色もようござらぬな」

吉保の答えはない。

「綱条どの、柳里とは吉保どののご嫡男《ちゃくなん》、吉里どののことにございますか」

吉宗が屋敷の主に聞いた。

「わしより柳沢吉保どのにお訊きするがよかろうに」

綱条が吉宗の問いをわざと突き放した。

吉宗の視線が吉保に行った。

(甲府城内から盗みだされた綱吉様の茶掛けがなぜ水戸のもとに)

(茶会は吉保を陥《おとしい》れる企《たくら》みであったか)

吉保は千々に乱れた考えを必死でまとめようとして、吉宗の視線にも気がつかなかった。

「ご老人、この茶掛けにはもう一通、曰《いわ》くある書き付けが添えられてござってな」

綱条が言いだした。

「見たきものでござるな」

と応じた朝純が、

「吉通様、吉宗様、老人の望み聞き届けてもろうてようござるかな」

「見事なお点前に免じてな、許そう許そう」

吉通の口調はどこか底意地悪く聞こえた。

吉保の背筋に冷や汗がたらりと流れた。

綱条が床の間の脇の違い棚の文箱《ふばこ》から一通の書き付けを出してくると、尾張の太守にそれを差しだした。

読み下した吉通の顔色がさっと変わった。

書き付けは吉宗に回された。

「な、なんと」

吉宗は吉保に差しだすと、

「これはどういう意にございますか」

と詰問《きつもん》した。

「かような御朱印を本年の正月元旦《がんたん》に松平美濃守吉保、つまり柳沢吉保様の嫡男、吉里どのに下し置かれたとは、われら御三家も知らず……」

綱条の視線が鋭く光って吉保を睨《にら》んだ。

「吉保どの、お答えいただこうか」

「そ、それがし与《あずか》りしらぬところ……」

「朝純老は上様の御筆跡、とくとご存じじゃな。本物かどうか、吉宗どの、確かめていただこうか」

吉宗の手元にあった御朱印が朝純の手に渡った。

あらかじめ老人から綱条に差しだされたものだ。

にもかかわらず朝純はじっくりと調べる振りをした。

「間違いなく綱吉様の御筆跡にございますぞ」

「天下の一大事にございますな」

吉宗が言い、

「綱条どの、この茶掛けと朱印、どこで手に入れられた」

と吉通が詰問した。

むろん詰問の矛先《ほこさき》は柳沢吉保に向けられたものだ。

今や吉保の顔には冷や汗がたらたら流れていた。

「この二つをそれがしに送りつけた者は、甲府城内の藩主ご書院で城代家老の柳沢権太夫の目の前から持ち出してきたと申しておりましたがな」

四人の視線が吉保を見た。

「知らぬ知らぬ。第一、それがし、御用繁多で甲府には戻ったこともない」

吉保が首を激しく振って言い張った。

「国許《くにもと》のことは何が起こっておるか、とんとご存じないと申されるか」

「さよう」

「ならば綱条が申しきかせようか。吉保どのの居城には甲斐一円から石工、大工、左官などが何百人と集められ、なんとも大規模な城改築が行われているとのことじゃな」

「そ、それは長年、手入れがなされておらなかったゆえの修繕にございます」

「修繕とな、吉保どの。これを見られえ」

綱条が石工の棟梁《とうりょう》伍平が思い出す限りに描いた絵図面と仕様図が広げられた。

吉通らの視線がそこに釘付《くぎづ》けになった。

「なんとこれは戦国時代さながらの城造りではないか。われら、御三家すらこのような城修築をいたさば、そこもと柳沢吉保どのの、幕閣の御咎《とが》めあるは必定」

「それを大老格なれば許されるか、吉保どの」

尾張と紀伊の太守が口々に言った。

「いえ、それも吉保の与り知らぬところ」

「家臣どもが勝手にやっておることと言われるか」

綱条の口調は一段と鋭さを増していた。

「甲斐の国では新しい金山開発に奔走されていると聞く。それも城修築にかかる費用のためとか噂《うわさ》が流れているそうな」

「まことか、綱条どの」

「なんで虚言など申そうか、吉通どの」

綱条はそこで一拍置いた。

「吉通どの、吉宗どの、もう一つ厄介事が甲斐の国で起こっておりましてな」

「申されえ」

吉通が即座に応じた。

「神君家康様の宿敵であった武田氏の復活が企てられておるそうな」

「まさか……」

「吉宗どの、柳沢吉保どのの祖父は、武田氏武川衆の勇士横手源七郎信俊《のぶとし》改め柳沢兵部丞《ひょうぶのじょう》信俊どの。赤備えで武田騎馬軍団の中核を成した武川衆が新たに甲府藩の家臣団に加わったは紛れもない事実、頭領は柳沢幻斎という者じゃが、先頃、富士川にて討ち死にいたしたそうな」

「討ち死にでございますか」

吉宗が聞く。

「おお、赤備えの騎馬軍団が復活するのを危ぶんだ者たちの手によって倒され申した。だがな、幻斎の一子、小太郎が新たな頭領に就き、風布七人衆といわれる勇士五人も残っておるそうな」

「なんとも奇妙なことが甲斐では行われているものよ」

吉通が言い、

「いえ、一貫しておりますぞ」

と朝純が応じた。

「茶掛けには、柳里　江の岸より　甲斐の淵とありますな。これは江戸から甲斐に遷都《せんと》が行われることを意味しませぬか。そして、御朱印には西の丸の綱豊様を差し置いて、柳沢吉里どのを将軍に、征夷《せいい》大将軍に任ずると遺言を認《したた》めておられる。すべてそれは徳川から武田氏への移行を示しておる」

「なんと途方もないことを、これは謀反《むほん》じゃな」

「吉保どの、はっきりと返答せられえ」

「綱吉様のご寵愛《ちょうあい》厚き吉保どのでも、ちと僭越《せんえつ》極まる」

御三家の当主が口々に吉保に迫った。

「それがし、全く与り知らぬところ」

と顔を上げた吉保は、

「今日の茶会からして吉保を陥れる企みにございますな」

と綱条を睨《にら》み返した。

「さよう、そなたの増長ぶり見るに見かねて、水戸の特権を行使したまで。わが水戸は定府の御三家、将軍家の相談役にございますればな」

「上様は、綱吉様は水戸の意見など求めておられぬ」

「言われたな。この茶掛け、御朱印、甲府城の絵図面、甲府城下の現況などなど天下に公表いたさばどのような反響があるか、そなたも大老格まで昇りつめられた御仁なら推量もつき申そう。柳営も世間も保明《やすあきら》、そなたが上様を懐柔して出さしめたと取るは必定、どうするな」

綱条は柳沢吉保を前名で呼び捨てにした。

「不愉快千万。それがし、これにて退室いたす」

「ならぬ」

綱条が一喝した。

「そこもと、上様のご寵愛をよいことに思い違いをなされておる。今年正月大老格に任じられしが、大老とは幕府執事職の最高位、これまで土井利勝、酒井忠勝、酒井忠清、堀田正俊、井伊直該《なおもり》の五氏しか公には認められておらぬ。ついでに申すなら、そこもと、元禄七年より老中格、元禄十一年には老中の上座と任じられたがこれまた公に幕府の職階はなし。偏《ひとえ》に上様の寵愛ゆえ与えられしもの、幕閣のだれ一人としてそこもとを老中、大老とは認めてはおらぬ。老中と老中格、大老と大老格とは似て非なるものにござる。上様の偏愛ゆえに授けられた空手形、老中もどき、大老もどきをえろう勘違いなされてようも増上なされたものよ」

との綱条の厳しい口舌に吉保が反論しようとしたとき、隣室に朧《おぼろ》な明かりが浮かんだ。するとそこに一人の人物が黙って座していた。

その顔は陰って見えなかった。が、吉保の目にはそれが宿年の敵、

（大黒屋総兵衛……）

と推測された。

「吉保どの、そこもとを殺しはせぬ。ここで念書を書いていかれえ」

「念書とな」

「さよう、甲斐の国に大目付巡検使を入れることを約定する念書じゃ。そなたは与り知らぬこととすべてを否定なされた、ならば甲斐の国に城改築も金山開発も武川衆の復活もあるのかないのか、黙って受け入れなされ」

綱条が気迫を込めて言い切った。

六角朝純が硯《すずり》と墨と紙を吉保の前に押しだした。

吉保は逃げ道はあるかないか頭を巡らした。

が、小石川の水戸藩邸の茶室、すべて綱条と意を通じている者ばかりだ。

「ささ、これへ」

朝純が筆を差しだした。

柳沢吉保の心中は憤怒《ふんぬ》に煮えくり返っていた。

（おのれ、水戸綱条め、どうしてくれようか）

まさか大黒屋総兵衛があの場にいようとは……。

六角朝純が御三家に関わりがあったとは、これもまた吉保の驚きであった。

「殿」

乗り物に声がかけられた。

風布七人衆の巨漢、七尺（約二一二センチ）になんなんとする飯坂一郎太長角《ながかど》だ。

飯坂は風布七人衆のうち曲淵剛左衛門、曾雌孫兵衛と同じ四十代の兵。黒米弥衛七ら四人の若武者を率いてきた最後の一人だ。

飯坂は城代家老柳沢権太夫の命で大黒屋総兵衛に茶掛けと朱印が奪われた報

を持って、江戸に走った使者であった。

「なんぞございましたか」

吉保の態度を訝《いぶか》った飯坂の問いに乗り物の戸がわずかに引き開けられた。

「一郎太、耳を貸せ」

吉保の言葉に巨漢は器用にも長身を二つに折って、顔を主《あるじ》に寄せた。

「茶会は吉保を陥れる企みであったわ」

「なんと」

吉保は茶掛けと朱印が御三家の手に落ちたことを告げた。

「しゃっ！」

飯坂は罵《ののし》り声を上げた。

「一郎太、これより武川衆の供を連れ、甲府に走り戻れ。大目付の巡検使が甲府入りするまでに城の改築と金山開発を中止し、そなたら武川衆は柳沢小太郎宣元を守って、今一度武州の風布の里に籠《こも》れ」

「なんと仰《おお》せで、殿。われらは百二十余年の臥薪嘗胆《がしんしょうたん》の後、父祖の地、甲斐に戻ったばかりにございますぞ」

「一郎太、そなたに言われずとも承知しておるわ。吉保が綱吉様のお心をしっかりと繋《つな》ぎ止める間の、甲府の巡検が終わるまでの辛抱じゃ。朱印が御三家の手の内にあるのではなんとしても致し方ないわ」

吉保は念書を書かされたことは飯坂にも言わなかった。

「悔しゅうございます」

「切歯しておるのはこの吉保じゃ」

「はっ、お察し申します」

「よいな、権太夫の失態から起こった事、巡検でのしくじりは許さぬと吉保が厳命していたと伝えよ」

「はっ」

「行け！」

乗り物の戸が閉じられ、行列から飯坂一郎太と武川衆の二人が江戸の闇《やみ》に溶けこむように消えた。

四

この夕刻、甲斐国甲府藩巡検使を老中より仰《おお》せ付かった大目付本庄豊後守勝寛一行は、内藤新宿の本陣に入り、明朝からの急ぎ旅に備えた。

大黒屋総兵衛は密《ひそ》かに先行して本陣で勝寛を待ち受け、〝出陣〟を見送ることにした。そのことを陣屋の主から知らされた勝寛は、すぐに総兵衛と面会した。

「大黒屋、見送りとは相済まぬな」

勝寛は陣屋の者らと同行の者の手前、いかにも出入りの商人が見送りにきたふうに振る舞った。

が、二人だけになると、

「総兵衛、まさかこの役が回ってくるとは考えもしなかったぞ」

と苦笑いした。

「これで本庄様も柳沢吉保様に睨まれますな」

「そのようなことはどうでもよいが、まさか水戸の綱条様にお声をかけて頂こうとは、肝を冷やした」

本庄勝寛は中奥に呼ばれ、柳沢吉保大老格をはじめ、秋元但馬守喬知《あきもとたじまのかみたかとも》、稲葉《いなば》丹後守正通《たんごのかみまさみち》、本多《ほんだ》伯耆守正永《ほうきのかみまさなが》、大久保《おおくぼ》隠岐守忠増《おきのかみただます》、井上河内守正岑《いのうえかわちのかみまさみね》ら五老中から甲府への巡検使を命じられた。

柳沢吉保はその座では苦虫を嚙《か》み潰《つぶ》した顔で一言も発しなかった。

勝寛が大目付控えの間に下がろうとしたとき、茶坊主《ぼうず》が、

「豊後守様、こちらへ」

と御三家詰めの間に連れていかれた。

そこには水戸の綱条が待ち受けていて、

「本庄勝寛、御役目ご苦労じゃな。しっかり務めて参れ」

と異例の激励をされた。

「ははあ、恐れ入ってございます」

「余の背後には吉通どのも吉宗どのも控えてござる。そなたが御役を無事果たされるのを注視しておられる」

水戸公は尾張も紀伊も承知のことと、わざわざ伝えたのだ。

勝寛は異例ずくめの御役に緊張して屋敷に戻ると、その日のうちに巡検使の陣容を整え、内藤新宿まで入った。

「そなたの顔を見て、どうやら綱条様がお声をかけられた意が分かったような気がする」

勝寛はどこか安堵《あんど》したように笑った。

「勝寛様、甲府には一番番頭の信之助が潜入しております。甲府に入りましたら、ご挨拶《あいさつ》に伺わせるよう手配してございます」

「それは心強きことじゃな」

総兵衛はまた本庄の道中周辺に極秘に風神の又三郎と綾縄《あやなわ》小僧の駒吉の二人を配して、

「本庄の殿様に危害など加えられぬようしっかり守れ」

と厳命してあった。

「総兵衛、城中を下がる折り、北町奉行松野どのに会った。松野どのがな、豊後どのは大黒屋と親しき仲と聞きおよぶ。大黒丸の造船苦しからず、明日にも作業再開を通達する所存と漏らされたわ」

「おお、それは朗報にございます」

二人だけで浅酌《せんしゃく》を交わして、

「無事のお帰りをお待ちしております」

と別れの辞を贈った総兵衛は本陣を五つ（午後八時頃）近くに出た。

供は大番頭の笠蔵だ。

大木戸をぬける主従二人はどこから見ても大店《おおだな》の主と奉公人の出《い》で立ち、

「旦那《だんな》、駕籠《かご》はどうだえ」

と声をかける駕籠かきに、

「ちょいと酔いを覚ましますのでな」

と断った。

「旦那様、こうなりますと一番番頭さんが甲府に戻られたのは、先見の明があったということにございますな」

「私もまさか本庄の殿様にこの役が回ってくるとは考えもしませんでしたよ」

水戸藩邸での茶会の折り、総兵衛は高家肝煎六角朝純の供として振る舞い、柳沢吉保が憤激をあらわにして茶室を下がったのも見た。

「美濃があれほどまでに青くなった顔を初めて見た」

吉通がうれしそうに言った。

「吉保どのは上様に訴えに参られることはございませぬかな」

若い吉宗が心配し、

「こちらには綱吉様の御句と朱印があるわ。吉保とて極秘に拝領した大事なものを盗まれましたと訴えでるわけにもいくまい」

と綱条が答え、

「六角朝純老、こたびのこと、われら御三家うち揃《そろ》って溜飲《りゅういん》を下げ申した。礼を申しますぞ」

と言われたものだ。

総兵衛にとって本庄勝寛に甲府巡検使の役が回ってきたのは予想外のことではあった。が、幕閣でそれほどに勝寛が評価されている証《あか》しでもあるとうれしくもあった。

二人は大木戸から四谷《よつや》忍町《おしちょう》を通り、麴町《こうじまち》に差しかかった。

町家の背後に御家人《ごけにん》屋敷や寺町が続く界隈《かいわい》である。

人の往来も絶えて寂しくなった。

もう二丁も行けば四谷見附という、福寿院の山門前で主従は行く手を塞《ふさ》ぐ巨漢を見た。

笠蔵が下げていた提灯《ちょうちん》を差しだした。

古びた赤の陣羽織を着た男の背は七尺近くもあった。

腰に陣太刀を佩《は》いている。

山門脇《わき》の桜の老木からはらはらと花びらが陣羽織の背に舞い落ちていた。

「どなた様にございますかな」

笠蔵が聞く。

「曲淵剛左衛門、曾雌孫兵衛の同輩、飯坂一郎太長角じゃ」

しゃがれ声が答えた。

「風布七人衆か」

総兵衛が笠蔵の前に出た。

「なんぞ御用で」

「御用とは知れたこと」

「主の吉保様はいわば謹慎の身、江戸市中で家臣がこのような振る舞いをなされてようございますか」

「主どのに武川衆は再び山に籠《こも》れと命じられた。だがな、どうしても納得がいき申さぬ。武川衆の頭領と同輩二人をそなたに討たれて、このままおめおめと甲斐に戻れようか。それがしは甲斐に戻る部下に藩への暇乞《いとまご》いを預けた。もはや柳沢家の家臣ではない。ただの武川衆の一人に過ぎぬ」

「望みはなにか」

「大黒屋総兵衛、そなたの首」

「それは困った」

総兵衛は羽織を脱ぐと笠蔵に投げた。

腰には白扇があるばかりだ。

総兵衛は扇を抜いた。

一郎太が山金造黒漆の太刀に手をかけた。

平安末期、僧兵や北面の武士が用いた太刀造りは七尺の巨漢が持つと短く見えた。が、四尺はありそうな業物《わざもの》だ。

一郎太と総兵衛との間には十間余あった。

笠蔵はきょろきょろと辺りを見まわした。が、期待する者の反応はなかった。

一郎太が太刀を抜いた。

それを巨漢の背に背負うように持ちあげた。

総兵衛は白扇をぱらりと開いて右手に翳《かざ》した。

「参る！」

非情の宣告をした一郎太が走った。

巨漢に似合わず敏捷《びんしょう》な動きだ。

総兵衛は左手は小袖《こそで》の袖を摑《つか》み、もう一方の右手に扇を翳して緩やかに円を描いて舞った。

剛直な直線の攻撃に対して柔軟な円の舞。

「おおっ！」

顔を朱に染めた一郎太が太刀を舞い動く総兵衛の脳天に振りおろした。

「応」

総兵衛の口から雅《みやび》な言の葉が漏れ、片足がとーんと地面につかれた。

その瞬間、鋭い刃鳴りをして落ちる太刀が総兵衛を両断した。

一郎太は両の掌に肉と骨を断つ感触を得たと思った。

だが、眼前にそよ風がくるりと吹き舞った。

桜の花びらの散る中、白扇が舞って、するりと総兵衛は生死の間合いの外に出ていた。

「な、なんと……」

総兵衛の独創した落花流水剣の極意は、いわば宇宙の機能に、大気の流れに逆らわずその間境に移ろい動くことだ。

一郎太にはその意が理解できなかった。

「総兵衛様、遅うなりました」

大戸を下ろした蠟燭《ろうそく》屋の庇《ひさし》から四番番頭の磯松が密やかに声をかけて、虚空《こくう》に三池典太光世《みいけでんたみつよ》を投げた。

「ご苦労！」

総兵衛が陰から供をしていた磯松に応じ、三池典太を左手で摑むと腰に納めた。

反転した飯坂一郎太はそれを見て、ほっと安堵した。

太刀と剣なら五分と五分の勝負、玄妙な舞と対決することもない。

「いざ、勝負！」

一郎太は太刀を左肩に斜めに背負った。

総兵衛はまだ剣を抜く様子を見せなかった。

一郎太はじりじりと間合いを詰めた。

六間余あった間合いが直《す》ぐさまに詰められた。

「抜け、抜かぬなら素っ首が宙を舞う」

三間を切った。

風が吹いた。

老桜《ろうおう》から新たな花びらが舞い散った。

そのとき、総兵衛が右手の白扇を虚空に投げた。

白扇は花びらと競うように虚空を舞った。

「おおおうっ！」

怒号した一郎太が地面に舞い散った花びらを巻き上げて突進した。

太刀が大きく、鋭く円を描いて総兵衛の首を横に払った。

総兵衛は緩やかに腰を沈ませ、白扇を投げ上げた右手で三池典太光世二尺三寸四分を抜きあげていた。

総兵衛の頭上を太刀が走り、抜きあげた典太が飯坂一郎太の伸び切った腰を深々と割ったのがほとんど同時だった。

一郎太はわが身に加えられた一撃を信じることができなかった。

ど、どどっ！

巨木が倒れるように崩れ落ちたあと、顔を総兵衛に向けて、起きあがろうとした。

その目に虚空から落ちてくる白扇を優雅にも摑む総兵衛が映じた。

「風布七人衆飯坂一郎太、討ち取ったり」

総兵衛が呟《つぶや》くように漏らしたのを聞いた一郎太は、

「まだよ、四人残っておるわ……」

と鳶沢一族と武川衆の戦いが決着を見ていないことを宣告すると、両眼を見開いたまま死んだ。

一月後、甲府に巡察に出た大目付本庄豊後守勝寛が大任を果たして江戸に無事帰着した。

相前後して一番番頭の信之助、三番番頭の又三郎、手代の駒吉も大黒屋に戻ってきた。

報告によれば、柳沢吉保が藩主の甲府十五万石は、

「眠りに就いた……」

ように見受けられたという。だが、その眠りは永久《とわ》のものではない、一時の仮眠と総兵衛にも鳶沢一族にも分かっていた。

翌日の昼前、猪牙舟《ちょきぶね》が入堀から大川へと出て、上流へと漕《こ》ぎ上っていった。

荷船が往来する水面もぬるんでいた。

櫓《ろ》を漕ぐのは駒吉だ。

「総兵衛様」

駒吉がうれしそうに話しかけた。

「一番番頭さんの機嫌が今朝はなんともよろしいのですが何事かありましたか」

京に花嫁衣装の誂《あつら》えに行ったおきぬの手紙が主の総兵衛と信之助に届いていた。

「さあてな、なんぞあったかな」

総兵衛は猪牙舟の真ん中に立ちあがった。

すると大川の川面《かわも》を風に散った桜の花びらが白く埋めて、その先に大黒丸の船影が見えた。

二本の帆柱が春の空を突き抜ける光景はなんとも堂々としていた。

「おおっ、できたな」

その瞬間、総兵衛の脳裏に異国の海を雄飛する大黒丸の勇姿がはっきりと思い描かれていた。

この作品は平成十四年六月徳間書店より刊行された。新潮文庫収録に際し、加筆修正し、タイトルを一部変更した。

佐伯泰英著

死闘

古着屋総兵衛影始末 第一巻

表向きは古着問屋、裏の顔は徳川の危難に立ち向かう影の旗本大黒屋総兵衛。何者かが大黒屋殲滅に動き出した。傑作時代長編第一巻。

佐伯泰英著

異心

古着屋総兵衛影始末 第二巻

江戸入りする赤穂浪士を迎え撃て——。影の命に激しく苦悩する総兵衛。柳生宗秋率いる剣客軍団が大黒屋を狙う。明鏡止水の第二巻。

佐伯泰英著

抹殺

古着屋総兵衛影始末 第三巻

総兵衛最愛の千鶴が何者かに凌辱の上惨殺された。憤怒の鬼と化した総兵衛は、ついに〈影〉との直接対決へ。怨徹骨髄の第三巻。

佐伯泰英著

停止

古着屋総兵衛影始末 第四巻

総兵衛と大番頭の笠蔵は町奉行所に捕らえられ、大黒屋は商停止となった。苛烈な拷問により衰弱していく総兵衛。絶体絶命の第四巻。

佐伯泰英著

血に非ず

新・古着屋総兵衛 第一巻

享和二年、九代目総兵衛は死の床にあった。後継問題に難渋する大黒屋を一人の若者が訪ね来た。満を持して放つ新シリーズ第一巻。

井上靖著

風林火山

知略縦横の軍師として信玄に仕える山本勘助が、秘かに慕う信玄の側室由布姫。風林火山の旗のもと、川中島の合戦は目前に迫る……。

池波正太郎著

剣客商売①

剣客商売

白髪頭の粋な小男・秋山小兵衛と巌のように逞しい息子・大治郎の名コンビが、剣に命を賭けて江戸の悪事を斬る。シリーズ第一作。

池波正太郎著

戦国幻想曲

天下にきこえた大名につかえよ、との父の遺言を胸に「槍の勘兵衛」として名を馳せ、己の腕一本で運命を切り開いていった男の一代記。

池波正太郎著

江戸の暗黒街

江戸の闇の中で、運・不運にもまれながらも、与えられた人生を生ききる男たち女たちを濃やかに描いた、「梅安」の先駆をなす8短編。

池波正太郎著

まんぞくまんぞく

十六歳の時、浪人者に犯されそうになり家来を殺されて、敵討ちを誓った女剣士の心の成長の様を、絶妙の筋立てで描く長編時代小説。

池波正太郎著

あばれ狼

不幸な生い立ちゆえに敵・味方をこえて結ばれる渡世人たちの男と男の友情を描く連作3編と、『真田太平記』の脇役たちを描いた4編。

池波正太郎著

おせん

あくまでも男が中心の江戸の街。その陰にあって欲望に翻弄される女たちの哀歓を見事にとらえた短編全13編を収める。

山本周五郎著

柳橋物語・むかしも今も

幼い一途な恋を信じたおせんを襲う悲しい運命の「柳橋物語」。愚直なる男が愚直を貫き通したがゆえに幸福をつかむ「むかしも今も」。

山本周五郎著

五瓣の椿

自分が不義の子と知ったおしのは、淫蕩な母と相手の男たちを次々と殺す。息絶えた五人の男たちのそばには赤い椿の花びらが……。

山本周五郎著

赤ひげ診療譚

小石川養生所の〝赤ひげ〟と呼ばれる医師と、見習い医師との魂のふれ合いを中心に、貧しさと病苦の中でも逞しい江戸庶民の姿を描く。

山本周五郎著

大《おお》炊《いの》介《すけ》始末

自分の出生の秘密を知った大炊介が、狂態を装って父に憎まれようとする姿を描く「大炊介始末」のほか、「よじょう」等、全10編を収録。

山本周五郎著

小説日本婦道記

厳しい武家の定めの中で、夫や子のために生き抜いた日本の女たち――その強靱さ、凜とした美しさや哀しみが溢れる感動的な作品集。

山本周五郎著

日日平安

橋本左内の最期を描いた「城中の霜」、武士のまごころを描く「水戸梅譜」、お家騒動をユーモラスにとらえた「日日平安」など、全11編。

朱《しゅ》　印《いん》

古着屋総兵衛影始末　第六巻

新潮文庫　　さ－73－6

平成二十三年四月一日発行

著者　佐《さ》伯《えき》泰《やす》英《ひで》

発行者　佐藤隆信

発行所　株式会社　新潮社

郵便番号　一六二―八七一一
東京都新宿区矢来町七一
電話　編集部(〇三)三二六六―五四四〇
　　　読者係(〇三)三二六六―五一一一
http://www.shinchosha.co.jp

価格はカバーに表示してあります。

乱丁・落丁本は、ご面倒ですが小社読者係宛ご送付ください。送料小社負担にてお取替えいたします。

印刷・株式会社光邦　製本・憲専堂製本株式会社

ISBN978-4-10-138040-7 C0193